2014

한 반 도 전 쟁 소 설

이원호 지음

동아일보사

● ● ● 저자의 말

"2014년, 강한 대한민국을 바란다"

　　　　　　　　2010년 3월 26일, 북한군의 기습으로 천안함이 폭침되었을 때 대한민국 내부의 진면목이 세상에 다 드러났다. 정상적인 국가라면 일어날 수 없는 혼란이었고 그것이 지금도 진행 중이다.

　《2014》는 천안함 폭침 사건과 비슷한 상황에서 시작되지만 전개는 정반대다. 가슴이 터질 것처럼 울분에 휩싸였던 사람이라면 속이 시원해질 것이다.

　《2014》는 백령도에서 한국군 전투기가 북한군 미사일 공격을 받아 격추되는 것으로 시작한다. 11월 23일, 현실에서는 연평도 공격을 받은 한국군이 미군과 함께 '한미강습기동훈련'을 실시하지만, 《2014》에서는 한국군이 그 즉시 해병대만의 '강습상륙훈련'을 실시한다.

　이 책에는 독자들과 군 고위 관계자들, 그리고 이번 연평도 사건 당시에 국방 문제에 고심했던 국회의원들께서도 유념해야 할 부분이 있다.

　바로 《2014》에 등장하는 한국군 해병대가 명실상부한 '전략기동군' 체제를 갖추고, '강습헬기연대'를 보유하고 있는 모습이다. 그래서

2014년의 해병대 '강습상륙훈련'에는 해병대 자체의 공격용 헬기 250대가 해병수색대대 병력을 싣고 출동하는 장면이 나온다. 그리고 북한군은 다시 해병대의 '강습헬기연대'의 헬기를 향해 미사일을 쏜다.

자, 이제부터가 시작이다.

양아치 놈들은 잠자는 호랑이의 코털을 뽑은 셈이 되었다.

한국군 '해병기동단'은 그것까지 예상하고 있었던 터라 그 즉시 치고 올라간다.

그 결과가 어떻게 되겠는가?

연평도 사건 직후에 해병 지원병이 폭증한다는 기사를 읽고 목이 메었다.

천안함 조사 결과 발표 후에 촛불 하나 들지 않던 군상들이 올림픽 축구 때는 다 기어 나와 "대-한민국!"을 외칠 때도 목이 메었다. 그날, 우루과이와의 게임날 밤에 비가 내렸다. 나는 그것이 46용사의 눈물 같았다.

그날 게임 졌었지?

이 책은 대한민국 국군과 46용사에게 드리는 '성의'가 되겠다.

《2014》의 연재는 아직도 〈신동아〉에서 진행 중이다.

*참고, 톰 클랜시는 항상 FBI를 '좋은 놈'으로 묘사한다.

2010년 12월
대중소설가 이원호
www.leewonho.com

●●● 차례

저자의 말
"2014년, 강한 대한민국을 바란다" • 4

1부
폭풍전야(暴風前夜) • 9

2부
개전(開戰) • 59

3부
기선 제압(機先制壓) • 109

4부
46 용사(勇士) • 159

5부
내란(內亂) • 209

6부
폭동(暴動) • 261

ised
1부

폭풍전야(暴風前夜)

2014년 7월 22일 오전 11시 33분.

　백령도 주둔 해병 제7사단 직할 특공중대 중대본부(COHQ) 상황실.
　백령도 서북단의 최전방 진지인 특공중대 지하 상황실에는 영상감시 시스템인 MD-15가 설치되어 있다. MD-15는 한국의 남동전자사가 개발해 실용화된 전천후 영상감시 장치로 매일 11시 정각에 서해안 상공을 가로질러 동해안으로 넘어가는 전략정찰기 SR-72가 보내온 사진을 TV 영상식으로 화면에 나타내는 것이다. SR-72는 SR-71 블랙버드의 후속 모델로 고도 25km 상공을 마하 4의 고속으로 비행하는 터라 북한이 보유한 소련의 SA-5 지대공 미사일로 요격이 불가능하다. 한국 공군은 5대의 SR-72를 보유하고 있는데 25km 고도에서 찍어 모니터 화면으로 보내는 영상이 매우 선명해서 북한군 어깨의 견장까지 뚜렷하게 보인다.
　"아니, 이거 어떻게 된 거야?"
　중대본부 감시병 조성재 상병이 소리쳤을 때 당직 선임하사관 안태일 중사는 손톱을 깎는 중이었다.
　"뭐가 말이냐?"

평소 덜렁대는 성격으로 자주 기합을 받는 조성재여서 안태일은 머리도 들지 않고 물었다. 지금은 SR-72가 장연 근처의 북한 서해함대 사진을 전송해올 시간이었다.

"이것 보십시오. 어제 오전까지는 제5파견대의 함정이 모두 14척이었는데 오늘은 10척이나 비었습니다."

조성재의 떠들썩한 목소리에 상황실 안의 시선이 모였다. 자리에서 일어선 안태일이 조성재의 뒤로 다가가 섰다.

"보세요, 4척밖에 없습니다."

안태일은 조성재가 가리킨 모니터 화면을 보았다. 선명한 색상으로 북한 서해함대 제5파견대 기지가 화면에 떠 있었는데 전투함은 모두 4척이다. 스틱스미사일 4기를 장착한 구형 오사급 전투함 2척에 2기를 장착한 소홍급 2척.

"어제까지 있었던 소주급 4척과 오사급 3척, 그리고 어뢰정 3척이 보이지 않습니다."

"야, 강 병장."

머리를 돌린 안태일이 앞쪽의 강영도를 보았다. 강영도 앞의 모니터에는 제5파견대 북방 95㎞ 지점의 남포항이 떠 있을 것이었다. 북한 서해함대 사령부다.

"그쪽은 어떠냐?"

"별다른 이상은 없습니다."

제대 말년인 강영도가 시큰둥한 표정으로 대답했다.

"이동 중인 함정은 7척이지만 전체로는 대동강급 구축함 2척에 호위함 3척을 포함해서 어제와 변동 없습니다."

눈을 가늘게 뜨고 강영도의 모니터 화면을 본 안태일은 이동 중인 7척이 오사급 2척에 어뢰정 5척인 것을 확인했다. 그놈들은 중국 쪽을 향해 나아가고 있다. 안태일이 입맛을 다시면서 말했다.

"그놈들이 이쪽으로 오는 모양이다."

SR-72가 제5파견대 기지 남쪽 5km 지점부터는 비추지 않는다. 그 지점부터는 해군 레이더 영역인 것이다. 제5파견대 기지 장진항은 백령도에서 직선거리로 27km밖에 되지 않는다. 북측 해군 함정들의 최전선 기지로 마치 육지의 최전방 초소와 같다.

같은 시간, 해안가의 특공중대 제3소대 벙커 안에서 대형 망원경으로 바다를 보던 김동수 일병이 소리쳤다.

"적함 출현, 현재 분계선 북방 2km 지점에서 남진 중!"

벙커 안에는 6명의 소대원이 있었지만 아무도 놀라지 않았다. 근래 들어 북한 함정은 분계선 1km 지점에서 선수를 동쪽으로 돌려 돌아갔기 때문이다.

"적함은 소주급 4척, 오사급 3척, 그리고 어뢰정 3척입니다!"

김동수가 다시 소리쳤을 때 고스톱을 치던 한용만 병장이 큭큭 웃었다.

"저 자식이 제법 잘 읊는구나, 기합 준 보람이 있다니까."

"꽤 정연한 대열인데."

레이더 화면에서 시선을 든 안기호 대위가 이제는 망원경을 눈에 붙이면서 말했다. 참수리 317호는 지금 분계선 남쪽 3㎞ 지점에서 대기 중이다.

"계속 내려옵니다."

옆에서 부정장 박민수 중위가 역시 망원경을 눈에 붙인 채 말했다. 그러나 말투에는 여유가 있다. 317호 좌측 300m 지점에는 자매함 318호가, 그리고 1㎞ 우측에는 역시 참수리 2개 편대가 배치되었고, 2㎞ 후방에는 구축함 익산호가 버티고 있다. 망원경을 눈에 붙인 안기호가 말했다.

"위협기동이다."

안기호의 목소리에 웃음기가 있다. 함정들은 속력을 내어 달려왔는데 제법 위협적이다.

"적함이 분계선 1㎞ 전방까지 접근했습니다."

김동수가 다시 보고했을 때 한용만 병장이 까진 똥피를 보고 투덜거렸다.

"어? 인마, 그걸 까버리면 어떡해?"

그는 쌍피를 들고 있었던 것이다.

"적함이 분계선 500m까지 접근!"

망원경에서 눈을 뗀 김동수가 한용만을 보았다. 초조한 표정이다.

"한 병장님, 적함이 거침없이 옵니다!"

"시끄러, 새꺄."

했지만 한용만이 일어섰으므로 판은 멈춰졌다. 벙커 총안에 거치된 망원경으로 다가간 한용만이 눈을 붙였다. 그러자 화면의 아래쪽에 푸른색 숫자로 나타난 거리가 보였다. 625m다. 그 순간 눈을 치켜뜬 한용만이 침을 삼켰다. 적함 10척은 이미 분계선을 400m나 넘어온 것이다.

"비상!"

한용만이 악을 썼다.

"비상벨을 눌러라!"

적함은 선수를 이쪽으로 향한 채 횡대로 벌려 아직도 곧장 달려오고 있다. 마치 해안에 상륙하려는 것 같다.

낮 12시38분, 해병 대위 이동일이 합참의 지하벙커 C동 F룸 앞으로 다가갔다. 문 앞에 서 있던 특전사 중사가 손을 내밀자 이동일이 출입증을 꺼내 주었다. 출입증을 받은 중사가 식별기에 붙였다가 떼고는 옆으로 비켜섰다. 그 순간 육중한 철문이 소리 없이 열리고는 시멘트 통로가 드러났다. F룸은 통로 끝의 왼쪽 문이다. 10m 거리의 통로 양쪽은 시멘트벽이었지만 이쪽은 다 노출되어 있을 것이다. 왼쪽 철문 앞에 섰을 때 저절로 문이 열리는 것을 봐도 그렇다. F룸 안에는 합참의장 장세윤 대장, 육참총장 조현호 대장, 해군 참모총장 김동균 대장, 육본 작전참모부장 박진상 중장, 그리고 해병사령관 정용우 중장까지 거물들이 다 모였다. 거기에다 대령과 중령급 참모들이 20명 가까이 되었는데 위관급은 눈을 씻고 봐도 없다. 방으로 들어선 이동일을 먼저 찾아낸 사람이 해병대 작전참모 최재창 대령이다. 손짓으로 이동일을 부른 최재창의 얼굴은 굳어져 있다. 최재창이 다가선 이동일에게 눈을 치켜뜨고 말했다.

"야, 똑바로 말해."

그러고는 따라오라는 눈짓을 했으므로 이동일은 뭘 똑바로 말하라는 지도 모르면서 뒤에 붙었다. 최재창이 데려간 곳은 해병사령관 정용우 앞이다.

"아, 왔구먼, 이놈입니다."

그 순간 방 안이 잠깐 조용해졌다. 정용우는 합참의장 장세윤 대장, 육참총장 조현호 대장, 육본 작전참모부장 박진상 중장과 구석쪽 테이블에 둘러앉아 있었던 것이다. 얼어붙은 이동일이 정용우 앞에 부동자세로 섰다. 실내인 데다 F룸 안이다. 촌티 나게 경례는 하지 않았다. 그때 정용우가 말했다.

"이놈이 내 부관으로 오기 전에 그곳 중대장이었습니다. 그쪽 사정은 훤할 겁니다."

그러더니 이동일에게 묻는다.

"네가 백령도에서 특공중대장으로 있었지?"

"예, 사령관님."

"넌 지금부터 합참 소속 연락관이다. 즉시 백령도로 날아가 상황 보고를 하도록. 이상."

해놓고 정용우가 힐끗 옆에 서 있는 최재창을 보았다.

"최 대령한테 지시를 받아."

정용우의 시선이 돌려졌으므로 이동일은 부동자세를 취한 다음 최재창을 보았다. 최재창이 몸을 돌리면서 눈짓으로 따라오라는 시늉을 했다.

F룸은 넓다. 150평쯤 될 것이다. 사방이 전자장비로 덮여 있고 테이블도 10여 개, 앉아 있거나 서 있는 장군, 영관급으로 어수선한 것 같지만 자세히 보면 질서가 있다. 예를 들어서 안쪽 헤드 테이블에 앉아 있는 누군가 한마디하면 웅성대다가도 대번에 조용해졌다가 움직이는 것이다. 최재창은 이동일을 F룸 구석으로 데려가 마주보고 섰다. 바로 옆이 화장실이었다.

"야, 한 시간쯤 전에 백령도로 북한 어뢰정 한 척이 기어올라왔다."

최재창의 표정은 해안으로 거북이 한 마리 기어 왔다는 것처럼 보였다. 그래서 눈만 껌벅이는 이동일을 향해 최재창이 말을 잇는다.

"시발놈들이 위협기동을 하는 것처럼 10척이 아군 초소 2km 지점까지 급속 남진을 했다가 일제히 선수를 돌려 돌아갔는데 말야."

"……"

"그중 어뢰정 한 척이 그대로 내달려 백사장 위로 올라와버린 거야."

"……"

"어뢰정에는 여덟 명이 타고 있었는데 정장인 대위가 부하들을 인솔하고 투항한 거다. 특공중대장 보고를 들으니 몇 달 전부터 모의를 했다는 거다."

그러고는 최재창이 쓴웃음을 지었다.

"지금 분계선은 난리다. 북한 쪽엔 대동강급 구축함을 비롯해 20척 가까이 모여 있고 아군도 비상 상태야."

그럴 만했다. 어뢰정 한 척이 통째로 넘어온 것이다. 그래서 F룸에 모인 군 수뇌부가 생생한 현장중계를 원하고 있다. 더욱이 자신의 부관이 사건이 발생한 특공중대의 중대장 출신이니 정용우가 나설 만했다.

2010년 3월26일의 천안함 피습사건은 일시적으로는 한국군의 참담한 패배로 보였다. 국론이 분열되었으며 군에 대한 불신을 조장하는 무리도 늘어났다. 군 내부에서도 지난 10년 동안 대북 포용정책의 기조에 따라 주적(主敵)의식을 의도적으로 약화시킨 게 사실이다. 그러나 이른바 3·26사건 이후 군의 자세가 정립되었다. 주적의식이 확고해졌으며 군 수뇌부의 어설픈 햇볕 장성들은 자연스럽게 도태되었다. 그것이 3·26효과다. 또한 미국의 전시작전권 이양 시기도 늦춰졌으며 대한민국 내부의 반정부 세력을 확실하게 구분할 수 있게 되었다. 2012년에 탄생한 박성훈 정권은 자유민주주의체제를 기반으로 한 철저한 상호실용 정권이다. 쉽게 말하면 준 만큼 받고 받은 만큼 준다는 개념인 것이다. 특히 국방에 대해서는 대통령 박성훈이 전군 수뇌부 회의석상에서 말한 일화가 전군(全軍)에 구두로 전해졌다.

"적이 왼쪽 뺨을 치면 즉시 오른쪽 뺨을 쳐주고 발길로 배를 한 번 더 차야만 될 것이다."

그렇게 말했다는 것이다. 군인은 단순한 명령, 금방 이해할 수 있는 표현을 좋아한다. 심약한 사병 일부만 빼놓고 전군의 사기는 높아졌다.

중부전선, 제9사단 15연대 제2대대 1중대 3소대의 소대본부 벙커 안.

벙커의 총안을 통해 보이는 북한군 초소와의 직선거리는 1200m. 망원경으로 북한군 초소를 바라보던 선임하사 유한철 중사가 소대장 백기식 중위에게 말했다.

"오늘은 초소장놈이 보이지 않습니다."

"버섯이나 따러 갔겠지."

시멘트벽에 등을 붙이고 시사문제집을 보고 있던 백기식이 건성으로 말했다. ROTC 출신인 백기식은 다음 달에 제대할 예정이어서 취직시험 공부에 매달려 있다.

"소대장님, 오늘 밤에 소대 회식을 해도 되겠습니까?"

유한철이 묻자 백기식은 문제집을 덮었다. 제대 말년이어서 소대 업무는 대부분 유한철에게 맡겨놓은 것이다.

"무슨 일 있는 거야?"

"오늘이 2분대장 오진영 하사 생일이랍니다. 그래서…."

"요란스럽게 하지는 말고."

"염려하지 마십시오."

"괜히 저쪽 놈들한테 자극을 주지 말란 말야."

그때 무전병이 다가와 백기식에게 무전기를 내밀었다.

"소대장님, C벙커에서 교신입니다."

C벙커는 3분대의 진지였고 소대본부 벙커에서 북동쪽 70m 거리에 있다. 무전기를 귀에 붙였을 때 3분대장 최 하사의 목소리가 울렸다.

"소대장님, 전방 300m 지점에 북한군 한 놈이 있습니다."

퍼뜩 눈을 치켜뜬 백기식이 손목시계부터 보았다. 13시15분이다.

"뭘 하고 있는 거야?"

"글쎄요, 바위 밑에 쪼그리고 있는데 북한군 초소장 같습니다."

"뭐라고? 초소장?"

놀란 백기식의 목소리가 높아졌다. 이쪽에서는 매일 보는 터라 모두가 북한군 초소장은 물론이고 전사들 얼굴도 안다. 북한군도 마찬가지일 것이다. 그때 최 하사가 말을 이었다.

"그리고 이쪽에 몸을 노출시킨 채 자꾸 수신호를 보냅니다. 귀순하려는 것이 분명합니다."

"내가 그쪽으로 가겠다."

무전기를 건네준 백기식이 심호흡을 했다. 벙커 앞쪽은 골짜기여서 북한 측 시야의 사각(死角)이 많은 곳이었다. 따라서 귀순하기에 가장 적당한 장소가 될 것이다.

"그 자식이 버섯 따러 간 게 아니었어."

통화가 벙커 안에 울린 터라 긴장하고 있는 유한철에게 백기식이 쓴웃음을 짓고 말했다.

"초소장 귀순이면 큰 건수다."

따라서 오늘 2분대장 생일파티는 취소될 것이었다.

육본 작전참모부장 박진상 중장이 육본으로 돌아왔을 때는 14시 26분이었다. 퇴근시간이 지나 있었지만 백령도 사건으로 참모본부의 간부들은 대기 중이었고 육참총장도 돌아와 상황실에 있다.

"고물 어뢰정 한 척이 골치를 썩이는군."

털썩 자리에 앉은 박진상이 큰소리로 말했을 때 정보참모 허병구 준장이 다가와 섰다.

"부장님, 9사단 15연대 지역에서 북한 초소장 한 명이 귀순한다는 보고가 왔습니다."

"귀순한다니?"

"예, 넘어오려고 아군 벙커 앞 골짜기에 숨어 있답니다. 날이 어두워지면 올라올 것 같다는대요."

"15연대 어디 지역이야?"

"2대대가 맡은 철봉산입니다."

허병구가 옆쪽 벽으로 다가가더니 지휘봉으로 대형전광 지도의 한 점을 가리켰다.

"올해는 귀순자가 부쩍 늘어나는데."

지도를 보던 박진상이 혼잣소리처럼 말했다.

"귀순자로 부대를 편성해도 되겠다."

"귀순해오면 즉시 연대본부로 이송하라고 했습니다만."

바짝 다가선 허병구가 박진상을 보았다.

"보안을 유지해야 되지 않겠습니까?"

"물론이지, 하지만 기무사 쪽에 연락을 하도록."

박진상이 말을 잇는다.

"위장 귀순자인지 가려내야 될 테니까."

2011년 이후로 북한군의 귀순이 늘기 시작했는데 한국 측에서는 공식 발표를 자제했다. 민간인 탈북자와 달리 북한군의 귀순은 대단히 민감한 사항이었기 때문이다. 그런데 올해는 상반기인 현재까지 귀순자가 300여 명이나 되었다. 작년과 비교하면 절반 가까이 늘어난 것이다.

"수용소를 늘려야 되겠는데."

총장에게 보고를 하려고 일어나면서 박진상이 혼잣소리로 말했다. 중부전선 제24사단 지역에 귀순자의 수용소가 세워져 있는 것이다. 그곳에는 이미 1000여 명의 북한군 귀순자가 재생교육을 받고 있다.

"충성!"

서경석 대위가 절도 있게 경례를 했지만 이동일은 건성으로 답례했다. 14시47분, 특공중대는 비상대기 상태였는데 중대장 서경석은 지친 표정이었다. 이미 사령부와 기무사 조사관한테 시달리고 난 후라 이동일의 출현이 반갑지 않은 것 같다.

"난 연락관이야, 아마 조사는 다 했을 테니까 이쪽 상황만 파악하면 돼."

일단 서경석을 안심시킨 이동일은 앞쪽의자에 앉았다. 그러고는 주위를 둘러보는 시늉을 했다. 중대본부 벙커 안은 전과 조금도 달라지지 않았다. 시멘트벽에 붙어 있는 북한 함정 식별도에 이동일이 써 놓은 주의사항도 그대로 있다.

"중대장님 오셨습니까?"

벙커 안으로 들어선 안태일이 경례를 했는데 얼굴에 반가운 기색이 역력했다.

"응, 너, 요즘에도 술 많이 마셔?"

이동일이 불쑥 묻자 안태일은 쓴웃음을 지었다.

"아닙니다."

18개월 동안 함께 생활해온 터라 알건 다 아는 사이인 것이다. 이동일 앞에 선 안태일이 묻지도 않았는데 보고했다.

"구축함 2척에 사리원급 경비정 2척, 소주급 유도탄정 4척에 코마급 3척, 그리고 사로센급 어뢰정 2척, 522mm 어뢰를 장착한 어뢰정 5척까지 모두 18척이 분계선 북방에 떠 있습니다."

안태일이 해상의 함정 수를 막히지도 않고 보고했을 때 이동일이 얼굴을 펴고 웃었다.

"안 중사 진급할 때가 된 것 같다."

"감사합니다."

앞쪽에 앉은 서경석은 가만히 있었다. 이동일은 해사 2년 선배이기 때문에 잘 안다. 해사 시절부터 리더십이 강했고 성적이 우수해서 많은 후배가 따랐다. 5개월 전에 이동일의 중대장 업무를 인계받을 적에 서경석은 영광이라고까지 생각했던 것이다. 그때 이동일이 머리를 돌려 서경석을 보았다.

"어뢰정 정장을 만났을 때 특별한 일은 없었나?"

"별로."

서경석이 머리를 한쪽으로 기울였다가 생각난 듯 말했다.
"이곳이 특공중대 경비지역인 줄 알고 있었습니다."
"당연하지, 놈들은 중대장 이름도 알아."
"배에서 내리더니 무조건 사단장님을 만나게 해달라고 해서 곧 연대 참모님이 오셔서 안정시켰습니다."
그러고는 일단 군 막사 안에 격리해 놓은 것이다. 어뢰정은 바닷가로 올라왔지만 말짱하다. 자리에서 일어선 이동일이 벙커 총안에 설치된 대형 망원경 앞에 섰다. 그러자 스코프에 늘어선 함정들이 육안으로 보였다. 이곳에서는 양쪽 함정이 다 보인다. 옆으로 다가온 안태일이 말했다.
"아군은 순양함 1척에 구축함 2척, 호위함 5척이 주력입니다."
그리고 참수리 편대가 있다. 해상전력은 순양함 한 척의 화력만으로 북한의 함정 모두를 제압하고도 남을 것이다. 함대함 미사일인 SN-5를 24기 장착하고 있는 데다 동시에 12개의 목표를 향해 미사일을 발사할 수가 있기 때문이다.
"10년 전의 서해해전과 같은 상황은 일어나지 않겠지요."
뒤쪽에 서 있던 서경석이 말을 잇는다.
"그러고 보니 천안함 폭침사건도 4년 전이 되었군요."
그 사건 이후 한국 해군의 대잠수함 공격 및 방어 기능은 비약적으로 발전했다. 실패를 경험 삼아 뼈를 깎는 것 같은 노력을 했기 때문이다. 또한 정부의 지원도 획기적으로 늘어나 첨단 장비가 갖춰졌다. 그때 이동일이 팔목시계를 보고 나서 말했다.

"손님을 만날 시간이 되었군."
그러고는 쓴웃음을 짓고 둘을 보았다.
"VIP가 되고 싶은 손님 말야."

"한 달쯤 전부터 연습을 했습니다."
어뢰정장 김만성 대위가 재떨이에 담뱃재를 털면서 말했다. 검게 탄 피부에 마른 체격이었지만 눈빛이 강했고 태도는 당당했다. 앞쪽에 나란히 앉은 두 사내는 잠자코 시선만 준다. 김만성이 말을 이었다.
"일렬횡대로 늘어서서 최대 속력으로 남조선 영해까지 내려온 다음 편대장의 지시에 따라 일제히 돌아가는 겁니다."
"그렇다면 한국군을 도발시키겠다는 의도 같은데."
양복 차림의 사내가 말했는데 기무사의 수사관 윤성구 중령이다. 머리도 반쯤 벗겨진 데다 눈시울도 늘어져서 가게 아저씨 같다. 윤성구가 물었다.
"한국군이 발포하면 어떻게 대응하라고 지시를 받았습니까?"
"남쪽 영해에서는 대응하지 말고 넘어와서 쏘라고 했습니다."
그러자 윤성구가 옆에 앉은 이동일을 보았다. 이동일은 합참의 연락관 역할이니 무시할 수가 없다. 그러나 이동일은 입을 열지 않았고 김만성의 말이 이어졌다.
"맞습니다. 한 달도 더 전부터 우리가 남쪽을 건드려서 불씨를 일으킨다는 소문이 돌고 있었습니다. 그 총알받이로 우리를 내세운다는 것입니다."

"왜 그렇습니까?"

이번에는 이동일이 묻자 김만성은 담배연기를 힘껏 빨았다가 구름 같은 연기를 내뿜고 나서 말했다.

"우리는 남조선 해군의 상대가 되지 않으니깐요. 그러니까 미끼로 내세우고는 전쟁의 불씨를 일으키려는 것이지요."

다시 둘은 입을 다물었고 김만성의 목소리에 열기가 띠워졌다.

"아, 생각해보십쇼, 아군 배가 남조선군의 포탄에 맞아 폭파되면 분이 나서 가만있겠습니까? 이참에 전쟁 한번 붙어서 죽나 사나 한번 해보자는 놈들이 많겠지요, 그 이유를 만드는 것이라고요."

"……."

"내가 대위지만 군 생활 20년입니다. 평양놈들 머릿속은 다 들여다봅니다."

"같이 좀 봅시다."

하고 윤성구가 말했더니 김만성이 피식 웃는다. 담뱃진이 밴 이가 누렇다.

"우리 군도 나뉘어 있습니다. 강경파, 온건파로 나뉘어 있다고요, 이번 일은 강경파놈들 작전입니다."

"그렇군."

윤성구가 맞장구를 쳤더니 김만성도 말을 잇는다.

"그래서 내가 놈들의 작전을 역이용했지요, 돌아가라는 명령을 못 들은 척하고 곧장 내달려버린 겁니다."

그러더니 김만성이 지금 생각해도 통쾌한지 검은 얼굴을 펴고 웃는다.

"담배 피우겠소?"

9사단 15연대 정보참모 민석기 중령이 담뱃갑을 내밀었을 때 사내는 머리를 들었다. 마른 체격에 두 눈에는 핏발이 서 있었지만 다부지게 다문 입술은 고집이 있어 보였다. 사내는 두 시간 전에 2대대 1중대 지역에서 귀순해온 북한군 초소장이었다.

"고맙습니다."

담뱃갑을 받는 사내의 이름은 한복일, 북한 제208경보병여단 제3대대 2중대장이며 124초소장인 인민군 상위, 나이는 34세이고 고향인 원산에 홀어머니와 여동생 하나가 있는 미혼남, 군 생활은 16년, 남포군관학교를 졸업하고 공산당에 가입한 지 9년이 되었다는 것이 지금까지 밝혀진 내용이다. 민석기가 라이터를 켜 내밀자 한복일은 담배 연기를 폐 가득히 삼켰다가 뱉었다. 22시15분, 연대본부 건물 안은 조용했고 소회의실 안에도 잠깐 정적이 덮였다. 슈퍼마켓에서 미역을 사오라고 했었는데… 문득 아내의 부탁을 떠올린 민석기는 입맛을 다셨다. 아내는 산후 조리로 미역국을 먹기 시작하더니 출산 넉 달째가 되는데도 미역을 찾는다. 옆에서 가벼운 헛기침 소리가 울렸으므로 민석기는 허리를 폈다. 방 안에는 기무사 파견대의 상사 한 명과 정보참모실의 고 대위가 동석하고 있는 것이다.

"그럼 귀순 동기를 들어볼까요?"

뻔한 질문이었고 지금까지 7명째 군관급 귀순자를 맞는 민석기는 그 대답을 대신해줄 수도 있었다. 그때 한복일이 입을 열었다.

"자유로운 세상에서 능력대로 살고 싶었기 때문입니다."

그럼, 그렇지, 하고 쓴웃음이 나오려고 했지만 민석기는 정색하고 머리를 끄덕였다. 귀순자 열 명 중 여덟 명은 이렇게 말한다. 한복일의 말이 이어졌다.

"군 생활에 지쳤습니다."

"그렇겠지요."

"어머니한테서 연락이 두 달째 끊겼는데 돌아가신 것 같습니다. 놈들이 숨기고 알려주지 않는 것이 분명하다고요."

한복일이 붉은 핏줄이 짙어진 두 눈으로 민석기를 보았다. 그런 경우가 흔하다. 전방의 군인이 충격을 받을까봐 정보를 차단시키는 것이다. 길게 숨을 뱉은 한복일이 말을 이었다.

"곧 초소가 폐쇄될 것이라는 소문이 돌고 있습니다. 여단 본부에서는 벌써 초소 병력의 3분지 1가량을 빼갔는데 우리는 그것을 위장하려고 하루 16시간씩 초소 근무를 한단 말입니다."

긴장한 민석기가 눈만 크게 떴고 한복일의 목소리가 방을 울렸다.

"며칠 전에 저한테 여단의 장갑지원 중대장을 맡으라는 지시서가 왔습니다. 다른 전사들도 지시서를 받았는데 초소에는 이제 5분지 1 병력만 남는단 말입니다."

한복일의 말이 사실이라면 전선에 이상상황이 발생하고 있다. 중부전선의 초소병력까지 빼내 어디로 이동시킨단 말인가?

7월23일 오전 08시23분.

"소문이라지만 어쩐지 찜찜하군."

육본 작참부장 박진상 중장이 참모 허병구 준장에게 말했다. 오늘도 참모실 분위기는 활기에 차 있었는데 어젯밤의 이상 유무를 보고받는 중이었다.

"208경보병여단이 이동한단 말인가?"

의자를 돌린 박진상이 벽에 붙은 전광지도를 보았다. 208경보병여단의 주둔지가 금방 노란색 선으로 나타났다. 허병구가 조종한 것이다. 208여단은 수비부대로 분류되어 노란색이다.

"그렇다면 어디로? 그리고 208과 대체할 부대는?"

박진상이 연거푸 묻자 허병구가 들고 있던 파일에서 서너 장의 사진을 꺼내 책상위에 놓았다.

"오늘 아침에 전송된 208여단 지역의 위성사진입니다. 이상이 없습니다."

"어제 백령도로 기어올라온 놈은 북한 함대가 한국군의 사격을 유도하려고 일제히 내려왔다고 했어."

사진을 보지도 않고 박진상이 말을 잇는다.

"몇 달 전부터 내려오는 연습을 했다는 거야. 놈들은 전쟁의 불씨를 만들려고 고물 함정들을 미끼로 내놓았다고 했어."

"그럴 가능성도 있지요."

하고 허병구가 어중간한 대답을 했을 때 박진상이 혀를 찼다.

"얀마, 너 나하고 술 자주 마신다고 그따위 대꾸를 하냐?"

"잘못했습니다."
"백령도와 15사단 귀순자 사이에 공통점이 있는 것 같아서 마음에 걸린다."
"분석해보겠습니다."
"컴퓨터만 보지 말고 대가리를 굴려."
"예, 부장님."
"이 빌어먹을 테이프와 사진들."
사진을 흘겨본 박진상이 자리에서 일어섰다.
"어쨌든 사진 가지고 총장한테 보고하러 가자, 진급하려면 총장을 자주 만나야 된다."

휴대전화의 스크린은 작았지만 화질이 선명해서 송아현의 얼굴이 깨끗하게 드러났다.
"그럼 오늘은 시간이 없단 말야?"
이맛살을 찌푸린 송아현이 이동일을 쏘아보았다. 뒤쪽으로 쟁반을 든 종업원이 지나가고 은은한 음악소리까지 들린다. 송아현은 지금 회사 빌딩의 아래층 커피숍에 앉아 영상통화를 하는 것이다.
"미안해, 지금 서울로 날아가면 바로 보고를 해야 되고, 오늘 저녁은…."
"아. 됐어."
말을 자른 송아현이 손가락을 권총처럼 만들고 이동일을 겨눴다.
"잘 들어. 넌 지금 기회를 놓치고 있는 거야. 알아?"

"안다."
"나 같은 여자는 절대 찾을 수 없을 거야. 그것도 알아?"
"당연하지."
"뭐가 당연하다는 거야?"
"어디 너하고 똑같은 여자가 있겠니? 쌍둥이도 자세히 보면 다 다른데."
"야, 이 자식아."
"이걸 그냥."
이동일이 쓴웃음을 짓는다. 송아현은 국제일보의 사회부 기자로 이번 백령도 사건만 일어나지 않았다면 오늘부터 1박2일 예정으로 동해안 여행을 가기로 했던 것이다. 이동일의 느긋한 태도에 기분이 상했는지 송아현의 눈초리가 더 치켜 올라갔다. 송아현은 이동일보다 두 살 아래인 스물일곱이었는데 당찬 성격에 순발력이 뛰어났다. 이동일을 세 번째 만날 때까지 오빠라고 부르더니 이후 슬슬 말을 내리고 나서 지금은 반말이 반 이상 섞여있다.
"미안해, 아현아."
이동일이 다시 말했을 때 영상화면이 꺼졌다. 송아현이 전원을 끈 것이다. 그때 벙커 안으로 중대장 서경석이 들어섰다.
"선배님, 가시죠. 제가 모셔다 드리겠습니다."
7월23일 09시05분이다. 이동일도 서경석과 함께 벙커를 나왔다.

서경석과 함께 헬기장으로 걸으면서 이동일은 수평선을 덮은 남북한 함정들을 본다. 보기에는 장관이었지만 어선들은 출항이 금지되어 며칠간 고기를 잡지 못할 것이다.

"저것들이 죽여 달라고 대드는 것 같지 않습니까?"

불쑥 서경석이 말했으므로 이동일이 머리를 들었다. 이동일의 시선을 받은 서경석이 말을 잇는다.

"어제 넘어온 어뢰정장처럼 그냥 모두 이곳 모래밭에 기어올라왔으면 좋겠네요."

"그럼 쏠 거야."

서경석의 분위기에 말려든 이동일이 웃음 띤 얼굴로 북한 함정들을 보았다.

"어제는 돌아가느라 정신이 없었지만 앞으로는 그런 함정에 대고 쏠 거라고."

"구경거리가 되겠습니다."

"웃을 일이 아냐."

했지만 이동일의 얼굴에는 쓴웃음이 번져 있었다. 서경석에게 어제 어뢰정 정장 김만성이 한 말을 전해줄 수는 없다. 헬기장이 가까워지면서 로우터의 폭음이 귀를 울렸고 마른 풀잎이 휘날렸다.

"선배님 서울 휴가 가면 술 한 잔 사주십쇼."

경례를 하면서 서경석이 소리쳐 인사를 했으므로 이번에는 이동일도 정식으로 답례를 했다.

"그럼, 승리!"

어쩐지 충성이란 구호는 좀 약한 느낌이 들어서 일부 군인들이 자발적으로 사용하기 시작한 구호가 '승리'다. 서경석도 다시 경례를 하면서 소리쳤다.

"승리!"

7월23일 오전 09시35분.

해병사령관 정용우 중장이 방으로 들어서는 작전참모 최재창 대령을 보았다.

"너, 어떻게 생각해?"

불쑥 정용우가 묻자 최재창은 순간 긴장한다. 난데없이 물었지만 엉뚱한 대답이 나오면 그야말로 골로 간다. 더욱이 요즘은 신경이 예민해진 시기 아닌가?

"도발입니다."

어깨를 편 최재창이 똑바로 정용우를 보았다. 정용우는 강골이다. 육본 작참부장 박진상과 호흡이 맞지만 둘 사이엔 약간 경쟁의식이 있다. 강골도 말로만 강골이 있는데 정용우는 실제로 몸으로 부딪는 강골이다. 작년에는 해참총장한테 대들어서 사령관 진급하자마자 잘릴 뻔했다. 그것도 별것 아닌 보급품 문제로 대든 것인데 일설에는 정용우가 목숨을 걸고 해병대 사기를 올렸다고 했다. 실제로 그 사건 이후 해병대 사기가 올라갔다. 대답해놓고 숨을 죽인 최재창은 정용우의 얼굴에 슬슬 웃음기가 떠오르는 것을 보았다. 맞혔다. 그때 정용우가 말했다.

"넌 별을 달면 머리 회전수를 늦춰야 된다. 명심하도록."

별 소리만 들으면 심장 박동이 빨라진다고 하던데 지금 최재창이 그꼴이다. 혼기가 찬 처녀가 시집가라는 말을 들었을 때나 같다는 놈도 있다. 그런데 최재창은 혼기가 넘었다. 사령부로 오기 전 연대장 시절에 2년이나 진급이 밀렸다. 정용우의 말이 이어졌다.

"중부전선에 북한군 초소장 한 놈이 넘어왔는데 전선의 병력을 줄이고 있다는 거야. 그런데 위성사진에도 나타나지 않고 특이동향이 없어, 뭔가 수상해."

"동부전선으로 이동시키는 것이 아닐까요? 놈들은 위장이동에 익숙합니다."

"그래서 합참과 육본이 분주하게 대가리를 부딪고 있는 것 같다."

그러더니 정용우가 팔목시계를 보는 시늉을 했다.

"부관은 언제 오나?"

"30분쯤 전에 헬기로 출발한다는 보고가 왔습니다."

이동일을 말하는 것이다.

머리를 끄덕인 정용우가 혼잣소리처럼 말했다.

"그 자식 백령도 출신이라 쓸모가 있군."

7월23일 오전 10시55분.

군복 차림의 이동일이 이태원의 커피숍 안으로 서둘러 들어선다. 이층 커피숍에는 손님이 송아현 한 명뿐이다. 손등으로 이마의 땀을 닦은 이동일이 다가와 앞쪽 자리에 앉는 동안 송아현은 물끄러미 시선만 주었다.

"보고하고 나온 길이야. 12시까지는 시간이 있어."

모자를 벗은 이동일이 말했을 때 송아현은 쓴웃음을 지었다.

"나도 취재한다고 나왔어. 생색내지 마."

"요즘은 좀 상황이 안 좋다."

하고 이동일이 말을 받았지만 송아현은 외면했다. 그러더니 카운터에 앉은 종업원에게 소리쳐 커피를 시켰다. 이동일이 손을 뻗쳐 송아현의 물잔을 집으면서 묻는다.

"상황이 긴박하다고 해도 넌 실감이 안 나겠지?"

"이런 일이 어디 한두 번이야?"

되물은 송아현이 똑바로 이동일을 보았다. 오전에 말은 그렇게 했지만 송아현은 이동일을 만나려고 이곳까지 온 것이다. 이동일이 서너 모금 물잔의 물을 비우더니 긴 숨을 뱉고 나서 말했다.

"긴장하고 있다가 널 보면 다른 세상에 온 것 같은 착각이 들어."

"다른 세상 맞아."

그렇게 말을 받는 송아현의 표정은 차분하다. 오전에 쏴대던 분위기하고는 딴판이다. 머리를 조금 숙인 터라 송아현이 올려뜬 눈으로 이동일을 보았다.

"나도 거기가 다른 세상 사람 같아서 처음에는 좀 신비감이 일어났지."

"뭐? 거기?"

"말꼬리 잡아서 분위기 깨지 마."

입을 다문 이동일이 어깨를 늘어뜨렸을 때 송아현을 말을 이었다.

"하지만 슬슬 면역이 되더니 지겨워지려고 해."

그때 종업원이 다가와 커피잔을 내려놓고 돌아갔다. 커피숍 안은 조용하다. 종업원의 발자국 소리만 울렸다가 그쳤다. 그때 이동일이 말했다.

"며칠 지나면 다시 조용해질 거야. 그러니까 이번 주말에 같이 대전에 가자."

"대전에는 왜?"

했다가 송아현이 이맛살을 찌푸렸다. 입술까지 조금 내밀어져 있다. 송아현의 부모가 대전에 살고 있는 것이다.

"오버하지 마."

커피잔을 쥔 송아현이 외면한 채 말을 잇는다.

"그런 건 용기나 힘으로 되는 일이 아니라고, 이 양반아."

"인사는 드려야지."

"됐어."

"결혼을 허락해달라고 할거야."

송아현이 입을 다물었다. 이동일은 아직 송아현에게 결혼 이야기를 꺼낸 적이 없다. 1년 전 취재차 백령도를 찾아온 송아현을 안내한 것이 인연이 되었지만 만난 횟수는 얼마 되지 않는다. 이동일이 백령도에서 근무하던 6개월 전까지만 해도 한 달에 한 번 정도였다. 사령부로 온 후에는 한 달에 두세 번 정도나 될까? 서로 바빴지만 성격 때문이기도 할 것이다. 이동일은 자제력이 강했고 송아현은 좀처럼 마음을 열지 않았다. 송아현은 그것이 남자란 동물에 대한 속성을 파악했기 때문이라고 대놓고 말했는데 그래서인지 진도가 늦은 편이다. 커피잔을 두 손으로 감싸 쥐고 이동일이 똑바로 송아현을 보았다.

"군인 아내가 되어줄래?"

"유별나."

외면한 채 말했던 송아현이 머리를 들고 이동일의 시선을 받았다. 검은 눈동자가 흔들리지 않는다.

"다시 한 번 말해봐."

"이동일 아내가 되어줄래?"

"조건은?"

"장난 말고."

어깨를 늘어뜨렸다가 다시 세운 이동일에게 송아현이 말했다.

"알았어."

"알았다니, 그게 대답이냐?"

"할게."

"싱겁구먼."

말은 그렇게 했지만 이동일의 얼굴에 웃음이 떠올랐다. 심호흡을 한 이동일이 말을 이었다.

"고맙다. 나, 긴장했었어."

"그런 것 같더라."

따라 웃은 송아현이 그때서야 커피잔을 들더니, 한 모금 삼켰다.

"우리 엄마가 제일 좋아할 거야. 내가 몇 년 전부터 결혼을 안 한다고 했거든."

송아현이 웃음 띤 얼굴로 이동일을 보았다.

"내가 자기를 친구로만 만난다고 했어도 꼭 데려오라는 거야."

7월23일 오전 11시18분.

오산 제22공군기지에서 이륙한 KF-24편대 4기가 서해안 백령도 북방의 전술좌표 424지역을 날고 있다. 편대장 윤재복 소령이 편대기와의 통신 버튼을 눌렀다.

"A-1, 하향 레이더를 확인하라."

지상을 비추는 하향 레이더에는 반경 30㎞의 바다가 스크린에 나타나 있다.

"적 함대는 그대로다. 아군 함대는 조금 왼쪽으로 이동을 했고."

동북쪽 19km 지점에서 대치하고 있는 남북한 함대가 그대로 비친 것이다. 어젯밤에 출동한 E편대가 찍어온 사진을 본 터라 윤재복은 시큰둥했다. 22공군기지에서는 지금 다섯 번째 문제의 해상으로 시위비행을 하고 있는 것이다. 4대의 KF-24기는 마하2의 속도로 함대를 향해 다가갔다.

KF-24가 한국 공군의 주력기로 등장한 것은 2012년 8월부터였으니 만 2년이 되었다. 미국 맥도널드 더글러스사의 F-15기를 모델로 한국 공군은 2004년부터 공격기의 자체 제작에 들어가 2010년에는 시험비행에 성공했고 2011년부터 생산에 들어갔으니 그야말로 눈부시게 빠른 진전이었다. 정부의 적극적인 지원을 받은 데다 한국의 전자산업이 비약적으로 발전한 것도 KF-24 탄생에 이바지했다. 현재 한국 공군은 전투기인 KF-24와 공격기인 KF/A-24기를 각각 160대, 120대를 보유하고 있는데 올해 말까지는 60대가 더 생산될 것이었다. KF/A 기종은 미국의 F/A-18 호네트와 비슷하게 보였지만 주익의 삼각폭이 더 넓고 수평 미익(尾翼)도 넓어서 마치 화살촉 같은 모습이었다. 최고 마하3의 속력에 최대무기 탑재량이 8.5t인 1인승 공격기 겸 전투기로 한국 공군사를 장식하게 될 명품이지만 아직 한 번도 실전에 투입되지 못했다는 약점이 있다. 주익을 거의 삼각으로 젖히며 두 개의 수직 미익을 날카롭게 세우고 날아간 KF-24편대는 1분도 되지 않아서 목표 상공에 도달했다.

"2회 턴하고 돌아간다."

윤재복이 짧게 말하고는 캐노피 밖, 이제 육안으로도 보이는 함대를 응시했다. 4대의 KF-24는 이미 고도를 1000피트로 낮추고 있었으므로 아래쪽에서는 고막이 터질 것 같은 분사음이 울릴 것이었다. 앞장선 윤재복은 남북한 함대의 중간부분인 분계선 위를 자로 그은 것처럼 뻗어나갔다가 곧 하늘로 기수를 솟구쳤다. 편대기들도 마치 곡예비행을 하는 것처럼 뒤를 따른다. 7000피트까지 솟아올랐던 윤재복은 기체를 왼쪽으로 비틀고는 이제 오른쪽에 떠 있는 함대를 내려다보았다. 남북한 함대는 마치 한가롭게 고기를 잡는 어선단 같았다.

"도대체 저놈들은 무슨 속셈으로 저러고 있는 거야?"

윤재복이 혼잣소리로 말했지만 옆을 따르던 박 대위가 들었다.

"어뢰정을 돌려받으려는 게 아닐까요?"

고도를 다시 낮췄으므로 높아진 공기밀도에다 기류가 불안정해지는 바람에 기체의 진동이 심해졌다. 스틱을 힘주어 쥔 윤재복이 힐끗 랜턴을 보았다. 정상이다. G슈트에 약간 압력이 가해졌지만 이쯤은 아무것도 아니다. 4대의 KF-24는 다시 고도를 3000피트로 낮추고 두 함대의 중심 부근을 향해 좌측으로 횡진했다. 속도는 300노트였으니 시속 640㎞다.

"이번에 롤(횡진)하고 돌아간다."

윤재복이 함대 사이의 공간을 바라보며 말했을 때였다.

"미사일 경보!"

헬멧을 울리는 목소리에 윤재복은 퍼뜩 경보장치를 보았다. 암람 옆쪽의 경보등이 번쩍이고 있었다. 그리고 랜턴에 흰점으로 다가오는 4개의 미사일을 보았다. 거리는 14㎞, 지대공 미사일이다.

"전속력 회피!"

악을 쓰듯 외친 윤재복이 기수를 급상승시키면서 애프터버너를 가동시켜 속도를 최대로 내었다. 미사일은 장연 서남쪽의 미사일 기지에서 쏜 것이다.

"미사일 4기 접근!"

그때 다시 헤드셋을 울리는 목소리에 윤재복은 그 와중에도 이맛살을 찌푸렸다. 남쪽 해상에 떠 있던 조기경보기가 미사일 경보를 한 것이다.

"거리 10㎞!"

박 대위의 다급한 목소리가 울렸을 때 4대의 KF-24는 전속력으로 흩어지는 중이었다.

"이런 빌어먹을!"

랜턴을 내려 본 윤재복이 이를 악물었다. 미사일 2기가 제 3번기를 향해 날아가고 있었던 것이다. 나머지 2기는 2번기인 박 대위와 5번기 조 대위를 따르고 있었지만 거리가 많이 벌어졌다. 회피기동을 잘 한 것이다. 그러나 3번기 서 대위와 미사일 간의 거리는 4km로 가까워져 있다. 그 순간 윤재복은 스틱을 비틀어 기체를 횡전시켰다. 주익이 수평으로 놓였을 때 앞을 지나가는 3번기와의 거리는 2400m가 되었고 미사일은 3100m 거리로 나타났다.

윤재복이 미사일을 겨냥하고 암람의 버튼을 누르는 데는 2초도 지나지 않았다. 흰 가스를 품으면서 주익 양쪽에서 2개의 한국형 사이드와인더인 KAAM-220이 발사되었다. KAAM-220의 유효 사정거리는 20km다. 200m 근거리에서도 발사가 가능하며 전장 250cm, 직경 13cm, 중량 80kg인 능동추적 공내공 미사일로 자체 레이더 장비로 유도되기 때문에 발사 후 즉시 이탈해도 된다. 윤재복은 발사 즉시 기체를 횡전시켜 바다 쪽으로 곤두박질쳐 내려갔다. 그때였다. 미사일 경보음 간격이 밭아지며 더 빨리 울렸으므로 윤재복은 랜턴을 보았다.

"이런 지기미."

눈을 치켜뜬 윤재복이 입술 끝을 비틀었다. 미사일 두 발이 따라오고 있다. 다른 한 발은 서 대위와 박 대위를 쫓던 놈 같다. 미사일은 북한제 피바다-25, 속도는 마하6, 전장 5m, 직경이 30cm이며 사정거리는 160㎞인 능동추적 지대공미사일. 그때 갑자기 아래쪽에서 치솟아 오른 점 세 개가 보이더니 뒤쪽 미사일이 폭발했다. 그렇지, 잊고 있었다. 아군 순양함에서 지대공미사일을 쏜 것이다. 그러나 앞쪽은 너무 가깝다. 거리 500m.

"편대장!"

헤드셋에서 서 대위의 외침이 들린 순간 윤재복은 채프를 뿌리며 급회전을 했다. 그 순간 윤재복은 눈앞이 하얗게 변한 것을 보면서 의식이 끊겼다.

"아앗!"

한국형 이지스순양함 대구호의 사령실에서 낮은 외침이 터졌다. 육안으로도 KF-24기 한 대가 미사일에 맞아 폭발하는 것이 보였기 때문이다.

"아아아."

사령실 안에는 10여 명의 장교와 부사관이 모여 있었는데 모두 그것을 보았다.

"함장님."

부함장 김태민 중령이 다시 함장 오순일 대령을 불렀다. 옆에 서 있던 장교들의 시선이 모아졌다.

"기다려."

오순일이 갈라진 목소리로 말하고는 헛기침을 했다.

"미사일은 다 떨어졌다. 그러니까."

"하지만."

"사령부에서도 다 보았을 것이다."

오순일의 목소리가 높아졌다. 눈을 치켜뜬 오순일의 시선을 아무도 맞받지 못한다. 그때 작전장교 유성환 소령이 외면한 채 말했다.

"47초."

북한의 제23대공미사일 전대에서 미사일이 발사된 지 47초가 지났다는 말이었다. 그것은 오순일을 재촉하는 것이나 같다. 그때 무전기의 벨이 울리더니 앞쪽 영상화면이 켜졌다. 화면에 나타난 인물은 제2전대 사령관 이종호 소장이다. 제23대공미사일 전대에서 미사일을 발사한 지 13초 후에 사령관과 통신을 요청했으니 이만하면 빠른 등장이다.

"뭐야?"

눈을 치켜뜬 이종호가 대뜸 물었으므로 오순일이 부동자세로 섰다.

"사령관님, 적 23미사일 전대에서….""

"알아!"

버럭 소리친 이종호의 기세는 사나웠다. 그 이종호의 모습을 대구호 사령실 안의 모두가 보고 있다. 그때 이종호가 소리치듯 물었다.

"지금 얼마나 지났어?"

"예! 57초 지났습니다!"

뒤쪽에서 기다렸다는 듯이 유성환이 소리쳤을 때 이종호가 눈을 부릅떴다.

"시발놈아, 바로 맞받아 쳐야지, 나한테 물어보면 어쩌란 말이냐!"

그러더니 뭔가를 이쪽으로 던졌는데 진짜 날아오는 것 같아 모두 움찔했다.

"이젠 늦었어! 개새끼야! 대기해!"

대통령 박성훈은 철저한 중도, 상호주의자다. 그는 연방제니 3단계 통일 따위의 국민이 이해하기 어려운 말은 전혀 사용하지 않았다. 북한에 원조를 해주면 꼭 그 대가를 받았다. 물질 대신의 대가는 얼마든지 있는 것이다. 무조건식 퍼주기 관행은 철저히 금지했으며 그것만으로도 대다수 국민의 절대적인 지지를 받았다. 상호주의는 선에는 선, 악에는 악으로 대응하는 것이다. 오전 11시35분, 대통령 박성훈은 과천 종합청사 근처에 위치한 집무실에서 국방장관 임기태의 화상보고를 받는다.

"대통령님, 11시22분경에 오산 제22공군기지에서 발진한 KF-24 편대 중 한 대가 백령도 북방 북한의 미사일 기지에서 발사한 지대공 미사일에 맞아 격추되었습니다."

임기태가 굳은 표정으로 말을 잇는다.

"어제 백령도의 어뢰정 귀순 사건으로 남북한의 함정들이 분계선을 사이에 두고 대치한 상황에서 발생한 것입니다."

박성훈이 힐끗 화면 아래쪽의 시계를 보았다. 사건이 발생한 지 13분이 지났다.

"조종사는?"

박성훈이 묻자 임기태의 표정이 더 굳어졌다.

"현장에서 기체와 함께 산화했습니다."

"아군의 대응은?"

"현재 양측이 대치 중이고 미사일 4발 외에는 적의 도발이 없습니다."

그러면 적의 도발에 즉각 대응을 하지 못한 셈이다. 심호흡을 한 박성훈이 다시 물었다.

"왜 즉시 반격을 못했습니까?"

"당황했던 것 같습니다."

임기태의 시선이 처음으로 내려졌다가 올라갔다. 미사일을 발사한 북한군 기지를 향해 이쪽에서도 즉각 미사일을 쏘았어야 했다. 그것이 전면전이 되더라도 현지 지휘관은 교전수칙대로만 하면 되는 것이다. 분수에 맞지 않게 멀리 생각할 필요가 없다. 그것은 비겁, 우유부단의 증거밖에 되지 않는다. 박성훈이 잠자코 있었으므로 임기태가 말을 잇는다.

"그래서 함대의 지휘관을 문책했습니다. 그리고…."

그때 임기태가 힐끗 옆쪽을 보더니 곧 준장 계급의 장군이 앞에 놓은 쪽지를 읽었다.

"대통령님, 지금 분계선에 배치되었던 북한군 함대가 일제히 철수하고 있습니다. 옹진반도 쪽으로 내려오던 북한 공군기 3개 편대 12대도 기수를 돌려 돌아가고 있다는 겁니다."

"빌어먹을."

박성훈이 입술만을 움직여서 그렇게 말했으므로 소리는 나지 않았다. 화면을 끈 박성훈이 머리를 들자 비서실장 한창환이 옆으로 조금 비켜섰다. 한창환은 박성훈의 통신 내용을 다 듣고 본 것이다. 한창환이 말했다.

"대통령님, 안보회의를 소집했습니다만."

"당연히 해야지."

북한 함대가 철수한다고 보류할 수는 없다. 이쪽은 이미 선제공격을 당한 상태인 것이다. 한창환이 말을 잇는다.

"합참은 전군에 비상대기 명령을 내렸으며 한미연합사 휘하의 미8군도 비상대기 상황입니다."

전시작전권 이양이 2015년 12월이어서 아직 한미연합사가 가동되고 있는 것이다.

대통령 관저와 집무실이 과천으로 옮겨온 것은 2013년이다. 관악산 끝자락에 위치한 7층 건물을 집무실과 비서실로 사용하고 있지만 규모나 시설 면에서 예전 청와대와 비교가 안 된다. 이제 청와대는 특급호텔 청와가 되었으며 주변의 넓은 부지는 국민공원으로 바뀌었다. 박성훈이 대선 때 했던 약속을 지킨 것이다. 국민들은 과천 대통령 집무소를 '산본장'이라고 불렀는데 1층에서 5층까지를 비서실과 경호실이 사용했고 6층에는 대통령 집무실이 있다.

7월23일 오후 12시30분.

6층 집무실과 옆 회의실에 모인 안보회의 참석자는 30명 가까이 되었다. KF-24기가 격추된 지 한 시간이 지났다.

"뻔하지 뭐."

이곳은 산본장 1층 대기실, 해병대 사령부 작전참모 최재창 대령이 옆에 서 있는 사령관 부관 이동일 대위에게 말했다. 이동일이 눈만 껌벅이자 최재창이 말을 잇는다.

"전군 비상대기, 북한 측에 강력 항의, 유엔에 제소, 연합사 특별 기동훈련, 대북방송 수위 높임, 대북 장성급 회담 요구, 개성공단 잠정폐쇄, 오늘부터 인도적 차원의 지원을 포함한 모든 지원 중단…."

그러고는 이동일에게 묻는다.

"또 있냐?"

"즉각 대응하지 못한 함대 지휘관의 처벌도 발표한 것 같습니다."

"그, 시발놈. 병신."

욕설을 내뱉은 최재창이 힐끗 천장을 올려다보았다. 그들은 지금 안보회의에 참석한 해병대 사령관 정용우를 수행하고 온 것이다. 대기실에는 그들 같은 수행원이 100여 명이나 들끓고 있었으므로 혼잡했다. 벽에 등을 붙이고 선 최재창이 말을 잇는다.

"개새끼들이 어뢰정 값을 열 배로 받아갔구만."

"이것으로 끝날까요?"

하고 이동일이 물었더니 최재창은 쓴웃음을 지었다.

"4년 전 천안함사건 때보다는 낫다. 미사일이 날아오는 것을 수만 명이 보았으니까 말야."

"…"

"그날 비 왔지?"

"언제 말씀입니까?"

"2010년, 월드컵 축구할 때 말이다."

손바닥으로 턱을 쓴 최재창이 말을 잇는다.

"우루과이하고 8강전을 할 때였지. 모두 들떠 있었잖아? 난 그날 비번이어서 마누라가 준비해 온 붉은 악마 옷을 입고 응원을 했다. 마누라하고 같이 동네 광장에 나가서 말이다. 대-한.민.국!"

최재창이 목소리를 좀 크게 내는 바람에 앞을 지나던 육군 대령 하나가 돌아보았다. 모른 척한 최재창이 말을 잇는다.

"그런데 갑자기 빗발이 굵어지면서 번개가 치는 거다. 우르릉. 꽝. 짜라라락!"

"…"

"그 순간 내 머리털이 곤두서는 느낌이 드는 거다. 그래서 마누라를 끌고 집으로 돌아와버렸다."

"…"

"왜 그런지 아냐?"

"모르겠는데요."

"천안함 피습으로 죽은 해군 46명이 떠오른 거다. 그놈들이 하늘에서 눈물을 쏟는 거 같았어."

"…"

"석 달도 안 되었는데 우릴 다 잊고 대-한.민.국. 하시오? 우릴 위해서 한번 이렇게 모여 외쳐주시기나 했소? 빈소에 꽃만 놓고 묵념으로 끝냅니까? 아직도 우리가 어떻게 죽었는지도 모른다고요?"

말을 그친 최재창이 번들거리는 눈으로 이동일을 보았다.

"그놈들이 그렇게 말하는 거 같아서 난 집에 와서도 축구 안 봤다."

"그대로 졌지요?"

했지만 최재창은 대답하지 않는다.

그때 6층의 회의실에서 대통령 박성훈이 마침 말씀을 하는 중이었다. KF-24기 격추사건으로 소집된 안보회의에서 결정된 사항은 다음과 같다.

1) 전군 비상대기, 한미연합사사령관 지휘하의 데프콘(Defense Readiness Condition)3 발령

2) 모든 통신, 접속 수단을 동원하여 북한의 만행에 대한 항의

3) 유엔에 제소

4) 백령도 중심으로 대규모 기동훈련

5) 대북방송 수위 높임

6) 남북한 군 장성급 회담 요구

7) 개성공단의 한국 측 출입 인원을 20% 규모로 감축

8) 오늘부터 대북 지원 전면 금지

대기실에서 최재창이 예상한 내용과 단 하나도 다르지 않았다. 말을 마친 박성훈이 문득 생각이 났다는 표정으로 해군참모총장 김동균 대장을 보았다.

"그, 함대 지휘관 말예요. 이지스함 함장이던."
"예, 오순일 대령입니다. 대통령님."
김동균이 조심스럽게 말했을 때 박성훈이 헛기침을 했다.
"전군에 본보기가 되도록 처리하세요."
"예. 직위해제를 시켰습니다만."
해놓고 박성훈의 눈치를 살핀 김동균이 말을 잇는다.
"즉시 군법회의에 회부하겠습니다."
이것 하나가 최재창에겐 생각 밖의 일이었다.

차가 산본장의 정문을 나왔을 때 작전참모부장 박진상 중장이 옆에 앉은 허병구 준장을 보았다.
"역시 이렇게 끝나는군."
"예, 저희들 예상과 하나도 다르지 않습니다."
박진상으로부터 대충 내용을 들은 터라 허병구가 말을 잇는다.
"순양함 함장을 강력하게 처벌하는 것만 빼고 말씀입니다."
"시위용이지, 언론용이기도 하고."
잇사이로 말한 박진상이 길게 숨을 뱉는다.
"시발놈, 북한이 미사일을 쐈을 때 바로 퍼부어버리는 건데 병신새끼."
"그럼 북측 함정들은 대응 안 할 수가 없었을 것이고 10분쯤 후에는 전멸되었겠지요."
"북측 해안포가 짖어대면 아군 전폭기가 때렸을 것이고."

"북측 공군기가 밀려오면 한미연합사의 전폭기가 맞받아치겠지요."

그러면 전면전이다. 64년 전의 6·25는 전쟁이 3년을 끌었지만 지금은 며칠이면 끝난다. 그때 박진상이 머리를 돌려 허병구를 보았다.

"해병대 정용우한테 내가 좀 만나자고 연락해."

그러고는 목소리를 낮췄다.

"비밀로."

7월 23일 18시 30분.

이동일은 오늘 송아현을 두 번이나 만나고 있다. 백령도에서 돌아온 후에는 송아현이 합참 근처의 커피숍으로 찾아왔지만 지금은 이동일이 신문사 근처의 카페에 앉아 있다. 이동일이 퇴근을 하자마자 이곳으로 달려온 것이다.

"자, 대위, 뭘 하고 싶나?"

이제는 옆쪽에 앉은 송아현이 물었으므로 이동일이 풀석 웃었다. 이곳은 시내 중심가인 소공동이다. 카페 안은 손님이 가득 차 있어 혼잡했고 소음도 컸지만 방해는 되지 않는다.

"모레가 주말이니까 오늘 백화점에 가서 뭘 샀으면 좋겠는데."

이동일이 송아현의 귀에 입술을 붙이고는 말을 잇는다.

"어머니, 아버지 선물 말야."

"아냐, 필요 없어."

정색한 송아현이 머리를 저었지만 이동일이 말을 이었다.

"너야 그렇지만 난 불편하고 불안해. 그리고 한국인 풍습상 빈손으로 가는 건 예의가 아니야."

"풍습 좋아하네."

"내가 생각해보았는데 어머니한테는 가방하고 아버지는 허리띠나 지갑이 낫겠다."

"미쳤어?"

머리를 반대쪽으로 뗀 송아현이 이동일을 노려보았다.

"돈이 어딨다고 그런 걸 사? 술하고 과일이면 돼."

"딸 달라고 가는 놈이 그러면 안 되는 거야. 넌 가만있어."

"아, 싫어."

머리까지 저은 송아현이 자리에서 일어서며 말했다.

"밥이나 먹으러 가자."

"밥 먹고 나서 사지 뭐."

따라 일어선 이동일이 앞장 서 카운터로 다가가며 말했다.

"넌 가만있어. 이런 일에 나서는 거 아냐."

그때 주머니에 든 휴대전화가 울렸으므로 이동일은 심호흡을 했다. 발신자 번호를 보았더니 최재창이다. 이동일이 휴대전화를 귀에 붙였을 때 송아현은 카운터로 다가가 계산을 했다.

"예. 참모님."

먼저 문 밖으로 나온 이동일이 응답했을 때 최재창이 말했다.

"지금 즉시 3호차를 끌고 C지점으로 이동하도록."

"예. 참모님."

"10시 정각까지는 대기하고 있어야 한다."

그러고는 통화가 끝났을 때 송아현이 밖으로 나왔다. 이동일의 표정을 본 송아현은 입을 열지 않는다. 눈치를 챈 것이다.

밤 10시 정각이 되었을 때 장충동 한정식집 대원의 후문으로 최재창이 나왔는데 양복 차림이었다. 후문 앞은 차 한 대가 겨우 빠져나갈 만한 골목이었고 끝 쪽에 밴 한 대만 세워져 있을 뿐 주위에 행인도 보이지 않았다. 좌우를 둘러본 최재창이 힐끗 뒤쪽에 시선을 주더니 골목으로 나왔다. 뒤를 따라 나오는 사내는 역시 사복 차림의 정용우다. 서둘러 골목을 나온 둘이 밴의 뒷문을 열고 들어섰을 때 운전석에 앉은 이동일이 뒤를 돌아보았다.
"가자."
최재창이 지시하자 이동일은 밴을 발진시켰다. 뒤쪽에 나란히 앉은 둘은 말이 없다. 요정에서 나왔는데 술을 마신 것 같지도 않다.
밴이 국제호텔의 지하 주차장으로 들어섰을 때는 그로부터 40분쯤 후였다.
"저기 있군."
뒷좌석에서 머리를 뽑아 앞쪽을 보던 최재창이 손을 들어 주차장 왼쪽을 가리켰다.
"저쪽 검정색 밴 옆에 붙여라."
저쪽도 밴이었고 운전석에 앉은 사내만 보일 뿐이었다. 차를 후진시킨 이동일이 저쪽 밴 옆에 나란히 붙여 세웠을 때였다. 뒤쪽 문이 열리면서 양복 차림의 사내 두 명이 안으로 들어섰다. 백미러를 올려다본 이동일이 숨을 들이켰다. 육본 작참부장 박진상 중장과 정보참모 허병구 준장이다. 육군의 실세, 이동일은 얼굴만 안다. 그때 최재창이 이동일에게 말했다.

"넌 밖에 나가서 경계해."

이동일은 서둘러 차 밖으로 나왔다.

7월 24일 오전 9시 25분.

회의실에서 나온 송아현이 책상에 앉더니 서랍을 열었다. 서랍 안에 넣어둔 휴대전화가 붉은 등을 깜박이고 있다. 휴대전화를 든 송아현의 몸이 2초쯤 굳어졌다가 풀어졌다. 발신자에 박기성의 번호가 찍혀 있었기 때문이다. 김 기자가 투덜거리며 옆자리에 앉았으므로 송아현은 자리에서 일어섰다. 송고가 늦다고 김 기자는 부장한테 깨진 것이다. 사무실을 나온 송아현은 복도 끝 쪽의 자판기 옆으로 다가가 섰다. 그러고는 휴대전화에 발신자 번호를 띄운 다음 버튼을 누른다. 그러자 신호음이 세 번 울리더니 박기성이 응답했다.

"응, 회의 중이었어?"

낮지만 맑은 목소리, 1년 반 만에 듣는데도 전혀 어색하지가 않다. 귀에 익숙해져 있었기 때문일 것이다.

"갑자기 웬일이야?"

송아현은 자신도 자연스럽게 말을 뱉었지만 제가 듣기에도 어색했다. 억양도 없고 말끝이 떨리기까지 했다. 그러자 박기성이 짧게 웃더니 말했다.

"나, 어제 오후에 도착했어. 서울 지사로 다시 발령이 난거야."
"……."
"잘 있었어?"
하고 박기성이 뒤늦게 안부를 묻는 순간 송아현의 얼굴에 쓴웃음이 번졌다. 인간은 생각하는 동물이라지만 그것을 잊지 못한다면 살아갈 수 없을 것이라는 사실을 박기성이 가르쳐준 셈이었다. 여자를 옷 갈아입듯이 바꾸는 남자. 그런데도 여자들은 상처를 계속해서 받으면서도 갈아입는 순서를 기다리는 것이다. 그때 박기성이 말을 잇는다.
"오늘 저녁에 밥이나 먹자. 어때? 리치호텔 라운지에서 8시…."
"됐어."
송아현이 짧게 말했더니 박기성은 3초쯤 가만있다가 묻는다.
"화났니?"
"전화 끊어."
휴대전화를 귀에서 뗀 송아현이 길게 숨을 뱉는다. 그 순간 가슴이 먹먹해지면서 속이 울렁거렸다. 박기성의 제의를 거부한 것이 개운하지도 않다. 머리를 든 송아현이 햇살에 환하게 퍼진 창밖의 거리를 내려다보았다. 박기성은 세계 최대 투자회사인 골든브리지사의 한국 지사원이다. 하버드 박사로 미국 이민 4세. 그래서 모든 사고가 미국식이다. 심호흡을 한 송아현이 휴대전화를 다시 들고 단축버튼을 눌렀다. 이동일의 번호를 누른 것이다. 그러나 벨이 열 번 울릴 때까지 이동일은 응답하지 않았다.

7월 24일 오전 10시 40분.

한미연합사 사령관 겸 미 제8군사령관 제임스 우드워드 대장은 앞에 놓인 서류에 사인을 했다. 전자결재 시대가 된 지 오래였지만 군은 관행을 존중한다. 솔직히 해커는 종이로 만든 결재 서류는 훔쳐보지 못하는 것이다.

"좋습니다. 그럼 내일."

펜을 내려놓은 우드워드가 앞에 앉은 한국군 합참의장 장세윤 대장을 보았다.

"볼만하겠군요. 장 장군."

"그렇겠지요."

장세윤의 표정은 조금 가라앉아 있다.

데프콘3가 발령된 상황이어서 전군은 휴가, 외출이 금지된 상태이며 한국군 작전권이 한미연합사 사령관에게 넘어간 상황인 것이다. 따라서 내일 백령도에서 실시하는 대규모 상륙 훈련에 대한 우드워드의 승인이 필요했다. 장세윤의 분위기를 눈치챘는지 우드워드가 위로하듯 말했다.

"북한 측에 충분히 위협이 될 것입니다. 장 장군."

지금 장세윤의 앞에는 E-3 훈련에 대비한 서류가 놓여 있다. E-3는 비상상륙훈련으로 백령도 주둔 해병 7사단이 주력이다. 해병대는 지금까지 한 번도 E-3를 발령하지 않았는데 마침내 내일 그 위력이 드러날 것이었다. E-3가 발령되면 7사단 전체가 출동하는 것이다. 상륙전대 100여 척과 상륙함, 이지스 순양함과 구축함 등 제2함대 대부분이 동원되며 공군은 조기경보기의 지휘하에 작전이 끝날 때까지 호위한다. 그러나 무엇보다 E-3의 주력인 해병 7사단의 위력은 엄청났다. 사단은 직할 헬기연대를 보유하고 있었는데 이 또한 상륙 헬기 전대다. 헬기연대는 1개 대전차 대대와 1개의 공격대대. 그리고 1개의 정찰·수송 대대로 구성되었다. 각 대대는 50대씩의 헬기를 보유하고 있어서 150대의 헬기가 한꺼번에 뜨는 것이다. 공격 대대의 헬기 AH-253은 한국이 생산한 최신형으로 대전차 미사일과 4기씩의 공대공미사일, 지역 제압용 무기인 벌컨포와 로켓포를 장착하고 있어서 하늘의 요새나 같다. 또한 정찰·수송용 헬기인 AH-39는 해병 20명을 싣도록 설계되었는데 역시 대전차미사일과 3포신의 20㎜ 게틀링건, 로켓포를 갖췄다. 서류를 든 장세윤이 자리에서 일어서자 우드워드가 손을 내밀며 말했다.

"장군, 훈련 끝나고 골프 한 게임 칩시다."

"대통령님, 내일 오전 10시 정각에 백령도 해병 7사단의 비상상륙훈련이 실시됩니다."

모니터에 비친 국방장관 임기태의 얼굴이 지쳐 보였으므로 대통령 박성훈은 소리 죽여 숨을 뱉는다. 임기태는 육참총장 출신으로 지금 대장들의 한참 선배. 임기태가 말을 잇는다.

"해병 7사단을 포함한 관련 부대는 준비 태세에 들어갔고 전군은 대기 중입니다."

"알았습니다."

박성훈이 버릇처럼 모니터 아래에 떠 있는 시간을 읽는다. 2014년 오전 7월24일 10시47분이다.

7월24일 오전 10시55분.

사령관실로 들어선 이동일이 경례를 하자 정용우가 시선을 들었다. 경례에 답례 따위는 하지 않는다.

"너, 지금 백령도로 가."

정용우가 말하고는 옆에 서 있는 작전참모 최재창을 보았다.

"설명해."

정용우는 이런 식이다. 큰 것만 지시하고 자세한 건 부하에게 맡긴다. 처음에는 귀찮아서 그런 줄 알았더니 부하를 부리는 요령 같다. 최재창이 이동일에게 몸을 돌리고 말했다.

"내일 훈련 때 헬기연대에 사단 수색대대가 탑승한다. 수색대대장한테 너도 동행한다고 말해놓았다."

최재창이 어깨를 부풀렸다가 내리고는 말을 잇는다.

"넌 사령관이 보낸 감독관이야. 그래서 헬기연대장의 지휘기에 타도록 조치했다."

"알겠습니다."

그때 최재창이 몸을 돌려 정용우를 보았다. 그러자 정용우가 헛기침을 했다.

"너 대구호 함장이 어떻게 했는가 들었지?"

대구호라면 이지스 순양함, 그때 정용우가 말을 잇는다.

"만일 헬기 연대장이 대구호 함장놈처럼 굴었을 때를 대비해서 널 보내는 거다."

 그러더니 정용우가 싱긋 웃었다.

 "그땐 쏴 죽이고 네가 지휘해."

2부

개전(開戰)

2014년 7월24일 15시40분. 백령도.

 해병 제7사단 직할 수색대대 상황실. 수색대대장 강규식 중령이 직접 지휘봉을 들고 벽에 걸린 지도 앞에 서있다. 주위에는 대대본부 참모와 4개 중대장, 그리고 이동일까지 이번 작전에 참가하는 장교가 다 둘러앉았다.
 "우리는 분계선을 따라 서쪽으로 날아가다가 공해상에서 돌아온다."
 강규식이 지휘봉으로 지도 위에 그은 선은 사흘 전에 KF-24가 비행했던 코스와 같다. 지휘봉으로 공해상의 한 점을 짚은 채 강규식이 말을 잇는다.
 "가상 상륙 목표는 옹진반도 남쪽이지만 우린 이 지점에서 돌아올 예정이야. 하지만 적은 비상대기 상황이 될 테니까 긴장하도록."
 그러나 강규식은 물론 둘러앉은 장교들의 표정에서 긴장감은 드러나지 않았다. 지휘봉을 지도에서 뗀 강규식의 시선이 이동일을 스치고 지나갔다. 강규식도 이동일과 아는 사이였는데도 처음 만난 것처럼 딱딱하게 굴고 있다. 훈련에 사령관 부관이 감시자로 끼어드는 것이 못마땅한 것이다. 강규식이 장교들을 둘러보며 물었다.

"질문 사항 있나?"

그때 중대장 하나가 손을 들었다.

"대대장님, 적이 사흘 전처럼 미사일을 쏘면 어떻게 합니까?"

"네가 할 일은 없어."

말이 끝나기도 전에 쏘아붙인 강규식이 눈을 치켜떴다.

"그냥 바닷속으로 쑤셔 박히는 수밖에, 그러니 네가 탄 헬기만 맞지 말라고 푸닥거리라도 해라."

둘러앉은 장교들 사이에서 가벼운 웃음소리가 났고 분위기가 조금 더 가벼워졌다.

"이번 E-3 훈련의 중심은 우리 수색대다."

강규식이 다시 정색했으므로 장교들은 긴장했다.

"그리고 헬기 150대가 한꺼번에 뜨는 건 처음이야. AH-253은 공해상에서 미사일 발사 훈련도 할 테니 귀관들은 멋진 구경을 하게 되겠다."

그러면서 몸을 돌리던 강규식이 손목시계를 보았다.

"16시부터 외부 통신 차단이다. 보안을 지키도록."

7월24일 16시10분. 서울. 지하철 안.

'한민족민주연합' 사무총장 조경구와 조직부장 정수남이 지하철 3호선 객차 안에서 나란히 서 있다. 빈자리가 있었지만 둘은 곧 내릴 것처럼 출입구 쪽에 자리 잡고 창밖을 본다.

"내일의 E-3 훈련은 한반도에 전쟁위협을 증폭하려는 박성훈 정권의 공작이라고 밀어붙여야 돼."

조경구가 한마디씩 낮고 또렷하게 말하는 것은 '지시사항'이기 때문이다. 이 지시사항은 곧 점조직식으로 연결되어 있는 각 단체, 언론 매체, 그리고 인터넷과 트위터로까지 빗발처럼 확산될 것이었다. 정수남이 알아들었다는 듯이 천천히 머리만 끄덕였을 때 조경구가 말을 잇는다.

"어뢰정은 방향타가 고장 난 상태였으며 KF-24기 격추는 영해를 2마일이나 침범했기 때문이라고 말야. 러시아 위성이 찍은 증거사진이 있다고 퍼뜨려."

"알았습니다."

각진 턱을 끄덕이던 정수남이 문득 머리를 들고 조경구를 보았다.

"오늘밤 대학생연대의 촛불집회 때 단체들을 더 모아야 되겠는데요."

"가능한 한 많이."

주위를 둘러본 조경구가 말을 이었다.

"박성훈이 보수층의 지지를 받고 있지만 전쟁위협이 고조되면 웰빙 보수들은 분열해. 쫌만 길게 빼면 박성훈이 꼬랑지를 내린다고. E-3가 전쟁 도발용 작전이라고 몰아붙여."

"알겠습니다."

위기가 기회인 것이다. 노인네가 주력인 보수층에 비하면 이쪽은 수적으로 열세지만 젊은데다 단결력이 강하다. 3% 조직으로 97%의 무기력한 대중을 이끌어가야만 하는 것이다.

7월24일 17시25분. 소공동.

망원경을 눈에 붙인 허성만이 남창빌딩의 입구를 바라보며 말했다.

"정수남이 돌아왔습니다."

정수남은 막 빌딩 현관으로 들어서는 중이다.

"저놈은 빌딩에 감시장치가 부착되어 있는 걸 알아요, 개자식."

허성만이 혼잣소리처럼 말했을 때 귀에 이어폰을 붙이고 있던 백기준이 쓴웃음을 지었다.

"우리야 견제용 아닌가? 저놈들은 우리가 여기 있다는 것도 알 거야."

그들은 조금 전에 시청 앞 지하철역에서 조경구와 정수남이 헤어진 것을 보고받은 것이다. 허성만이 망원경을 눈에서 떼고 손끝으로 눈을 문질렀다. 소공동의 남창빌딩은 3층 건물로 낡아서 주위 건물에서 다 내려다보였다. 그 남창빌딩의 3층이 '한민족민주연합' 사무실이다. 한민족민주연합은 남북교류, 인도적 지원, 평화통일을 목표로 하는 시민단체로 회원 수는 1000여 명이다. 그러나 지금 사무실로 들어간 조직부장 정수남은 국가보안법 위반으로 두 번에 걸쳐 5년형을 살았고 시청역에서 헤어진 사무총장 조경구는 세 번에 8년을 복역했다. 조직의 간부 대부분이 철저한 반미·친북 세력이다. 창가로 다가간 백기준이 이제는 대신 망원경을 눈에 붙였다. 이곳은 길 건너편의 비스듬한 위치에 세워진 빌딩 12층이다. 직선거리는 120m, 망원경을 눈에 붙이면 얼굴의 점까지 보인다.

"이것들이 어뢰정이 넘어왔을 때부터 바쁘게 나대는데 북에서 지령을 받은 모양이야."

망원경으로 3층을 보면서 백기준이 말을 잇는다.

"두 놈이 밖에서 만난 건 오늘밤 촛불집회 상의를 한 거야."

"걍 잡아서 토해낼 때까지 고문을 해야 되는데."

뒤쪽에서 인스턴트커피를 만들던 허성만이 투덜거렸다.

"대한민국처럼 간첩이 활개 치는 나라가 없을 겁니다. 이런 게 민주주의 국가가 아니에요."

그러나 고참인 백기준은 대꾸하지 않았다. 그래도 지금은 10년쯤 전보다 훨씬 나았기 때문이다. 그때는 간첩을 눈앞에 보면서도 못 잡았다. 그 간첩들이 고위층과 연결되어 있는 것 같았기 때문이다.

7월24일 17시50분. 소공동 국제신문 빌딩 안.

송아현은 회사 복도에 서서 진동으로 떠는 휴대전화를 바라보고 있다. 발신자 번호가 영 낯설다. 지역번호도 경기도가 찍혀진 일반 전화다. 마침내 송아현은 휴대전화 덮개를 열고 귀에 붙였다.

"여보세요."

"나야."

이동일이다. 50%쯤의 가능성을 머릿속에서 계산하긴 했다. 그러나 막상 목소리를 들었더니 짜증과 아쉬움, 외로움까지 섞인 감정으로 말문이 막혔다.

"아현아, 미안해."

이동일이 말했다. 그렇다. 어제 오후 7시쯤 같이 밥 먹으러 가자면서 일어섰다가 전화를 받더니 황망히 사라졌다. 그러고는 종무소식. 오늘 오전 9시 반쯤 되었나? 박기성의 전화를 받고나서 연락을 해보았더니 응답하지 않았다. 마치 전사나 한 것처럼. 군인이면 전사지.

"안 죽었어?"

하고 기분 그대로 뱉었더니 이동일이 여전히 정중한 억양으로 말했다.

"미안해. 다음 기회에 꼭."

"우리 지키려고 그러는 건 아는데."

억제하려고 안간힘을 썼지만 입 밖으로는 저절로 그렇게 말이 뱉어진다.

"군인은 애시당초 연애나, 결혼, 그런 거 포기하고 일 해야 되는 거 아냐?"

이제 이동일은 가만있었지만 송아현은 내친김이다.

"일도 벅찬데 너무 욕심 부리는 거 아니냐고?"

"미안하다. 이번 작전 끝나고."

"아, 됐어."

"개인통신이 금지되어서 내가 부대 밖으로 나와 전화하는 거야."

"거봐."

해놓고 더 뒤집으려다가 송아현은 어금니를 물고 참았다. 그때 이동일이 부드럽게 말했다.

"널 생각하면 언제나 힘이 나. 고맙다."

송아현이 입을 벌렸다가 닫으면서 휴대전화를 귀에서 떼었다. 그러고는 덮개를 닫는다. 이동일은 말을 계속하다가 전화가 끊긴 것을 알았을 것이다. 그 장면을 떠올리자 시원하면서 불쌍했고 다음 순간 이것으로 어젯밤 이후부터 떼어먹힌 돈을 다 받은 것 같은 기분이 들었다. 그래서 가벼워진 마음으로 발을 떼었다.

7월 24일 18시 20분. 이태원.

이태원의 하원각은 장성들의 단골 요정으로 밤에 불을 켜지 않아도 별이 많아서 대낮같이 환하다는 소문이 난 곳이다. 그러나 간판은 손바닥만한데다 외관이 허름한 단층 한옥이어서 뜨내기 손님은 없고 단골들만 찾는다. 오늘, 하원각의 안쪽 밀실에 네 사내가 둘러앉아 있다. 모두 사복 차림이었지만 군인 냄새가 풀풀 난다. 네 사내는 합참의장 장세윤과 육참총장 조현호, 그리고 육본작전참모부장 박진상과 해병대사령관 정용우다. 마담은 술상만 들여놓고 얼씬도 하지 않았으므로 장세윤이 먼저 입을 열었다.

"놈들이 미사일을 날린 건 어뢰정 귀순에 대한 내부 단속용이라는 기무사 측 판단이요."

어깨를 편 장세윤이 말을 잇는다.

"오후 5시의 평양 방송에서 놈들은 KF-24가 영해를 2해리나 침범했다는 증거를 갖고 있다고 보도했어요."

"난 그 여자만 보면 밥맛이 떨어져서."

쓴웃음을 지은 조현호가 물잔의 물을 국그릇에 비우더니 소주를 채우면서 말을 잇는다.

"정말 애도 속여 넘기지 못할 거짓말을 늘어놓는걸 보면 구역질이 납니다."

"그걸 믿는 사람들이 있는 게 문제 아닙니까?"

박진상이 조심스럽게 거들었다. 만일 두 명 대장이 없었다면 걸진 욕설이 앞뒤에 붙었을 것이다. 그러자 조현호가 물잔을 걷어가면서 뱉듯이 말했다.

"우리도 내부 단속용으로 한 발 날리고 싶구만."

모두 입을 다물었고 조현호의 물잔 비우기 작업이 계속되었다. 박진상이 소주병을 건네주면서 거든다. 그때 장세윤의 시선이 정용우에게로 옮겨졌다.

"북한뿐만 아니라 중국도 주시하고 있을 테니까 긴장해야 될 거요."

"예, 의장님."

정용우가 조현호가 건네주는 술잔을 받으면서 말했다. 물잔에 소주를 부었다.

"도발적인 행동은 하지 않겠습니다."

내일 해병의 E-3 훈련이 시작되는 두 시간 전인 08시 정각에 합참 벙커에는 전군 지휘관들이 모일 것이었다. 데프콘2 상황하의 E-3 훈련이기 때문에 비상소집이 된 것이다. 장세윤의 시선이 박진상에게로 옮겨졌다. 작참부장 박진상이 비상 벙커 운영의 실무 책임자다.

"E-3 훈련이 끝나는 14시 정각에 비상을 해제한다."

"예, 의장님."

박진상이 술잔을 든 채 대답했다.

7월 24일 19시 10분. 시청 앞 광장.

"전쟁 놀음 중지하라!"

하고 사내 하나가 소리치자 수백 명이 따라 외치며 촛불을 치켜들었다. 그러나 모여 앉은 남녀의 표정은 차분하다.

"어뢰정을 돌려보내라!"

사내가 다시 소리쳤을 때 따라 외치는 소리는 조금 줄었다. 군중의 70% 정도는 20대, 나머지가 30대에서 50대까지였지만 노인은 없다.

"영해를 넘어간 KF-24는 무인 비행기였다는군요. 미끼로 특별 제작된 거래요."

대학생으로 보이는 여자가 옆에 있으면서 말했으므로 송아현은 머리를 들었다. 취재차 촛불 시위대 사이에 끼어든 것인데 여러 번 해본 터여서 익숙했다. 눈만 크게 뜬 송아현에게 여자가 말을 잇는다.

"한국에서 보여준 자료는 조작된 거예요. 그 조작에 항의했던 군인 두 명이 실종되었대요."

"세상에."

송아현의 목소리가 분노로 떨렸다.

"그럼 트위터로 퍼뜨려야겠네요."

"그래야 돼요. 이미 퍼지고 있을 걸요?"

그러더니 여자가 몸을 일으켜 뒤쪽으로 사라졌다.

"우리는 평화 공존을 원한다."

이제는 다른 사내가 소리쳤으므로 송아현은 따라 외쳤다. 행동에 조심해야만 하는 것이다. 도처에 감시자가 있어서 수상하면 끌려 나가 신분 확인을 당하고 나서 불확실하면 린치를 당한다. 그뿐만이 아니다. 그들의 블랙리스트에 오르면 끈질기게 괴롭힘을 당한다. 법보다 주먹이 빠르다는 옛말이 지금 다시 적용되고 있다.

"해병 훈련을 중지하라!"

다시 사내가 소리쳤고 송아현은 서둘러 따른다.

2014년 7월25일 07시35분. 삼본장의 소식당.

대통령 박성훈이 국방장관 임기태, 합참의장 장세윤, 기무사령관 배광우와 안보수석 주명성과 원탁에 앉아 아침식사를 하고 있다. 박성훈은 격식을 차리지 않는 성품이어서 꼭 필요한 사람만 부르는 버릇이 있다. 비서실장 한창환을 쉬게 한 것도 그 때문이다. 안보수석 주명성은 국방연구원으로 15년을 근무한 예비역 대령이다. 지난 10여 년간 두각을 나타내지 못했던 주명성은 박성훈 정권이 들어선 후에 2년째 안보수석을 맡고 있다. 박성훈의 "적이 왼쪽 뺨을 치면 즉시 오른쪽 뺨을 치고 나서 발길로 배를 한번 차라"는 명언(?)도 주명성 작품이라는 소문이 있다. 주명성은 박성훈의 상호실용주의 정책에 부합하는 인물인 것이다. 주명성이 입을 열었다.

"대통령님, 김정일한테 연락을 해주시지요. 정상 간 통화를 하신 지도 오래되었습니다."

"그런가요?"

머리를 한쪽으로 기울이던 박성훈이 쓴웃음을 지었다. 하긴 취임식 때 한 번 하고 만 것이다. 머리를 든 박성훈이 임기태와 장세윤,

배광우의 얼굴을 차례로 보면서 말했다.

"하긴 내 전화를 중국 측도 듣겠군."

"언론에도 발표하겠습니다."

하고 주명성이 말을 받았을 때 임기태가 머리를 들었다.

"E-3 훈련이 끝날 때까지 전군 지휘관은 합참 벙커에 모입니다. 그곳에도 격려전화를 부탁드립니다."

"그거야 당연하죠."

이제는 박성훈이 얼굴을 펴고 웃었다. 그러자 배광우가 끼어들었다.

"군의 사기는 이번 E-3 훈련으로 고무되고 있습니다. 대통령님."

같은 시각. 합참 건물의 오른쪽 골목 끝에 해장국 전문식당 전주집이 있다. 지금 식당 구석자리에 앉아 육참총장 조현호가 작참부장 박진상과 함께 콩나물 해장국을 먹는 중이다.

"지금쯤 산본장의 아침식사는 끝났겠다."

수저를 내려놓은 조현호가 손목시계를 보는 시늉을 했다.

"제 임무들은 제대로 하고 있겠지. 그렇지 않나?"

"그렇습니다."

콩나물을 씹어 삼킨 박진상이 말을 잇는다.

"기무사령관은 군의 사기가 이번 훈련으로 올라가고 있다고 했을 겁니다."

"안보수석은 김정일이한테 전화 한방 때려서 긴장하고 있는 중국놈들까지 듣도록 하라고 했겠지."

그러고는 조현호가 자리에서 일어섰다.

"자, 가자."

합참의 비상 벙커로 들어가려는 것이다.

박진상이 수저로 국밥을 뜨려다가 허둥지둥 따라 일어섰다. 조현호는 언제나 남보다 빨리 먹는다.

7월25일 08시 정각. 백령도 수색대대 연병장.

이동일은 수색대대장 강규식과 함께 연병장에서 1중대의 출동장비를 검열한다. 수색대대는 4개 중대와 3개 직할소대로 구성되었고 병력은 약 800명이다.

또한 1개 중대는 4개 소대로 나누어졌으며 병력은 170명, 2012년부터 새로운 편제와 화력을 갖춘 단위부대의 전투능력은 크게 상승했다. 해병 소대는 4개 분대 40명인데 분대마다 휴대용 대공 미사일과 대전차 미사일 발사기를 갖추고 있다. 또한 중대 단위의 제4소대는 미사일 소대로서 각 5문씩의 휴대용 대공, 대지, 대전차 미사일 발사기로 무장하고 있어서 구체제의 1개 포병중대 화력과 비슷했다. 부동자세로 선 해병들의 눈빛은 또렷했고 장비도 완벽하게 갖춰져 있었으므로 강규식은 중대장을 향해 머리를 끄덕였다.

"좋아. 멋지게 바다 위를 날고 돌아오자."

중대장 뒤쪽에 긴장한 채 서 있는 해병들이 들으라고 한 말이다.

"수색대대는 해병의 최첨병이며 최강이다. 명성에 흠이 가면 안 된다."

부동자세로 서 있던 중대장은 물론이고 그 뒤쪽의 소대장, 해병들의 얼굴이 자부심으로 굳어졌다. 검열을 마친 강규식이 뒤를 따르는 이동일을 눈짓으로 불렀다. 이동일이 옆으로 붙었을 때 강규식이 정색하고 묻는다.

"너, 헬기 연대장기에 탄다면서?"

"예, 그렇게 되었습니다."

"왜 내 옆에 안 타?"

"하늘에 떠 있을 때는 헬기 연대장이 지휘관 아닙니까?"

"그게 무슨 말야?"

걸음을 늦춘 강규식이 미간을 좁히고는 이동일을 보았다. 강규식의 시선을 받은 이동일이 3초쯤 망설이다가 결정했다.

강규식과는 한몸이 되어야만 한다.

"대구호 사건을 말씀하시더군요."

목소리를 낮춘 이동일이 말하자 퍼뜩 눈을 치켜떴던 강규식이 시선만 주었다. 절반쯤 짐작한 것 같다. 심호흡을 한 이동일이 말을 이었다.

"이번에는 그런 일이 없어야겠죠."

"당연하지."

어깨를 편 강규식이 앞쪽을 응시한 채 말했다.

"이제 알았다. 이 대위."

강규식의 얼굴은 굳어져 있다.

7월 25일 08시 25분. 백령도. 해병 7사단본부.

해병 7사단장 고달호 소장이 사단 본부로 들어선다. 제1연대가 주둔한 진촌 부근의 바닷가에 나가 출동준비 상황을 검열하고 돌아온 것이다. 강릉호는 2만7000t, 길이 200m에 폭이 32m이며 약 1600명의 강습 해병 2개 대대와 장비 일체를 실을 수 있다. 또한 강릉호의 자매함인 거제호와 진도호는 각각 1만8000t급으로 1개 대대와 장비를 실을 수 있어서 제1연대 전 병력이 상륙함에 승선할 예정이었다. 거기에다 상륙함에는 헬기연대에서 배속된 공격용 헬기 AH-253이 각각 3대씩 배치되어 있는데다 정찰용 헬기와 AH-39, 그리고 상륙정인 LNU와 LCM이 각각 5척씩 따른다. 고달호는 한 시간 동안 3척의 상륙함에 탑재된 전차중대와 수륙양용차 중대, 포병대대까지 검열을 했다.

"서둘러, 출동 30분 전까지 사단 본부를 강릉호로 옮겨놓도록."

사단장실로 들어선 고달호가 참모장 김길중 준장에게 말했다.

"1연대 군기가 잡혔어."

이것은 고달호의 최상급 칭찬이다. 고달호는 해사 시절 럭비선수로 명성을 얻었는데 그가 재학하던 4년 동안 3군 사관학교 체육대회에서 세운 4년 전승의 기록은 아직 깨지지 않았다. 해병사령관 정용우의 2년 후배인 고달호는 과묵한 성품이었다. 그래서 해병 장교들이 부르는 별명이 '백령도 돌부처'였고 가끔 암호 전문도 그렇게 왔다. 부관이 들어와 고달호에게 방탄조끼를 건네주었을 때 김길중이 보고했다.

"상륙함 호위로 오던 구축함 한 척이 엔진고장으로 돌아가는 바람에 호위함대는 지휘함 광주호와 구축함 4척이 주력입니다."

고달호는 방탄조끼를 입으면서 머리만 끄덕였다. 광주호는 한국 해군이 보유한 이지스함 6척 중 하나다. 현재 4척이 더 건조되고 있다. 이지스함은 미사일 지휘장치 4개를 갖추고 있어서 복수목표 처리 능력이 18개가 된다. 즉 18개의 목표를 동시에 미사일로 타격할 수 있는 것이다.

"그런데 사단장님."

부관이 나갔기 때문에 사단장실 안에는 둘뿐이었지만 김길중이 목소리를 낮췄다.

"훈련이니까 가상 상륙목표가 어느 곳이건 상관없습니다만 사령부에서 옹진반도로 결정한 건 이상하지 않습니까?"

고달호는 눈만 끔벅였고 김길중이 말을 이었다.

"미포리와 현전을 제쳐두고 엉뚱하게 옹진반도의 주경리라니요? 사령부에서는 상륙전 계획안을 보지도 않은 모양입니다."

미포리와 현전은 장연 서쪽의 항구로 백령도와 가장 가까운데다 해변이 길고 넓어서 상륙작전에 적합한 곳이었다. 그래서 사령부와 7사단은 오래전부터 미포리와 현전을 목표로 상륙작전 도상연습을 해왔던 것이다. 그런데 사령부는 이번 E-3 기동연습의 상륙목표를 난데없이 옹진반도의 주경리로 결정했다. 주경리는 북한군 제23대 공미사일전대가 주둔한 곳이며 지난번 KF-24기를 격추한 미사일도 이곳에서 날아온 것이다. 그리고 무엇보다도 주경리는 해안이 좁은

데다 암초가 많아서 상륙정이 접근하기 어려운 곳이다. 그때 손목시계를 내려다본 고달호가 말했다.

"평양이면 어때? 어차피 바다 위를 빙빙 돌다가 돌아올 텐데 말야."

7월25일 09시 정각. 과천. 산본장.

대통령 박성훈이 전화기를 귀에 붙였다. 산본장의 대통령 집무실 안이다. 옆에는 비서실장 한창환이 서 있을 뿐이다.

"여보세요."

박성훈이 부르자 곧 수화구에서 낮지만 억양이 강한 사내의 목소리가 울렸다.

"예, 김정일입니다."

문득 박성훈은 김정일이 직책이 아닌 자신의 이름을 대면서 통화를 하는 상대가 몇이나 있을지 궁금해졌다. 1942년생인 김정일의 나이는 올해로 73세, 박성훈보다 10년 연상이다. 심호흡을 하고 난 박성훈이 입을 열었다.

"위원장님 안녕하십니까? 요즘은 날씨가 무척 덥습니다."

"그렇군요. 하지만 곧 서늘해지겠지요."

김정일도 부드럽게 응답한다. 요즘은 날씨가 남북한 양쪽이 다 덥다. 비도 내리지 않고 있다. 그때 박성훈이 말했다.

"제가 위원장님께 알려드릴 일이 있어서 전화를 드렸습니다."

"예, 말씀하시지요."

"오늘 말씀입니다. 백령도 주둔 해병 사단이 상륙훈련을 합니다.

그저 단순한 훈련인데 요즘 상황이 좋은 편이 아니라서 미리 전화를 드리는 겁니다."

"아, 그렇습니까?"

"오해하지 말아주시기 바랍니다."

"알겠습니다. 대통령 각하."

"그럼 전화 끊겠습니다. 위원장님."

"예, 안녕히."

박성훈이 전화기를 귀에서 떼고는 천천히 내려놓았다. 그러나 지금까지 차분했던 목소리와는 달리 굳어진 얼굴이다.

"수고하셨습니다. 대통령님."

옆에 서 있던 비서실장 한창환이 말하자 박성훈이 생각에서 깨어난 표정이 되었다.

"저 사람은 어떻게 견딜까?"

박성훈이 불쑥 묻자 한창환은 눈썹을 모았다.

"뭘 말씀입니까?"

"저 사람 몇 년간이나 통치하고 있지?"

"1974년에 핵심 권력기구인 당 중앙위 정치위원회 위원이 되면서 공식 후계자가 되었지요."

"그러면 올해로 40년이군."

쓴웃음을 지은 박성훈이 머리를 젓는다.

"나는 3년째인데도 말라 죽을 것 같은데 과연 대단한 사람이군."

한창환이 입을 벌렸다가 다시 다물었다.

얼토당토않은 비교를 하는 바람에 말문이 막힌 것이다.

7월25일 09시15분. 경기도 일산.

일산 호수공원 건너편에 위치한 24시간 설렁탕집 '대호식당' 안이다. 파리채를 쥐고 앉은 주인 김대호씨가 TV를 노려보고 있다. 지금 TV는 백령도 주둔 해병사단의 상륙훈련을 뉴스로 보도하는 중이다.

"헬기연대의 공격용 헬기 150여 대가 동원되는 강습 상륙훈련인 것입니다."

남자 아나운서가 열기 띤 목소리로 말을 잇는다.

"이것으로 정부는 강력한 대응 의지를 북한 당국에 과시하는 한편으로 군의 사기를 높일 의도인 것 같습니다."

"지랄하고 자빠졌네."

마침내 김대호의 입에서 욕설이 터졌다. 60대 후반의 김대호는 육군 병장 출신으로 월남에도 파병되었던 역전의 용사다. 파리채로 식당의 비닐장판을 힘껏 두드린 김대호가 욕설을 잇는다.

"백날 훈련 혀봐라. 시발놈들아, 그놈들이 눈 한번 깜박 허는가."

"아이고 시끄럽소."

주방에서 파를 썰고 있던 김대호의 처 박미옥이 버럭 소리치자 주방 아줌마 파주댁이 큭큭 웃는다. 박미옥이 눈을 흘기며 말을 잇는다.

"지치지도 않는감? 비행기 떨어졌을 때부터 맨날 TV 보고 욕질이여."

"아, 파나 썰고 입 닥쳐."

마침 손님은 한 사람도 없는 터라 김대호도 맞받아 소리쳤다.

"만날 유엔에 제소헌다. 개성공단 문 닫는다. 미군 끌고 와 훈련헌다. 그 지랄허다가 꼬랑지 탁 내리는 기 한두 번이여? 그 꼴을 본 중국놈들이 우리를 얼매나 우습게 보겠어?"

"우습게 보거나 말거나 설렁탕이나 많이 팔면 되여."

"에라이, 무식헌 여편네 같으니."

"머셔?"

하고 식칼을 쥔 박미옥이 눈을 부릅떴을 때 손님 둘이 들어왔다. 근처 룸살롱 웨이터들로 단골이다. 파리채를 던진 김대호가 쟁반에 물잔을 담았고 박미옥은 다시 파를 썬다.

7월 25일 09시 30분. 서울 소공동. 국제신문빌딩.

국제신문 사회부장 홍동수가 송아현의 책상 앞으로 가다와 섰다.

"루머의 근원을 찾기에는 시간이 촉박해, 걍 내일 기사로 내자고."

"무인 비행기라든지 군인 두 명이 실종되었다는 루머를 더 확산시키게 되지 않을까요?"

"앗따, 걱정은."

이맛살을 찌푸린 홍동수가 송아현의 어깨를 손바닥으로 툭 쳤다.

"아야."

송아현이 조금 과장된 표정을 짓고 홍동수를 노려보았다. 본인은 친근감의 표현이라지만 송아현은 짜증이 난다. 남자끼리라면 몰라도 이쪽은 여자다.

"한 번만 더 치면 부장님이 신문에 보도될 테니까 각오해요."
"뭘로? 성폭력?"
40대 후반의 홍동수가 시큰둥한 표정을 짓더니 몸을 돌렸다.
"나 안 서는 거 세상 사람들이 다 안다."
"기사 낼 거예요?"
등에 대고 송아현이 묻자 홍동수가 몸을 돌린 채 두 손가락으로 동그라미를 만들어 보였다. 기사를 그대로 내겠다는 표시다. 어젯밤 촛불 데모대의 잠입 취재를 끝낸 후에 송아현은 '촛불 데모대의 루머 조작'이라는 기사를 써서 데스크에 낸 것이다. 송아현이 20대 여자한테서 들은 내용과 분위기가 생생하게 묘사되어 있다.
"시발, 클났네."
혼잣소리처럼 송아현이 말했을 때 옆자리 김 기자가 큭큭 웃었다. 기사 끝에 취재기자 이름이 실명으로 찍혀 나올 것이다.

7월25일 09시35분. 서울 청진동.

"루머가 먹히고 있어."
청진동의 해장국집 '안동옥'에서 선지해장국을 떠먹던 이은주가 말했다. 이은주는 대학생 환경연합 선전부장으로 어젯밤에 송아현을 만난 당사자다. 앞쪽에 앉은 한주현이 머리를 들고 말했다.
"오늘 밤에는 6개 노조 회원들이 참가한다고 했어. 오늘은 2000명쯤 될 거야."
한주현은 조직부장으로 둘 다 대학생 조직의 간부급에 든다. 주위를 둘러본 한주현이 말을 이었다.

"격렬하게 투쟁하라는 지시야. 곧 5급 운동을 공표할 거래."

5급이면 7급까지 책정된 투쟁 강도 중에서 올해 들어와 가장 높은 레벨이다. 6급은 남북이 국지전을 할 때이고 7급은 전면전 때 발령되는 것이다. 정색한 이은주가 머리를 끄덕였다.

"오늘 한국군 훈련이 끝나면 관제언론이 대대적으로 보도하겠지. 그것을 오늘밤의 촛불로 덮어버리자고."

7월 25일 09시 48분. 백령도. 헬기연대본부.

헬기로 다가가면서 이동일이 자신의 군장을 확인한다. 2012년부터 지급된 K-5소총은 한국형으로 M-16을 모델로 했지만 사정거리가 더 길고 총신은 짧은데다 가볍다. 분당 발사속도는 750발, 실탄은 20발들이 탄창이 6개다. 또한 한국산 베레타 92-F형 권총에 15발 탄창 3개, 방탄 상의를 입었고 철모, 턴띠에는 수류탄 4발이 끼워져 있다. 헬기 옆으로 다가간 이동일이 참모와 서 있는 헬기 연대장 탁경섭 대령을 보았다. 지휘기인 AH-253기는 이미 로우터를 회전시키고 있었으므로 먼지가 자욱하게 일어나는 중이다.

"어, 왔나?"

이동일의 경례를 받은 탁경섭이 소리치더니 곧 쓴웃음을 지었다.

"자. 드라이브하고 오자고. 해병."

헬기연대는 전략기동군으로서의 해병대 임무에 맞도록 2012년에 창설되었는데 모두 해병대 소속이며 독립연대다.

이동일은 탁경섭을 따라 지휘기 안으로 들어섰다. 탑승 인원은 조종사와 부조종사, 사격통제 준사관, 그리고 탁경섭에다 참모 둘, 이동일까지 7명이다. 헬기 안에서 헤드셋으로 바꿔 쓴 탁경섭이 손목시계를 보고나서 말했다.

"10시 정각에 출동 시각 맞춰."

"예, 10시 정각에 출동."

동승한 작전참모가 복창하더니 각 부대에 지시했고 보고 소리가 헬기 안을 울리고 있다. 이동일은 손목시계를 보았다. 09시54분. 6분 전이다. 참모에게 출동지시를 맡긴 탁경섭이 헤드셋의 버튼을 눌러 외부통신을 끄더니 이동일에게 말했다.

"이봐, 감시 나온 거냐?"

"네?"

못 들은 척 이동일이 눈을 끔벅이며 되묻자 탁경섭이 입술을 비틀고 웃는다. 두 눈이 번들거리고 있다.

"이건 기무사 놈들도 파악하지 못했을 건데 내가 귀관한테만 알려주지."

이동일의 시선을 받은 탁경섭이 말을 잇는다.

"윤재복이 마누라 이름이 민세희다. 미인이지."

이동일은 잠깐 윤재복이 누군가 생각했다가 숨을 삼켰다. 이틀 전에 격추된 KF-24기 편대장이다. 그때 탁경섭이 말했다.

"내 마누라가 윤재복이한테 민세희를 소개시켜줬어, 민세희는 내 마누라 친구의 동생이야."

그러고는 탁경섭이 손을 뻗어 이동일의 어깨를 툭 쳤다.

"내가 대구호 함장 놈처럼 어물거릴 것 같으냐? 넌 내가 오버나 하지 말도록 감시해야 될 거다."

그때 AH-253이 불끈 떠올랐으므로 이동일은 창밖을 보았다. 헬기장을 가득 메웠던 헬기들이 떠오르고 있다. 그것은 마치 거대한 새들의 부양 같았다. 엄청난 소음과 함께 거대한 동체의 헬기 100여 대가 동시에 떠오르고 있는 것이다.

7월 25일 10시 15분. 이지스 순양함 광주호.

이지스함 광주호의 함장 문영수 대령은 이번 E-3 훈련의 함대 지휘관임과 동시에 해상 작전의 책임자였다. 따라서 광주호의 함교에는 지휘관제 시스템이 모여 있었는데 작전, 화력조정, 항공관제, 상륙정관제, 통신감시관제를 모두 이곳에서 하는 것이다. 10시 정각에 E-3가 발령되었을 때 광주호는 구축함 4척과 초계함 6척, 그리고 참수리 8개 편대 16척을 거느리고 백령도 동남쪽을 항진 중이었다.

"강릉호가 선두에 섰습니다."

부함장 오재길 중령이 망원경을 내리면서 보고하자 문영수는 손목시계를 보았다.

"헬기연대가 지나갈 때가 되었는데…."

그때 헬기의 폭음이 들리더니 백령도 쪽의 상공에서 3대의 헬기가 다가왔다.

"정찰기가 옵니다."

오재길이 브리지의 창을 통해 맨눈으로 그쪽을 보면서 말했다.

"대공미사일에다 로켓포까지 잔뜩 실었군요."

바로 이지스함 앞쪽으로 지나가는 헬기 3대는 AH-253 정찰편대였다. 헬기연대에서 최선두로 내보낸 정찰대인 것이다.

"그 자식들, 되게 시끄럽군."

오재길이 투덜거렸을 때 이번에는 10여 대의 AH-253 편대가 다가왔다. 그래서 귀가 더 먹먹해졌다.

"항로를 좌표 0-21로."

문영수가 지시했고 오재길이 복창한 순간이었다. 날카로운 폭음이 울리면서 이번에는 동남쪽 상공에서 KF-24기 2개 편대가 나타났다.

"딱 맞춰서 오는군."

만족한 듯 문영수가 머리를 끄덕이더니 앞쪽 레이더 화면을 보았다. 같은 방향에서 2개 편대의 KF-24가 뒤를 따라오고 있었다.

7월 25일 10시 18분. 옹진반도 제23대공미사일 전대. 통제실.

"전투기 4개 편대 16기입니다."

레이더 감시병이 소리치자 책임군관 양택수 상위는 옆에 놓인 전화기를 들었다.

"시속 850km로 접근 중."

감시병의 목소리가 다시 통제실에 울렸을 때 귀에 붙인 전화기의 수화구에서 이광천 대좌가 묻는다.

"뭔가?"

"남조선 전투기 4개 편대 16기가 시속 850km의 속도로 분계선에 접근 중입니다."

"백령도에서는?"

"헬리콥터는 150대 정도, 분계선과 3km 거리를 두고 동진 중, 해상에는 상륙함 3척, 보조함 5척, 그 남쪽에 순양함 1척, 구축함 4척, 초계함 6척, 참수리는 현재까지 8개 편대가 파악되었습니다."

양택수가 외우고 있던 대수를 술술 보고하자 이광천이 짧게 웃고 나서 말했다.

"내가 내려가야겠다."

통화가 끊겼을 때 감시병이 다시 소리쳤다.

"선두 전투기와의 거리는 125km."

머리를 돌린 양택수가 레이더를 보았다. 지름이 2m가 넘는 레이더 화면 남쪽에서 4개씩 한 덩어리가 된 점들이 북상해오고 있다. 그리고 서쪽에 하얗게 퍼진 점들은 헬기연대다.

"저것들이 한 대 떨어졌다고 야단법석을 떠는구먼."

쓴웃음을 지은 양택수가 일부러 크게 말한 것은 통제실의 분위기가 가라앉아 있었기 때문이다. 이런 규모의 한국군 상륙전 연습은 양택수가 제7방공여단 23대공미사일전대에 배속된 지 3년이 되었지만 처음이다.

"선두 전투기와의 거리 85km."

감시병의 목소리에 긴장감이 배어 있다. 양택수는 벽시계를 보았다. 오전 10시20분이 되어가고 있다. 남조선군 전투기 한 대를 떨어뜨린 지 만 이틀이 되어가고 있다. 아까부터 옆쪽의 시선을 느끼고 있었지만 양택수는 모른 척했다. 발사반원들인 것이다. 이틀 전에도 책임군관이었던 양택수는 발사명령을 내렸다. 유효 사거리 120km인 북한산 지대공미사일 승리3호는 한국군이 자랑하던 신형 전투기 중 1기만 명중시켰지만 KF-24기가 무적이 아니라는 사실을 입증시켰다. 훌륭한 성과인 것이다.

"거리 70km."

다시 레이더 감시병이 말했을 때 양택수는 머리를 들고 처음으로 발사반 쪽을 보았다. 발사반의 앞쪽 전자상황판에는 140여 개의 붉은 등이 켜져 있었는데 위쪽의 100개는 지대공미사일 피바다25였고 아래쪽 40개는 지대지미사일 노동5호였다. 피바다25는 전장 5m, 직경 30cm에 중량이 145kg, 사정거리 160km에다 속력은 마하6이며 자신이 지닌 레이더를 이용해 표적에 돌입하는 능동적 방식의 미사일인 것이다. 또한 노동5호는 전장 5.5m, 직경 55cm에 중량 650kg의 대함, 대지용 미사일로 사정거리는 300km, 속력은 마하 3.5이며 역시 능동추적 방식의 미사일이다.

"거리 57km."

다소 지친 목소리로 감시병이 말했을 때 옆쪽 문이 열리면서 전대장 이광천 대좌가 통제실 안으로 들어섰다.

"놈들은 이쪽으로 오고 있지?"

이광천이 다가오며 물었으므로 양택수는 부동자세로 섰다.

"그렇습니다. 전대장 동지."

"놈들은 영해를 침범하지 않을 거다."

레이더 앞에 놓인 의자에 털썩 앉으면서 이광천이 말했다.

"별도 지시가 있을 때까지 비상경계다."

"예, 전대장 동지."

긴장이 풀린 양택수가 어깨를 늘어뜨렸다.

7월25일 10시22분. 수송헬기 AH-39 3번기 안.

수색대대장 강규식이 창밖을 내려다보면서 소리쳤다.

"이 부근에서 KF-24가 당했어."

옆쪽에 앉은 참모들이 제각기 창밖을 내려다본다. AH-39는 육중한 동체를 기울이며 날아가고 있다. 완전무장한 병력 20명을 태울 수 있는데다 공대공미사일과 대전차미사일, 거기에다 개틀링포까지 장치된 AH-39는 위압적이다. 그때 작전참모 박성우 대위가 소리치듯 말했다.

"주경리까지 20분 거리입니다."

가상 상륙 목표는 주경리다. 주경리란 어디인가? 바로 KF-24기를 격추시킨 북한군의 제23대공미사일 전대가 위치한 곳이다.

7월25일 10시25분. 서해 상공. 좌표 0275지점.

"대단하군 그래."

KF-24 편대의 지휘관 안재성 중령이 캐노피 아래를 굽어보면서 말했다.

"헬기연대의 위용을 봐라. 폼 난다."

"멋집니다."

뒤를 따르는 2편대장 주명열 소령의 목소리가 헤드셋에서 울렸다.

"모두 150대는 되겠는데요?"

"제법 편대 비행이 잘되는구먼."

안재성이 힐끗 상황판을 보고는 조종간을 고정시켰다. 현재 위치는 분계선 남쪽 3km 지점에서 동진 중이다. 왼쪽으로 창진도가 보였고 그 뒤쪽의 육지가 옹진반도였다. 그때였다. 헤드셋에서 관제관의 목소리가 다급하게 울렸다.

"북방에서 미확인 비행체가 대량으로 접근 중. 아직 미사일인지 비행기인지 판별이 안 된다."

그와 동시에 상황판에 비행체의 데이터가 입력되면서 공대공미사일 알람이 자동적으로 발사대기 상태로 전환되었다.

"고도를 2만으로."

편대원에게 지시한 안재성이 기체를 급상승시켰다. 이미 편대기 모두는 조기 경보기로부터 동시에 정보를 들었을 것이었다. 그렇다고 기수를 남쪽으로 돌릴 수는 없다. 아래쪽에 대규모 헬기연대가 지나고 있으니만큼 위에 떠 있어야만 한다. 그때 관제관의 목소리가 다시 울렸다.

"판별되었다. MIG31 5개 편대. 거리는 260km, 시속 900km로 남진 중."

"알았다. 로저."

금방 고도 2만에 닿았고 상황판 옆쪽 레이더 화면에 MIG31편대가 점으로 나타났다. 거리계에는 23km, 북동쪽에서 접근해오고 있다.

"대대장님."

헤드셋에서 3편대장 김승옥 대위의 목소리가 울렸다. 김승옥은 다음달에 소령으로 진급하는 고참 대위다.

"뭐야?"

"이번에도 회피운동만 합니까?"

"그게 무슨 말이냐?"

"저쪽에서 쏘면 윤소령처럼 피하기만 하다가 당하는 건 아니겠지요?"

"인마, 오늘은 아냐."

지금 이 대화는 위쪽의 조기경보기는 물론이고 제2함대사령부, 방공사령부, 그리고 합참 지하벙커의 관제실, 북한의 공군, 해군의 지휘부에다 중국과 일본, 미국이 위성을 통해서 다 듣고 있을 것이었다. 안재성이 이제는 모두 들으라는 듯이 말했다.

"오늘은 진짜 가만두지 않을 거다."

이제 MIG31이 장착한, 러시아제 AA-6형을 변형한 공대공미사일의 사정거리는 약 50km였고 양쪽의 진행속도를 계산하면 3분쯤 후에는 사정거리 안으로 들어올 것이었다.

7월25일 10시27분. 헬기연대 지휘기 안.

무전기의 푸른 신호등이 번쩍였으므로 이동일이 스위치를 켰다.

무전기를 귀에 붙였을 때 앞쪽에 앉은 탁경섭이 힐끗 시선을 주었다.

"예, 대위 이동일입니다."

이동일이 응답했을 때 수화구에서 작전참모 최재창의 목소리가 울렸다.

"북한 전투기가 출현했다. 알고 있지?"

"예, 압니다."

"공격을 받으면 즉시 옹진반도로 돌입한다. 상륙 목표는 남해. 알았나?"

"예."

이동일이 대답했을 때 최재창의 목소리가 굵고 높아졌다. 모두 들으라고 말하는 것 같다.

"공격을 받고 바다 위로 떨어질 수는 없다. 알았나?"

"예, 알겠습니다."

"연대장 바꿔."

"예."

하고는 이동일이 무전기를 지금도 시선을 주고 있는 탁경섭에게 내밀었다.

"사령부 작전참모입니다."

7월25일 10시29분. 상륙함 강릉호의 함교.

해병 7사단장 고달호 소장은 부관이 넘겨주는 무선전화기를 받는다.

"예, 사령관입니다."

"나야."

사령관 정용우다. 정용우는 고달호와 꽤 인연이 깊은 편이다. 8년 전에 정용우가 포항 사단장이었을 때 고달호는 1연대장이었다. 그전에 정용우가 백령도에서 대대장을 할 때는 고달호가 대대 참모였다. 그러나 고달호는 시치미를 뚝 떼고 묻는다.

"무슨 일이십니까?"

"놈들 전투기가 덮쳐왔구먼."

역시 정용우도 시치미를 뗀 목소리로 말을 잇는다.

"그래서 조금 전에 작전참모 시켜서 헬기 연대장한테 지시했어."

"말씀 안 하셔도 됩니다."

"그렇다면 안심인데."

"증거를 남기실 작정인가 본데 말씀하시지요. 지금 여러 곳에서 듣고 있을 테니까요."

"너, 사단장 되더니 말이 많아졌다?"

"바쁩니다."

"그럼 옳지."

하고나서 정용우가 헛기침을 했다.

"적이 공격하면 즉시 옹진반도로 상륙해라. 해병을 바다에서 몰살시킬 수는 없다. 알았나?"

"예, 사령관님."

"할 말이 있나?"

"듣고 있을 여러분께 말씀드리는데요."

그러고는 고달호도 헛기침을 했다.

"만일 이틀 전과 같은 일이 또다시 발생한다면 결코 좌시하지 않을 것입니다."

고달호의 단호한 목소리가 끝났을 때 정용우는 말없이 통신을 끊었다.

7월25일 10시34분. 평양시 남쪽 27km지점.

제55호위대 지하벙커 안에서 합동 참모회의가 열리고 있다. 원탁에 둘러앉은 장성들이 방금 벽 쪽에 붙은 스피커에서 흘러나온 남조선군 해병 7사단장 고달호 소장의 말을 들었다.

"무력시위일 뿐입니다."

무력부 총정치국장 조재규 대장이 자신 있는 표정으로 말했다.

"방금 들으셨겠지만 우리가 가만두면 놈들은 돌아갑니다. 이틀 전 격추된 전투기 때문에 강경파 놈들을 다독거려줄 필요가 있었단 말입니다."

"듣고 있을 여러분께 말씀드린다니."

무력부 부부장 심철 상장이 쓴웃음을 지으며 말을 잇는다.

"우리도 듣고 있다는 것을 알고 말씀 올리는 것 같구먼 그래."

그는 호위총국 산하의 평양지구대장을 지내다가 당 서열이 뛰어올라 무력부 부부장 겸 호위대장을 맡았다. 호위대장도 김정일 위원장의 측근 경호를 전담하는 최정예부대였으니 심철의 위세는 나는 새도 눈짓으로 떨어뜨릴 만했다. 그때 무력부장 성종구가 입을 열었다.

그가 오늘 회의를 주관하고 있는 것이다.

"하긴 남조선 대통령이 지도자 동지께 양해까지 얻었으니까 무력 시위라고 볼 수도 없지. 그냥 연습이오."

성종구가 늘어진 눈시울을 올려 장군들을 둘러보았다.

"군의 일부 강경파가 해병 상륙훈련을 주도했겠지만 온건파의 견제를 받고 있을 것이오."

그때 잠자코 있던 총참모장 김형기 대장이 입을 열었다.

"저놈들이 우리 영공을 침입해놓고 억지소리를 하다가 다시 무력 시위를 하는 걸 보면 도발이라고 볼 수도 있습니다."

김형기가 가늘게 뜬 눈으로 성종구를 보았다. 60대 초반의 김형기는 역시 인민군의 출세코스인 호위총국 평양지구대장을 거쳐 호위총국장이 되었고 지금은 인민군의 총수인 총장참모장이다. 물론 총정치국장과 같은 서열이지만 김형기의 기세가 약간 강하다. 장군들의 시선을 받은 김형기가 말을 이었다.

"헬기 기동타격 연대와 상륙함이 옹진 앞바다로 몰려오는 상황을 그저 연습이라고 놔두는 습성이 들면 인민군 전사들의 긴장감이 풀어집니다. 나중에는 허를 찔릴 가능성도 있습니다."

"그건 그렇지만."

성종구가 나섰을 때 김형기는 목소리를 높였다.

"전쟁은 고대나 현대나 마찬가지로 기세 싸움입니다. 기선을 제압하는 것이 무엇보다 중요하단 말씀입니다. 남조선은 지금 대규모 상륙 훈련으로 기세를 올려 기선을 제압하려는 것입니다.

"처음에는 도발이라고 했지 않소?"

입맛을 다신 성종구가 머리를 기울이며 김형기를 보았다.

"그런데 기세네 기선하고 무시기 상관이요?"

분위기를 부드럽게 하려고 한 말이었지만 장군들은 아무도 웃지 않았다. 75세의 성종구가 20년 전 군사령관이었을 때 김형기는 예하부대의 대대장을 지낸 인면이 있다. 그러나 김형기의 기세는 호위총국의 평양지구대장이 되었을 때부터 살아나 10년쯤 전부터 성종구를 똑바로 보기 시작했다. 그러니 지금은 말할 필요도 없다. 김형기가 성종구를 똑바로 보면서 말한다.

"놈들은 인민군의 기세를 죽이려고 도발해온 것이란 말씀입니다. 무력부장동지."

"그렇군."

성종구가 표정 없는 얼굴로 머리를 끄덕였다.

"인민군의 기세만 죽지 않으면 놈들의 도발은 무용지물이 되겠군."

7월25일 10시37분. 서해 상공. 좌표 0275 지점.

안재성 중령의 KF-24기가 같은 지점을 네 번째 지나고 있다. 그러나 캐노피 밖으로 보이는 아래쪽 바다에는 이미 헬기연대가 지난 후여서 햇빛을 받아 반짝이는 물결만 보인다.

"놈들도 돌아옵니다."

2편대장 주명열 소령의 목소리가 헤드셋을 울렸다. MIG31기 편대를 말하는 것이다. MIG31기 편대도 북쪽 영해에서 선회 비행을 하는 중이라 지금 세 번째로 스쳐 지나가게 될 것이었다. 안재성이 레이더에 흰 점으로 표시된 헬기연대를 보면서 말했다.

"저기, 잠자리 떼가 돌아올 때가 되었군."

헬기연대는 선회지점인 주경리 상공까지 대략 3분 거리로 다가가 있었다.

7월25일 10시38분. 서해 상공. 헬기연대의 지휘기 AH-253기 안.

"목표 상공 도착 3분20초 전."

지휘기 조종사 조민철 대위의 목소리가 헤드셋을 울렸으므로 이동일은 창밖을 보았다. 왼쪽으로 북한령 옹진반도가 뚜렷하게 드러나 있다. 육안으로 봐도 드문드문 박힌 흰 점은 건물이다.

"저쪽이 제23대공미사일 전대야."

옆에 앉아 있던 헬기연대의 정보참모 왕덕근 소령이 손끝으로 유리창을 두드리며 말했다.

"저쪽 산 밑 어딘가에 있어."

그때 시야를 가리기라도 하는 것처럼 MIG31 편대가 좌에서 우로 스치고 지나갔다. 그것도 위협기동 같다. 제트엔진의 폭음이 이곳까지 들렸으므로 이동일이 쓴웃음을 지었다.

"아래쪽에서 보면 장관이겠군요."

그럴 것이다. 헬기연대의 벌떼 같은 위용도 볼만하겠지만 좌우로 MIG31기와 KF편대가 번갈아 스쳐 지나간다. 아래쪽에서는 엄청난 폭음과 함께 살벌한 기운이 덮이고 있을 것이다.

7월 25일 10시 39분. 제23대공미사일 전대. 통제실.

눈썹을 모은 양택수 상위가 손끝으로 테이블 위를 무의식중에 두드리고 있다. 양택수의 시선이 닿아 있는 곳은 앞쪽 레이더 화면, 통제실 안은 조용했고 기계음만 울리고 있다. 삐. 삐. 철걱. 철걱. 뚜. 뚜. 웅웅웅. 이제 2분 후면 헬기의 선두 편대가 순위도 남쪽 해상에 닿는다. 헬기연대의 뒤쪽으로 함정을 표시하는 노란 점들이 떠 있었는데 지금 2m의 레이더 화면에 남조선군 헬기와 전투함으로 가득 차 있다. 그러나 놈들은 경계선은 침범하지 않았다. 2km 거리를 계속 유지하고 있다. 양택수는 주머니에서 말보로를 꺼내 쥐고는 시선을 레이더에 준 채로 한 개비를 입에 물었다. 그때 다시 기수를 돌린 남조선군 전투기 편대가 동쪽으로 직진해나가면서 북조선의 MIG31 편대와 엇갈렸다. 그러나 이제 보고는 하지 않는다. 지금은 바짝 다가온 헬기연대가 위협적이다. 그래서 통제실 안의 분위기는 위축되어 있는 것이다.

"개자식들."

담배연기를 길게 뱉고 난 양택수가 잇새로 말하고는 다시 손끝으로 테이블을 두드리기 시작했다. 그때였다. 옆쪽 문이 열리더니 전대장 이광천 대좌가 들어섰다. 오늘 오전에만 두 번째다. 양택수가 황급히 담배를 감춰 껐으나 이광천의 시선은 레이더 화면으로 옮겨져 있다. 레이더 앞에 선 이광천이 억양 없는 목소리로 말했다.

"지대공 미사일 발사준비!"

발사반원은 물론이고 통제실 안의 모든 시선이 이광천에게로 모아졌다. 그때 이광천이 목소리를 높였다.

"목표는 선두 헬기편대! 피바다 25기 1번에서 8번까지를 발사한다."

"피바다 25기 1번에서 8번!"

저도 모르게 양택수가 복창했고 통제실 안은 엄청난 긴장감으로 덮였다.

"발사준비 완료."

발사반장 임택성 중위가 소리쳤을 때 이광천이 직접 명령했다.

"발사!"

그때 양택수가 벽시계를 보았다. 10시39분32초다.

7월25일 10시39분35초. 서해상. KF-24 편대장기 안.

"아앗! 미사일이 발사되었다!"

조기경보기 B-2C의 관제관이 버럭 소리쳤을 때 안재성도 거의 동시에 레이더 화면에 띠오른 미사일을 보았다. 8기. 거리는 27km. 자동으로 미사일 발사장치 알람에 불이 켜지면서 공대공미사일 KAAM-220 4기가 발사준비 상태로 전환되었다.

"대대장님! 선두 헬기가 목표입니다."

2편대장 주명열 소령이 버럭 소리친 순간 안재성은 헬멧 밑의 머리칼이 쭈뼛 솟아오른 느낌을 받고는 이를 악물었다. 헬기연대와 미사일과의 거리는 10여 km밖에 되지 않았다. 그때 MIG31 편대가 또다시 이쪽과 엇갈려 서쪽으로 빠져나갔다. 그쪽에는 이지스 함대가 있다.

"K편대는 H편대를 지원하라!"

다시 관제관의 목소리가 헤드셋을 울린 순간 안재성은 기체를 미사일 쪽으로 횡전시켰다. 레이더에 떠오른 미사일은 이제 5개. 나머지 3개는 어떻게 되었는가? 안재성이 미사일을 향해 기체를 돌진시키면서 소리쳤다.

"먼저 저놈들을 떨어뜨려라!"

7월25일 10시39분38초. 서해상. 기동함대 기함인 광주호의 함교 안.

"발사!"

함장 문영수 대령이 소리치자 화력 조정관 이병천 소령이 복창했다.

"발사!"

그 순간 선체가 흔들리는 것 같더니 전방의 수직발사기 MK41에서 미사일이 흰 가스를 품으면서 하늘로 솟구쳤다. 그러고는 1초 간격으로 미사일이 쏘아올려졌다. 그야말로 빗발처럼 미사일이 발사되고 있는 것이다. MK41 1기에는 미사일이 61발 장착되어 있다. 광주호는 3기의 MK41기를 전, 후, 중앙부에 1기씩 장비하고 있으니 총 183기의 미사일을 보유하고 있는 셈이다. 지금 날아오르는 미사일은 토마호크급 대지공격용 미사일을 개량한 KC-780형. 사정거리 500km, 마하 3의 속도로 난다. 그때 뒤쪽의 구축함 두 척에서 쏘아올린 미사일이 흰 가스를 품으면서 푸른 하늘위로 떠올랐다. 목표는 북한 미사일이 발사된 제23대공미사일기지. 총 120발의 미사일이 발사되었다.

"발사 완료."

이병천이 보고했을 때 문영수는 앞쪽 전광시계를 보았다. 발사 지시 후 15초가 지났다. 북한의 미사일 발사를 포착한 후부터 21초. 지금 시각은 10시39분58초다.

7월25일 10시40분03초. 서해상. 헬기연대 선두.

"3호기 피격됨!"

5호기 조종사 이성환 중위는 외침과 동시에 미사일 발사 버튼을 눌렀다. 그 순간 헬기 동체의 양쪽에 2기씩 장착된 KAMM-220 미사일 4기 중 2기가 동시에 발사되었다. 흰 가스를 뿜으며 미사일은 마하 6의 속도로 북한의 지대공 미사일 1기를 향해 날아갔다.

"아. 빌어먹을!"

옆에 앉은 부조종사 박기수 중위가 비명 같은 외침을 뱉었다. 그의 앞쪽 캐노피에 피뭉치가 떨어진 것이다. 위쪽에서 격추된 3호기의 승무원 잔해다.

"회피! 회피!"

갑자기 뒤쪽에서 안상철 중사가 소리쳤으므로 이성환은 헬기를 급강하시키면서 레이더를 보았다. 붉은 점이 푸른 중심선에 바짝 다가와 있다. 붉은 점은 미사일이었고 중심선은 바로 이 헬기인 것이다.

7월25일 10시40분11초. 서해상. 헬기연대의 지휘기 안.

"5호기가 방금 격추되었습니다!"

지휘기 안의 레이더 탐지관이 소리쳤을 때 탁경섭도 이를 악물었다. 선두에서 날던 AH-253형 헬기 중 4대가 격추된 것이다. 북한의 미사일 3기는 KF-24 편대의 요격을 받아 공중 폭파되었다.

머리를 든 탁경섭이 앞쪽에 앉은 작전참모 민봉구에게 말했다.

"기수를 북으로! 목표는 좌표19. 남해다!"

"기수를 북으로. 목표는 좌표19!"

민봉구가 버럭 소리치더니 무전기의 스위치를 켰다. 헬기 전체에 명령을 전달하려는 것이다. 그 순간 이동일은 어깨를 늘어뜨리면서 긴 숨을 뱉었다. 문득 시선을 들었더니 탁경섭이 이쪽을 응시하고 있다.

"기수를 북으로! 목표는 좌표19다!"

그때 민봉구가 악을 쓰듯 명령을 전달했다.

7월25일 10시40분18초. 상륙함 강릉호의 함교.

레이더에서 시선을 뗀 해병 7사단장 고달호가 참모장 김길중 준장에게 말했다.

"상륙정 탑승준비."

"상륙정 탑승준비!"

복창한 김길중이 몸을 돌리더니 소리쳤다.

"각 부대 상륙정 탑승 준비시켜라!"

그러고는 고달호에게로 돌아서자 뒤쪽에서 수라장이 일어났다. 제각기 단위 부대를 찾고 지시하는 바람에 함교는 떠나갈 것 같다. 강릉호는 와락 속력을 내었으므로 고달호가 옆쪽 의자를 쥐면서 묻는다.

"놈들이 미사일을 발사한 지 얼마나 지났어?"

"39분38초에 통보를 받았으니까 지금이 40분25초군요."

손목시계를 내려다본 김길중이 말을 잇는다.

"57초 지났습니다. 사단장님."

"그동안 호위함대에서 미사일을 쏘았고 즉시로 헬기연대와 상륙함대는 기수를 돌려 북진하고 있다. 꾸물거린 건 없지?"

"전혀 없습니다."

머리까지 저은 김길중이 쓴웃음을 짓는다.

"지금 꾸물거렸는지 아닌지를 따지시다니 사단장님 여유가 있으시군요."

"그러게 말야."

따라 웃은 고달호가 손목시계를 보았다.

"난 헬기연대가 북으로 기수를 돌리기를 기다렸어. 내가 명령하지 않아도 먼저 그러기를 기다린 거야."

"잘하셨습니다."

"이제 시간이 되었는데."

"미사일이 놈들의 대공미사일전대에 떨어질 시간 말씀입니까?"

"아니. 사령관이나 합참에서 연락이 올 시간 말야."

해사 1년 후배인 김길중과 허물없는 사이였으므로 고달호는 다시 쓴웃음을 짓는다. 그때 장교 하나가 다가와 보고했다.

"헬기연대가 북한령 5km 안까지 진입했습니다."

고달호와 김길중의 시선이 동시에 옆쪽 레이더 화면으로 옮겨졌다. 그들의 시선이 닿은 곳은 MIG기 편대다.

"저놈들이 옆으로 비껴 지나가는데."

약 10km의 거리를 두고 MIG 편대가 비껴 지나가고 있는 것이다. 그때 고달호가 얼굴을 일그러뜨리며 웃었다.

"옳지. 저놈들이 당황했군. 손발이 맞지 않은 거야."

7월25일 10시41분35초. 제55호위대 지하 벙커 안.

"어떻게 된 거야!"

주먹으로 책상을 내려친 성종구가 주위를 둘러보았다. 벽에 부착된 대형 레이더에는 제23대공미사일 전대를 향해 날아오는 100여 개의 미사일이 찍혀 있다. 흰점이 한 덩어리가 되어 다가오고 있었는데 소리가 없는 것이 더 소름 끼치는 광경이다.

"누가 발사 지시를 한 거야!"

다시 성종구가 소리쳤을 때였다. 김형기가 머리를 들고 말했다.

"자위수단이었습니다."

성종구와 시선이 마주친 김형기가 눈도 깜박이지 않고 한마디씩 힘주어 말을 잇는다.

"제23대공미사일 전대장이 다가오는 남조선군 집단을 보고 자위권을 행사한 것입니다."

"그럼 전대장 그놈이 혼자 했단 말이오?"

성종구가 질책하듯 묻자 김형기는 눈을 치켜떴다.

"그렇습니다. 부장동지. 그러니 어서 공격명령을 내려주십시오. 지금 1초가 급하단 말입니다."

"지도자 동지께서 아직 지시하지 않으셨소."

말을 자른 성종구가 김형기를 쏘아보았다. 얼굴이 벽돌처럼 굳어 있다.

"만일 전대장한테 명령한 자가 밝혀지면 무사하지 못할 것이오."

이틀 전 한국군의 KF-24기 편대를 향해 미사일 발사 명령을 내린 것은 김형기였다. 발사 명령을 하고나서 바로 주석궁을 찾아가 김정일을 만나고 온 터라 아무도 추궁하기는커녕 묻지도 못했지만 오늘은 다르다. 한국군의 의도적인 강습훈련에 대비해서 이쪽도 성종구의 지휘하에 군 지휘관이 모여 대응하는 중이다. 따라서 이런 상황에서의 도발은 한국군이 아무리 그럴 가능성이 없다고 해도 위험한 것이다.

"아앗!"

그때 누군가가 짧게 소리쳤으므로 모두의 시선이 레이더 화면으로 옮겨졌다.

갑자기 미사일이 다 없어져버렸다. 그것은 무엇을 의미하는가?

7월 25일 10시 41분 55초. 옹진반도 부근 상공. 헬기연대장기 안.

헬기 연대장 탁경섭이 소리쳐 지시한다.

"선제공격! 모든 화력을 쏟아 부어 상륙군의 교두보를 확보한다!"

작전참모가 복창했다. 이제 헬기연대는 공격 대형으로 날아가는 중이었는데 최고 속력을 내고 있다. 이동일은 머리를 들고 다가오는 산천을 본다. 이제 이곳은 북한령 옹진반도다.

"주경리 적미사일 기지가 격파되었습니다."

부조종사가 외쳤을 때 헬기 안에서 짧은 탄성이 터졌다.

같은 시각.

헬기연대의 후미를 따르는 수송 헬기 안에서 수색대대장 강규식이 소리쳐 지시했다.

"좋아. 전투준비! 각 중대는 교두보를 확보하도록!"

같은 시각. 상륙함 강릉호의 함교.

고달호가 무전기를 귀에 붙였을 때 사령관 정용우의 목소리가 울렸다.

"어디야?"

불쑥 묻자 고달호도 한마디로 대답한다.

"남해요."

"23미사일전대는 박살냈지만 해안포와 대공포 진지가 여럿이야."

"헬기가 때려줘야죠."

"잘해."

"앞으로 5분이요."

5분 후에 헬기연대가 남해에 닿는 것이다. 헬기연대와 수색대대가 교두보를 확보하느냐에 승패가 달려있다. 그때 정용우가 뱉듯이 말했다.

"해병답게 죽어."

고달호는 해병답게 무전을 끊어버렸다.

7월 25일 10시 42분 17초, 제 55호 위대 벙커 안.

"남해 남방 3km까지 접근했습니다."

벙커 벽에는 종합상황판이 부착되어 있었는데 각 군부대에서 보고한 정보가 담당 군관이 수동으로 조작해 표시되었다. 그러나 현장과의 시차는 10초 미만이다. 상황판 책임군관인 대좌가 소리쳤을 때 무력부장 성종구가 초조한 시선으로 앞에 놓인 전화기를 보았다. 김정일의 지시를 기다리는 것이다.

"남해에 상륙시키면 안 됩니다."

총참모장 김형기가 갈라진 목소리로 말했을 때 성종구가 이를 악물었다가 풀었다.

"공격!"

성종구의 목소리는 컸지만 떨렸다.

"공격하도록!"

7월 25일 10시 42분 22초. 서해상을 날던 KF-24편대의 편대장기.

"적기에서 미사일 발사!"

조기경보기 관제관의 목소리가 헤드셋을 울렸지만 안재성 중령도 레이더에 나타난 미사일을 보았다. 드디어 놈들이 발사한 것이다. 지금까지 스치고 지난 것만 다섯 차례. 그래서인지 기다리고 있었던 것처럼 느껴졌다.

"발사!"

이미 훈련이 잘된 부하들이다. 안재성은 한마디로만 지시하고는 레이더에 잡힌 적기를 겨냥했다. 거리는 26km. 지금 적기 5개 편대 20대가 넓게 퍼져 이쪽을 향해 날아오고 있다. 그중 서너 대는 이미 미사일을 발사하고나서 회피하는 중이고 나머지 7, 8대는 미사일을 쏜다. 그리고 나머지는 겨냥하고 있겠지. 안재성은 심호흡을 하고나서 가장 멀리 있는 놈을 겨냥했다. 거리는 급속하게 가까워져서 벌써 17km가 되었다. 표적이 화면에 자리 잡힌 순간 안재성은 버튼을 눌렀다. 그 순간 기체에 작은 진동이 오면서 KAAM-220 공대공 미사일 2기가 동시에 발사되었다. 안재성은 기체를 횡전시키면서 애프터버너를 가동시켜 최대 속력을 내었다. 그때 이쪽에서 발사한 미사일 수십 기가 흰 가스를 품으며 날아가고 있는 것이 보였다.

"자, 윤재복이 복수다!"

안재성이 기어이 한마디했다. 공중전 때 이래라 저래라 할 필요가 없는 것이다. 각자 배운 대로 알아서 하면 된다. 레이더를 본 안재성은 꽁무니에 미사일 2기가 따르고 있는 것을 보았다. 자, 이제 급하다.

7월25일 10시42분24초. 이지스 순양함 광주호의 함교 안.

"발사 준비!"

함장 문영수가 지시하자 화력조정관 이병천이 복창했다. 타격 목표는 이미 정해져 있다. 옹진반도의 모든 해안포대, 미사일기지, 대공포진지는 전 함정의 표적으로 입력되어 있는 것이다.

"발사!"

문영수가 던지듯이 말하고는 어깨를 늘어뜨렸다. 바로 3분 전에 MK41기에 든 미사일을 쏘아 올려 주경리의 제23대공미사일 전대를 초토화한 것이다. 그리고 나서 3분 동안이 문영수에게는 3년만큼 길었다. 웬일인지 북한군이 대응해오지 않았기 때문이다. 현대전에서 3분이면 전세가 결정되고도 남는 시간이다. 적이 대응해오지 않았기 때문에 문영수는 물론이고 공군도 기다리고만 있었다. 그동안 문영수의 머릿속에 오만가지 생각이 스치고 지나갔다. 적의 모든 표적에 대고 쏘아 붓고 싶은 충동이 일어났다가 주경리를 초토화한 것이 잘못이 아닌가 걱정하기도 했다. 그러다가 적기가 먼저 미사일을 발사했던 것이다. 문영수에게는 그것이 마치 선물 같았다. 선체가 흔들리면서 다시 미사일이 발사되기 시작했다. 이제는 지대공미사일도 날아간다. 아군기를 도와 적기를 공격하는 것이다. 그때 양쪽으로 다가붙은 구축함 안양호와 여수호가 일제히 미사일을 발사했다. 쏘아 올리는 것은 대함 미사일. 두 구축함의 목표는 분계선 북방에 어지럽게 산개되어 있는 북한군 함대다.

"장관입니다."

격정을 참을 수가 없었는지 부함장 오재길이 옆으로 다가와 말했다. 구축함에도 MK41 수직발사기가 장착되어 있었는데 각각 61발 캐니스터(발사통)가 채워진 1기와 29발짜리 경량형 1기다. 캐니스터 8기가 최소단위이나 3기분 면적을 장전용 크레인이 차지하고 있어서 각각 61발, 29발이 된다. 따라서 구축함에는 29발들이 2개가 장착되어서 58발이다. 문영수가 빗발처럼 발사되는 미사일을 올려다보면서 머리를 끄덕였다.

"시발, 이런 게 군인이지 뭐."

혼잣말이었지만 오재길은 다 들었다.

7월25일 10시44분31초. 제55호위대 벙커 안.

원탁에 둘러앉은 장성들의 얼굴은 굳어 있다. 사방이 시멘트로 막힌 넓은 방안에는 기계음과 군관들의 낮은 대화 소리로 가득 차 있었지만 가라앉은 분위기다. 원탁의 상석에 앉은 무력부장 성종구가 벽시계를 보았다. 10시44분34초. 제23대공미사일 전대에서 미사일을 발사한 지 딱 5분이 되었다. 그 5분 동안에 옹진반도 주변의 2개 해안포대, 5개 대공포진지, 그리고 제23대공미사일 전대가 흔적도 없이 사라졌다. 그리고 또 있다. 남조선군 기동훈련을 따르던 대동강급 구축함 2척과 호위함 2척, 오사급과 소흥급 7척, 그리고 어뢰정 12척이 격침되었고 구축함 1척, 호위함 1척, 기타 함정 4척이 반파, 항행불능 상태에 빠졌다. 옹진반도 근처의 해상군은 괴멸되었다고 봐도 될 것이다. 그리고 공군은? 성종구는 이를 악물었다. 남조선의 위협기동에 대항하러 날아온 MIG31 5개 편대 20기는 현재 14기가 격추, 6기는 퇴각 중이다. 반면 남조선군 KF-24는 3기가 격추되었을 뿐이다. 패전이다. 그때 대좌 계급장을 붙인 군관이 서둘러 다가오더니 성종구의 옆에 멈춰 섰다. 얼굴이 누렇게 굳어 있다.

"부장동지, 남조선군이 남해에 상륙했습니다."

7월 25일 10시 47분 50초. 산본장의 지하 임시 상황실 안.

 대통령 박성훈이 앞쪽 영상 화면에 나타난 합참의장 장세윤을 본다. 장세윤은 2분 전 계엄사령관으로 임명되었다.
 "대통령님, 조금 전에 헬기연대에 탑승한 해병 수색대대 병력이 옹진반도의 남해에 상륙했습니다."
 장세윤의 보고를 받은 박성훈이 어금니를 물었다. 두 눈도 부릅뜨고 있다. 화면 아래쪽에서 깜박이며 숫자가 찍히고 있다. 2014. 7. 25. 10. 47. 58이다. 북한군이 첫 미사일을 발사한 지 8분 23초가 지났을 뿐이다.

3부

기선 제압(機先制壓)

⋮

2014년 7월 25일 10시 50분. 제55 호위대 벙커 안. 개전(開戰) 10분 25초 경과.

　상황실 안으로 무력부 부부장 심철 상장이 들어섰다. 뒤를 따르는 호위대 군관 두 명의 표정이 굳다.
　"총참모장 동무."
　심철이 김형기를 부른 순간 벙커 안은 순식간에 조용해졌다. 상황판 주변에 앉은 군관들도 머리를 돌려 그들을 본다.
　"지도자 동지의 지시를 빚아 동무를 체포합니다."
　차갑게 말한 심철이 옆으로 비켜섰을 때 두 명의 군관이 다가와 김형기의 양쪽 어깨를 누른다. 제압. 체포하려는 기본 동작이다.
　"이봐. 지금이 어떤 때라고!"
　눈을 부릅뜬 김형기가 버럭 소리쳤다.
　"적이 상륙했단 말이다!"
　"동무는 반동이야!"
　따라 소리친 심철의 목소리가 벙커 안을 울렸다. 모두 숨을 죽이고 있었기 때문이다.

"반항하면 현장에서 사살하라는 지도자 동지의 명령이야!"
김형기가 입을 다물었을 때 상황판 앞의 군관 하나가 소리쳤다.
"사곶에서 통신이 끊겼습니다!"
사곶은 옹진반도 끝 쪽에 위치한 해군 기지 중 하나다.

한국형 구축함 안양함의 함장 오태근 중령이 번쩍 머리를 들고 소리쳤다.
"발사!"
그 순간 왼쪽 함교에 부착된 대함미사일 2기가 흰 가스를 품으며 발사되었다. 그러고는 3초가 지났을 때 다시 2기가 발사되었고 20초 후에는 한국형 함대함미사일 KAS-28형 12기가 4개의 목표를 향해 해상 3m의 고도를 유지해 마하 2의 속도로 돌진하고 있었다. KAS-28형은 대함미사일로 전장은 4.5m, 중량이 1.5t이며 사정거리는 50km이니 15km 거리에 있는 북한 함정은 사정거리 안이다.
"여수함과 인천함에서도 KAS를 발사했습니다."
관측장교 이을용 대위가 소리치듯 보고했다. 옹진반도의 사곶 기지에서 빠져나온 북한의 잔존 함대는 구축함 청진호와 사리원급 대형 경비정 1척, 그리고 미사일을 4~8기씩 장착한 오사급과 황홍급 유도탄정 4척, 그보다 작은 코마급 4척과 어뢰정 7척이었다.
이것이 옹진반도 근처에 남아 있는 북한의 해상 전력이다. 거리는 18km에서 20km.
"급속 전진!"

짧게 지시한 오태근은 눈이 피로했기 때문에 망원경을 눈에서 떼었다.

"속도 35노트."

부함장이 보고했지만 오태근은 대답하지 않았다.

이지스 순양함 광주호는 구축함 속초호와 초계함 4척을 이끌고 서쪽으로 비껴나 있다. 강령군 남쪽 반도의 해안포와 미사일 기지를 막기 위해서다. 따라서 옹진반도로 상륙하는 해병대의 지원은 안양함을 기함으로 하는 3척의 구축함과 2척의 초계함단이 맡고 있는 것이다. 그때였다. 앞쪽에서 붉은 불기둥이 보였으므로 오태근은 망원경을 눈에 붙였다. 북한 전투함 한 척의 함교에서 대폭발이 일어나더니 순식간에 두 동강으로 갈라졌다. 그 다음 순간 뒤쪽의 유도탄정 후미가 폭발을 일으켰다.

"두 척 명중!"

역시 옆에서 망원경을 보던 부함장이 소리쳤다. 그때 다시 좌우의 북한 함정에서 폭발이 일어났다. 김천함과 여수함에서 발사한 미사일이 명중한 것이다. 그때였다. 알람이 울렸으므로 오태근이 레이더를 보았고 동시에 미사일 담당장교 최대진 대위가 함대용 지대공 미사일 KAAM-220의 발사 버튼을 눌렀다. 다음 순간 함교 좌우에 배치된 KAAM-220 16기가 차례로 발사되고 있다. 각오는 하고 있었지만 레이더의 노란 점들을 응시하며 오태근이 입술을 비틀고 웃었다. 그러고는 차분하게 지시했다.

"회피 운동!"

함포 사격 시대에는 지그재그 회피 운동으로 포탄을 피할 수도 있었다. 그러나 지금은 미사일도 지그재그 곡선을 그리면서 따라온다. 그것도 엄청난 속도로. 안양호가 거칠게 꺾이는 바람에 오태근의 몸이 기울었다. 미사일은 점점 가까워졌다. 이쪽에서 발사한 KAAM-220 16기와 뒤쪽의 두 구축함. 초계함들 몫까지 100여 개의 노란 점이 몰려가고 있다. 레이더 화면은 이제 노란 점으로 덮여 있다. 그것을 본 오태근이 감탄했다.

"장관이다."

"미사일 8기 접근!"

관측장교가 소리쳤다. 안양호를 향해 8기가 접근하고 있는 것이다. 북한이 최근에 개발한 천마 7호 함대함미사일이다. 사정거리 45km, 속력은 마하 1.8, 전장 5m에 중량은 2t이니 한국군의 KAS-28과 비슷한 성능이다. 레이더에 이쪽에서 날아간 KAAM-220기 중 10여 개가 8기를 향해 달려드는 것이 보였다.

"원산함을 맞히지 못한 건가?"

부함장 김일주가 투덜거렸을 때 최대진이 레이더 화면을 보면서 대답했다.

"맞힌 것 같습니다. 원산함은 정지되어 있습니다."

그때 레이더 화면에서 이쪽으로 다가오던 천마 7호 미사일 3기가 사라졌다. 안양호는 회피 운동을 하는 중이어서 4200t급 선체가 심하게 흔들리고 있다. 그러나 아직도 미사일 5기가 남아 있다.

"잡아라!"

최대진이 잇사이로 소리쳤다. 미사일을 잡으라는 말이다. 그러나 KAAM-220은 능동적 자체 레이더가 부착된 미사일이다. 찾으라고 안 해도 스스로 찾는다. 그때였다. 비상벨이 울리면서 함교의 좌우에 장착된 8연장 채프 발사기에서 자동으로 채프가 발사되었다. 천마 7호가 바짝 다가온 것이다. 로켓탄에서 쏘아 올린 채프로 허공에 알루미늄과 유리박지 조각이 구름처럼 풀어졌다. 그 순간 미사일 1기가 수면에서 솟아오르더니 채프 구름을 뚫고 뒤쪽으로 사라졌다.

"좋았어."

김일주가 소리쳤고 다시 채프탄이 쏘아 올려졌다. 안양함은 좌측으로 기울면서 달리고 있다. 그때 주위가 갑자기 조용해지면서 또 한 발의 미사일이 날아와 왼쪽의 채프 구름을 뚫고 지나갔다.

"아, 시발, 간이 타는구먼."

부함장 김일주가 잇사이로 말했을 때였다. 오태근은 눈을 부릅떴다. 미사일 한 발이 우측 정면으로 날아오고 있다. 붉게 칠한 탄두까지 보인다.

"좋아, 할 만큼 했다."

오태근이 그 탄두를 노려보며 말했고 조용해진 함교 안의 모두가 그 말을 들었다. 그 순간 함교는 대폭발을 일으켰다.

"적기 4기가 도주하고 있습니다."

2편대장 주명렬 소령의 목소리가 헤드셋을 울렸을 때 안재성 중령은 막 기수를 남쪽으로 비트는 중이었다. 이겼다. 안재성은 레이더

스크린에서 MIG31기가 빠르게 도주하는 것을 보았다. 4개 편대 16기의 KF-24형 전투기 중에서 3대를 잃었다. 그렇지만 MIG31기는 20대 중 16대가 격추된 것이다. 저쪽에서 먼저 미사일을 발사했는데도 KF-24 편대의 완벽한 승리다. MIG31기에 비교해 KF-24기종의 우수성이 증명되었다.

"대대장님, H편대의 수색기 한 대가 사고 해상으로 내려갔습니다."
2편대장 주명렬 소령의 목소리에 안재성은 생각에서 깨어났다. 헬기 편대의 수색기가 격추된 조종사들을 찾으려는 것이다. 안재성이 억양 없는 목소리로 응답했다.
"좋아. 임무 교대다. 돌아간다."
그때 레이더에 흰 점들이 나타나더니 곧 헤드셋이 울렸다.
"K편대, 여긴 F다. 2분 거리에 있다."
F편대의 지휘관은 박기동 중령으로 공사 동기다. 박기동의 목소리는 들떠 있었다. 공군 작전 지휘부는 말할 것도 없고 전쟁 현장의 지휘관, 합참의 벙커에 쑤셔 박힌 별들이 다 듣고 있다는 것을 알면서 하는 수작이다. 박기동이 소리치듯 말을 잇는다.
"16대 3이야. 16대 3. 세계 기록이다!"

7월25일 10시52분. 옹진반도 남해시. 개전 12분25초 경과.

"1km만 더!"
헬기연대장 탁경섭 대령이 쥐어짜는 목소리로 소리쳤다. 이동일은 안전벨트를 움켜쥔 채 이를 악물고 있다. 헬기는 지금 남해시 상공을 날고 있다.

선발대는 이미 2km 전방에 상륙해 교전 중이었고 지금 수색대대의 후미가 착륙 지점으로 다가가고 있는 것이다.

"엄호 헬기가 왜 빠져나가는 거야!"

옆에 앉은 작전참모 민봉구 소령이 버럭 소리쳤으므로 이동일이 머리를 돌려 창밖을 보았다. 앞쪽을 엄호하던 공격용 AH-253기 3대가 오른쪽으로 빠져나가고 있다. 이것은 엄호편대장 직권이다.

"대공포 진지가 살아 있습니다."

조종석에 앉은 중위가 손으로 오른쪽을 가리키며 역시 소리쳐 대답한다.

"제압하려는 겁니다!"

그때였다. 요란한 폭음이 울리면서 탄막이 퍼졌다. 대공포다. 30mm 대공포의 위력은 대단하다. 헬기는 한 발만 맞아도 치명상을 입는다. 정면의 엄호 헬기는 아마 5대쯤 남았을 것이다. 수색대대 후위를 실은 AH-39 수송용 헬기는 17대, AH-39는 미사일과 게틀링포로 무장되어 있지만 속력이 느리다. 금방 사방에 자욱한 탄막이 덮였고 포탄 파편이 기체에 맞아 튕겨나면서 날카로운 금속음이 울렸다.

"12번기가 맞았다."

그때 조종사가 소리쳤다.

"이런, 빌어먹을! 25번기도!"

그 순간 기수가 와락 낮춰지는 바람에 이동일은 헬기가 추락하는 줄 알고 손잡이를 움켜쥐었다.

"아앗!"

이동일의 입에서 낮은 탄성이 터졌다. 창밖으로 벽돌 건물이 보였기 때문이다. 헬기는 남해시에 착륙하고 있다.

같은 시각. 상륙함 강릉호의 해병 7사단 지휘부.

"수색대대 전 병력이 남해시에 착륙했습니다."

무전기를 내려놓은 참모장 김길중이 번들거리는 눈으로 7사단장 고달호 소장을 쳐다봤다.

"어쨌든 진입 성공입니다. 사단장님."

김길중의 표정이 칭찬을 기다리는 초등학생 같다는 생각이 들었지만 고달호는 외면했다. 아군의 피해도 크다. 우선 헬기연대만 해도 처음 주경리 북한 미사일전대의 기습공격으로 AH-253 4대가 격추되었다. 그리고 이번 강습상륙 중에 AH-253 9대와 수송헬기 5대가 격추된 것이다. 수송헬기 AH-39에는 해병 수색대원이 20명씩 탑승하고 있었으니 승무원을 포함해 200명 가까운 해병이 전사했다. 남해시를 밟기도 전에 부하 200명을 잃은 것이다. 그때 함교의 창밖으로 앞서가던 구축함이 미사일을 쏘아 올렸다. 그러자 좌우에서 따르던 초계함에서 무수한 빗발이 허공으로 치솟았다. 금방 하늘이 흰 빛줄기로 뒤덮였으므로 고달호의 시선도 그쪽으로 옮겨졌다.

"해군이 잘하는군."

고달호가 입술만 달싹이며 말했지만 김길중은 들었다. 전속력으로 전진하는 상륙함 3척은 아직 북한 측으로부터 총알 한 발 맞지 않았다. 그것은 호위 헬기와 KF-24편대, 그리고 무엇보다도 이지스함 광주호를 주력으로 하는 해군 함대의 보호를 받았기 때문이다.

"남해 해변까지 8㎞입니다."

김길중이 혀로 입술을 속이며 말했다. 앞쪽 화면에 뻔히 나타나 있는데도 이렇게 보고하는 것은 조바심이 일어났기 때문이다. 그것은 상황실 안의 지휘부는 물론이고 상륙함에 탑승한 전 장병, 그리고 지켜보고 있을 군 지휘부도 마찬가지일 것이다.

7월25일 10시55분. 합참 지하 벙커. 개전 15분25초 경과.

"수색대대가 남해시를 장악하고 있습니다."

작전참모부장 박진상이 소리쳐 말했지만 아무도 대꾸하지 않는다. 전쟁은 막 시작했을 뿐이다. 북한의 기습을 받은 한국군은 기다렸다는 듯이 그대로 밀고 올라가 버렸다. 그것이 북한군 수뇌부의 허를 찌른 것 같다. 격멸된 MIG31기의 후속 편대를 지금까지 보내지 않는 것을 봐도 그렇다. 이 시간 현재 옹진반도는 물론이고 서해상의 제공·제해권은 한국군이 장악했다. 현재까지 한국군의 전과는 대승(大勝)이다. 박진상이 소리칠 만했다. 그때 육참총장 조현호가 입을 열었다.

"북한군 수뇌부가 지금까지도 혼란 상태가 되어 있을 리는 없어요."

주위의 시선을 받은 그가 말을 이었다.

"수뇌부가 대응을 억제시키고 있는 거요. 아군 헬기를 향해 쏜 미사일은 수뇌부의 지시를 받지 않은 것 같습니다."

조현호가 머리를 돌려 장세윤을 보았다.

"의장, 어쨌든 전쟁은 시작되었습니다. 우리는 일사불란한 체계로 우선 남해에 상륙시킨 해병을 고립시키지 말아야 합니다."

전면전이다. 심호흡을 한 장세윤이 입을 열었다.

"각하께서 조금만 기다리라고 하셨으니까."

그때 해병사령관 정용우가 벌떡 일어섰다.

"7사단 1연대 주력이 곧 남해에 상륙합니다. 그놈들이라도 지원해야 됩니다."

"해·공군 배치는 그만하면 됐어."

장세윤이 뱉듯이 말했다. 그렇다. 한국의 5개 전투기지에서 발진한 KF-24 6개 편대 96기의 전투공격기가 서해상을 뒤덮고 있다. 또한 해군은 이지스함 3척과 구축함 8척, 초계함 12척이 추가로 증원되어 현장으로 달려가는 중이다. 그러나 육군의 후속 부대가 없다. 정용우는 해병 1연대 병력이 고립될까 걱정이 되는 것이다. 그때 상황실 탁자 위의 붉은색 전화기가 울렸으므로 모두의 시선이 모아졌다. 장세윤이 서둘러 전화기를 들었을 때 벽에 붙은 스피커에서 대통령 박성훈의 목소리가 울렸다.

"나, 대통령입니다."

"예, 대통령님."

장세윤이 전화기를 귀에 붙인 채 부동자세로 섰다.

"대통령님, 명령을 내려주십시오."

"조금 전에 김정일씨 전화가 왔습니다."

조용해진 상황실 안에 박성훈의 목소리가 이어졌다.
"김정일씨는 휴전을 요구하고 있습니다. 지금 즉시 남해시에서 병력을 철수한다면 공격을 중지하겠다는 것입니다."
"대통령님, 먼저 공격을 한 것은 북한입니다. 저들이 지금 밀리고 있기 때문에 그런 제의를 한 것입니다."
장세윤의 옆에 선 조현호가 커다랗게 머리를 끄덕였고 정용우는 입을 쭉 다물었다. 그러나 두 눈이 번들거리고 있다. 다시 장세윤이 말을 잇는다.
"지금 상황에서는 받아들일 수가 없다는 것을 대통령님도 잘 아실 것입니다."
"북한군이 반격을 하지 않는 것으로 이해를 바란다고 했습니다."
그러자 상황실 안이 술렁거렸다. 목소리를 낮추고 서로 수군거렸기 때문이다. 그들에게 손을 들어 보인 장세윤이 말했다.
"대통령님, 북한군 지휘부는 자중지란에 빠져 있었던 것입니다. 그래서 반격 기회를 놓친 것이지 김정일의 지시로 그런 것이 아닙니다."
"그럼 어떻게 하면 좋겠소?"
박성훈이 낮게 물었다. 이것이 박성훈의 장점이다. 전문적인 일은 과감히 전문가에게 일임하는 것이다. 장세윤이 옆에서 조현호를 보고나서 헛기침을 했다. 이제 남해시에 해병 7사단 1연대가 상륙하려면 10분 정도가 남았다.
"대통령님이 군을 설득 중이라고 말씀해주시지요."
시간을 벌려는 것이다. 그러자 조현호는 물론이고 박진상, 정용우까지 일제히 머리를 끄덕였다. 장세윤이 말을 잇는다.

"한국군 수뇌부가 자중지란에 빠져 있다고 하면 그쪽도 반발하지 못할 것입니다."

7월 25일 11시 정각. 옹진반도 남해시. 개전 20분 25초 경과.

"2중대장이 전사했습니다."

무전기를 귀에서 뗀 연락장교 김 중위가 파편을 맞아 피투성이가 된 얼굴로 소리쳤다.

"소대장 두 명도 부상을 당해서 중대가 앞쪽 로터리 부근에서 전열을 정비하는 중입니다."

"이런, 빌어먹을."

눈을 부릅뜬 대대장 강규식이 잇사이로 말했다. 남해시는 옹진시 서남단의 소도시로, 아래쪽에 북한 해군기지인 사곶이 있다. 그러나 이제 사곶은 철저히 파괴되어서 폐허가 되었다. 사방에서 격렬한 총성이 울리고 있다. 단층 건물이 운집한 도시는 텅 비었다. 개 한 마리 보이지 않는데도 건물은 불에 타올랐고 폭발과 함께 고막이 터질 듯한 총성이 울리고 있다. 그때 아래쪽에서 해병 한 명이 달려왔다. 눈을 가늘게 뜨고 그쪽을 본 강규식이 퍼뜩 허리를 세웠다.

"아니, 저 자식이."

혼잣소리처럼 말했지만 옆에 웅크리고 있던 장교들은 다 들었다.

"사령부에서 온 이 대위입니다."

누군가가 말했을 때 이동일이 지친 숨을 뱉으며 달려와 옆쪽 담장에 어깨를 부딪치며 주저앉는다. 이쪽으로도 총탄이 날아오고 있었기 때문이다.

"너, 뒤쪽 3중대에 있었잖아?"

강규식이 버럭 소리쳐 물었을 때 이동일이 답답한지 철모를 벗어 땅바닥에 내동댕이치면서 말했다.

"거기서 뭐 합니까? 저한테도 일을 맡겨주시지요."

"잘됐다."

강규식이 커다랗게 머리를 끄덕였다.

"너한테 일 맡기려고 2중대장이 전사한 것 같다. 당장 2중대장을 맡아!"

그때 그들이 쪼그리고 앉은 담장 옆쪽으로 기관총탄이 쏟아졌다. 파편이 튀면서 벽돌 담장이 절반이나 무너졌다. 자리를 옆쪽으로 옮긴 강규식이 다시 소리쳤다.

"옹진의 동남쪽 방향으로 진출해서 진지를 구축하도록."

"알겠습니다."

"2중대는 중대장 전사. 소대장 둘이 부상했고 전사자가 40명 가깝게 돼."

전력의 4분의 1이 소진된 셈이다. 이동일이 몸을 일으키며 말했다.

"그럼 갑니다."

철모를 집어 든 이동일이 이제는 뒷모습을 보이며 길가로 달려 나간다. 그 모습을 본 강규식이 다시 혼잣말을 했다.

"저자식이 오기 잘했군."

7월 25일 11시 06분. 남해항 근처 바닷가. 개전 26분 25초 경과.

상륙정이 멈췄을 때 7사단장 고달호는 손목시계를 보았다. 예상보다 2분 늦었다. 그 순간 앞쪽 해치가 내려지면서 해병들이 쏟아져 나갔다. 훈련이 잘 된 해병들은 구호 한번 지르지 않는다. 이미 해안은 아군 함정과 헬기 공격기, 그리고 공군 전폭기까지 융단 폭격을 해놓아서 초토화 상태다. 고달호도 참모장 김길중과 함께 바닷물 속으로 뛰어들었다. 바닷물은 무릎 정도밖에 차지 않는다. 머리 위로 AH-253 공격용 헬기 10여 대가 요란한 폭음을 울리며 날아갔다.

고달호의 주위로 해병들이 물보라를 일으키며 앞질러 뛰어갔다. 눈을 부릅뜬 고달호가 앞쪽의 불에 타오르는 남해시를 보았다.

"망할 자식들아. 내가 왔다."

고달호가 저도 모르게 혼잣소리를 했다.

7월 25일 11시 08분. 제55호위대 지하 벙커 안. 개전 28분 25초 경과.

무력부장 성종구가 전화기를 귀에 붙이고 부동자세로 서 있다. 지금 김정일과 통화를 하는 것이다. 김정일은 10분 사이에 세 번째 전화를 해왔다.

"남조선 해병 주력이 조금 전 남해에 상륙했습니다."

지친 표정의 성종구가 앞쪽 벽을 응시하며 말했다.

"1개 연대 병력입니다. 전차 10여 대, 장갑차 10여 대, 그리고 차량 30여 대까지 상륙했습니다."

"해군은?"

김정일의 목소리는 마른 나무처럼 건조하게 들렸다. 심호흡을 한 성종구가 말을 잇는다.

"전력이 분산되어서 모으고 있지만…."

말끝을 흐린 성종구의 시선이 옆쪽의 군 수뇌부를 스치고 지나갔다. 아무도 그의 시선을 받지 않는다. 이미 서해상에서 한국군의 함대에 맞설 북한군 해상 전력은 존재하지 않는다. 살아남은 함정은 제각기 한두 척씩 도망쳐 있지만 다 모아도 맞설 전력이 되지 못한다. 조금 전에 해상에 시체처럼 떠있던 원산함이 해저로 가라앉은 것을 끝으로 대형함은 한 척도 남아 있지 않은 것이다. 그때 김정일이 말했다.

"이 시점에서 휴전을 제의할 테니 더 이상의 확전은 중지하시오."

"예, 지도자 동지, 하지만."

손등으로 이마의 땀을 닦은 성종구의 시선이 옆쪽 심철 상장을 스치고 지났다.

원망스러운 시선이다. 인간은 보편적으로 좋은 이야기만 듣고 말하려는 경향이 있다. 그러나 어쩌겠는가. 성종구는 벙커 안 지휘부의 대표다.

"지도자 동지, 남조선 해병은 해공군의 지원을 받아 지금도 북상하고 있습니다. 따라서…."

"우리가 인민군을 투입한다면 남조선군도 육군을 북상시킬 거요."

김정일의 목소리가 높아지고 있다.

"내가 현 시점에서 남조선군 북상을 중지시켜볼 테니까 그동안 동무들도 가만있으시오."

"예, 지도자 동지."

"물론 대비는 해놓아야겠지."

"그렇습니다. 지도자 동지. 그래서 815기계화군단을 대기시켰습니다."

성종구의 목소리도 높아졌다.

"815군단만 옹진으로 밀어붙이면 단숨에 격멸할 수 있습니다."

815기계화군단은 기계화보병여단 5개를 주축으로 편성되었다. 또한 기계화보병여단에는 1개의 전차대대(31대)가 편성되어 있어서 군단의 전차 보유대수는 편제상 155대. 거기에다 자주포병여단 1개에 경보병여단과 정찰대대를 거느린 기계화군단의 장점 중의 하나가 기동력이다. 김정일도 고무된 듯 목소리에 활기가 있었다.

"남해까지 도착 시간은?"

"명령만 내리시면 4시간이면 남해에 닿습니다."

그러자 김정일이 목소리가 다시 낮아졌다.

"좋소. 대기하도록."

7월25일 11시12분. 서울 소공동 국제신문 빌딩. 개전 32분25초 경과.

편집국 안의 대형 TV 앞에 수십 명의 기자가 모여 있다. 지금 계엄사령관인 합참의장 장세윤이 대국민 방송을 하는 중이다. 장세윤이 말을 잇는다.

"불법시위나 유언비어에 대해서 즉각적이고 엄중한 처벌을 내릴 것이며 반국가 활동 단체에 대해서는 전시(戰時) 계엄법을 적용하여 즉결처분을 할 것입니다. 이것은 선량하고 애국적인 대다수의 국민 여러분께는 해당되지 않는 상황임을 다시 한 번 말씀드립니다."

장세윤의 표정과 말투는 정중했지만 내용은 살벌했다. TV 앞에 둘러서거나 앉은 기자들의 표정도 굳어 있다.

"날벼락을 맞은 거죠."

뒤에 서 있던 사회부 김순기 기자가 말했다.

"계엄령이 발동되자마자 그놈들은 모조리 잠적했습니다. 지금 숨어서 눈치만 살피고 있을 겁니다."

머리를 돌린 송아현이 김순기를 보았다. 김순기는 만날 깨지던 부장 홍동수에게 말하는 중이다.

"김정일이 그놈들 믿고 전쟁 일으켰다면 큰 실수를 한 겁니다. 초전부터 한국군이 치고 올라가자 순식간에 문을 닫은 겁니다."

"무슨 문을 닫아?"

옆쪽에 서 있던 경제부 기자가 묻자 김순기는 쓴웃음을 짓고 대답했다.

"사무실."

사무실이란 친북 단체의 모든 위원회, 협회, 연합회란 이름의 모임을 말한다. 그때 홍동수가 혼잣소리처럼 묻는다.

"만일 한국군이 초반에 깨졌다면 어떻게 되었을까?"

"들고 일어났겠죠."

김순기가 대번에 대답했다. 이제는 서너 명이 김순기를 중심으로 둘러서 있다. 김순기가 말을 잇는다.

"전쟁 반대 구호를 외치면서 북한 측에 양보를 하는 조건으로 휴전을 주장했을 겁니다. 평화를 간판으로 내세우면서 말입니다. 그럼 웰빙족들이 호응할 것이고 계엄령도 먹히지 않겠지요."

"그러다 적화통일이 되겠구먼."

누군가가 혼잣소리처럼 말했을 때 정치부 기자 하나가 매듭을 지었다.

"이거 소름이 끼치는군. 막상 닥치니까 진면목이 드러나는 거야."

"잘한다!"

주먹으로 식탁을 내려친 김대호씨가 벌떡 일어섰다. 일산 호수공원 앞쪽의 대호식당 안이다. 지금 김대호씨도 TV에서 방영되는 계엄사령관 장세윤의 발표를 듣고 있다.

"암먼, 그래야지."

오전 11시15분이다. 식당 안에는 손님이 한 사람도 없고 파주댁도 조금 전에 집으로 돌아갔다. 김대호가 상기된 얼굴로 말한다.

"이제사 대한민국이 제대로 나라꼴이 되어가는갑다. 어이, 장하다."

주방 안에서 박미옥이 눈을 흘기긴 했어도 입을 열지는 않았다.

7월 25일 11시 18분. 산본장의 지하 임시상황실 안. 개전 38분 25초 경과.

대통령 박성훈이 이번에는 김정일로부터 걸려온 전화를 받는다. 오전 9시 정각에 해병 훈련에 대한 통고를 하고나서 오늘 두 번째 통화다. 김정일이 말한다.

"대통령 각하. 조선인민공화국은 남조선의 침략을 규탄합니다. 우리는 백배 천배의 보복을 할 것입니다. 다만."

거침없이 말하던 김정일이 "다만" 하고나서 숨을 가눈다. 뻔한 순서였으므로 박성훈은 전화기만 고쳐 쥐었다. 옆에 서 있던 비서실장 한창환, 안보수석 주명성이 숨을 죽이고 있다. 그들도 스피커를 통해 들은 것이다. 다시 김정일이 말을 이었다.

"현 시점에서 전투를 중지한다면 전면전은 막을 수 있다는 것을 마지막으로 통보합니다. 수백만 명이 희생될 이 비극을 막으려면 대통령 각하께서 시급히 결단을 내리셔야 될 것입니다."

그러자 박성훈이 차갑게 대답했다.

"위원장님, 일은 북한군이 먼저 저질러놓았습니다. 매번 이런 식으로 뒤집어씌우실 겁니까?"

외교적 수사를 생략한 때문인지 박성훈의 말투는 내용보다 더 신랄하게 들렸다. 놀란 듯 김정일이 가만히 있었고 박성훈의 말이 거침없이 이어졌다.

"지금 군부가 말을 듣지 않습니다. 격앙되어 있어서 잘못했다간 쿠데타라도 일어날 것 같습니다. 그럼 어떻게 될 것 같습니까? 북한하고 끝까지 해보자고 할 겁니다. 이 기회에 뿌리를 뽑겠지요."

김정일은 숨소리도 내지 않았고 박성훈의 목소리가 더 높아졌다.

"달래고 있으니까 조금만 기다려주십시오. 북한군도 움직이지 말고 말입니다. 확전을 피하기 위해 최선을 다해보십시다. 위원장님."

"알겠습니다."

김정일이 지친 목소리로 말하더니 입맛 다시는 소리가 났다.

"먼저 옹진반도 밖으로 전선이 확대되는 것은 막도록 하지요. 대통령 각하."

"최선을 다해 하겠습니다."

"그럼 안녕히."

그러고는 전화기를 내려놓은 박성훈이 입술 끝을 비틀고 웃는다. 그러나 말은 하지 않았다.

같은 시각. 장한평 강동호텔 뒷골목에 위치한 분식집 안.

이곳도 손님이 없다. 어제만 해도 이 시간에는 방학을 맞은 동네 중고생이 가득 차 있었다. TV를 보고 있던 가게주인 양명옥이 문이 열리는 소리에 머리를 들었다. 집이 상계동이라 가깝긴 했지만 가게 문을 닫고 들어갈까 말까 망설이던 중이었다. 가게 안으로 사내 둘이 들어섰다.

"아줌마. 김밥 두 줄에 오뎅 두 그릇요."

사내 하나가 앉기도 전에 양명옥에게 주문을 하더니 힐끗 TV를 보았다.

"이렇게 될 줄은 몰랐어."

털썩 의자에 앉으며 말한 사내는 한민족민주연합 사무총장 조경구다. 그의 앞에 잠자코 앉은 사내는 조직국장 정수남. 둘은 소공동의 사무실로 들어가지 못하고 이곳으로 온 것이다. TV에서 시선을 뗀 조경구가 말을 잇는다.

"전쟁이 장기화되면 우리가 유리해. 중국이 나설 것이고 웰빙 놈들은 지구력이 약하거든, 그때 우리들이 나서는 거야."

"그때까지 북한군이 견뎌줘야 하는데."

입맛을 다신 정수남이 길게 숨까지 뱉고 나서 조경구를 보았다.

"왜 이렇게 밀리죠? 지금 서해안의 제공, 제해권을 완전히 뺏기지 않았습니까? 옹진반도와 강령쪽 북한 기지는 다 궤멸된 것 같습니다."

"남조선 놈들의 선전 선동에 넘어가면 안돼. 놈들이 전과를 조작한 거라고."

화가 난 조경구가 북한 사람들처럼 한국을 남조선으로 표현했다.

"놈들이 화면을 조작한 거야. 600만 인민군이 들고 일어나면 금방 전세가 역전돼. 그리고 북한은 밑져야 본전이라구. 손해 볼 것 없으니까 끝까지 달려들 거란 말야."

"하긴 그렇습니다."

"당분간 잠수 타고 있어. 동지들한테 연락하고."

그때였다. 분식집 문이 열렸으므로 둘은 머리를 돌렸다. 사내 셋이 한꺼번에 들어서고 있다. 사내들의 표정을 본 조경구가 벌떡 일어섰다. 얼굴에 일그러진 웃음이 떠올랐다. 그때 사내들이 다가와 둘을 둘러싸고 섰다.

"개새끼들."

하고 조경구가 쓴웃음을 연 얼굴로 말했을 때 사내 하나가 따라 웃었다. 비슷한 웃음이다. 그러고는 잇사이로 말한다.

"쥐새끼들."

사재기도 없다. 전쟁이 일어나면 남쪽으로 도망가는 차량 때문에 모든 도로가 주차장이 될 것으로 예상했다. 거기에다 도로에 차를 내버리고 도망가는 놈이 많아서 계엄군은 탱크로 차를 깔아 길가로 치워야 할 것이라고도 했다. 그러나 그 예상은 완전히 빗나갔다. 시민들은 거의 동요하지 않았다. 송아현은 손목시계를 보았다. 오전 11시 20분. 10시 45분에 대통령이 남북한 전쟁을 발표하면서 계엄을 선포했으니 35분이 지났는데도 시내는 평온하다. 신호등에 걸린 차들이 일제히 서고 다른 방향은 출발한다. 이곳은 소공동. 행인들이 바쁘게 지나지만 전에도 그랬다. 인도를 걷던 송아현이 문득 커피숍 문이 닫혀 있는 것을 보았다. 그 옆쪽 제과점도 그렇다. 아마 가게 문을 열었다가 닫고 집으로 돌아갔겠지. 그때 사이렌 소리가 들리더니 송아현이 뒤를 돌아보았다. 비상등을 켠 군용트럭이 달려오고 있다. 차들이 비켜주지만 앰뷸런스를 비키는 수준이다. 인도를 걷던 행인들이 걸음을 멈추고는 차량 대열을 본다. 송아현도 걸음을 멈추었다.

"국군 만세!"

그때 옆쪽에서 외침이 들렸으므로 송아현이 머리를 돌렸다. 머리에 헬멧을 쓴 사내가 두 손을 번쩍 들고 다시 소리쳤다.

"대한민국 만세!"

사내의 등에 퀵서비스 선전 문구가 적혀 있는걸 보니 퀵서비스 아저씨다. 40대쯤 되었다. 그때 아줌마 둘이 일제히 따라서 소리쳤다.

"국군 만세! 만세!"

지나던 군 트럭 위의 젊은 병사들이 놀란 표정으로 그들을 보더니 서너 명이 수줍게 손을 흔들었다. 그 순간 목이 멘 송아현이 소리는 못 지르고 손만 흔들었다.

같은 시각. 옹진반도 남해시 북방 3km 지점.

"중대장님! 적 전차 3대 출현!"

우측으로 300m쯤 떨어진 교차로에 방어선을 구축하던 3소대장 조한철 중위의 목소리가 무전기를 울렸다.

"뒤를 약 2개 소대 병력의 보병이 따르고 있습니다!"

"전차가?"

이동일의 얼굴이 일그러졌다. 지금까지 적 전차 5대를 격파했다. 그때 조한철의 말이 이어졌다.

"대전차 미사일이 두 발 남았습니다. 그리고…."

가쁜 숨을 고른 조한철이 잇사이로 말한다.

"부상자가 많아서 전투 병력은 12명뿐입니다!"

사정은 4개 소대가 다 비슷했지만 우측으로 진출한 3소대가 가장 나쁘다. 이동일이 무전기를 쥔 채로 주위를 둘러보았다. 이곳은 남해시의 북단 3km 지점. 앞쪽으로는 옹진시로 향하는 국도가 펼쳐져 있다. 사방에서 울리던 격렬한 포성은 많이 줄어들었지만 아직도 중대본부가 위치한 2층 벽돌건물 주위로 총탄이 쏟아지고 있다. 시내에서 밀려난 인민군의 잔존 세력이 흩어져 있기 때문이다. 이동일이 옆에 세워둔 소총을 들고 일어섰다.

"중대본부는 3소대와 합류한다."

중대본부 요원은 통신병과 행정병을 합쳐 모두 6명이 남아 있었는데 4명이 전사한 것이다. 그러나 무엇보다도 대전차 미사일 3발이 남아 있는 것이 3소대에 도움이 될 것이었다. 포탄에 맞아 무너진 벽돌담을 통해 거리로 나왔을 때 이동일은 눈을 가늘게 떴다. 햇살이 눈부시게 밝았기 때문이다. 주위는 인적이 끊겨 있었지만 사방에서 타오르는 불길과 총성이 전장임을 실감케 한다. 매캐한 화약 냄새가 섞인 공기를 들이켜던 이동일의 눈앞에 문득 송아현의 얼굴이 떠올랐다가 지워졌다.

7월25일 11시25분. 주석궁 지하벙커 안 상황실. 개전 45분25초 경과.

김정일이 중국의 국가주석 시진핑(習近平)과 통화 중이다. 주위에선 군과 당의 원로들은 모두 굳은 표정이다. 시진핑이 말했고 곧 통역의 조선말이 수화기를 울렸다.

"위원장 동지, 확전이 되면 중국이 참전 안 할 수가 없습니다. 이것을 심사숙고해주시기 바랍니다."

"알고 있습니다. 주석 동지."

김정일이 피로한 얼굴로 앞쪽의 전광 상황판을 보았다.

"한국 대통령이 지금 군을 설득 중입니다. 주석 동지."

"전선이 옹진반도와 서해상으로 제한되어 있는 것이 다행이긴 합니다만 이 상황에서 한국군이 쉽게 물러나려고 할까요?"

통역이 정확히 하려고 또박또박 끊어 말한 것이 비웃는 것처럼 들렸으므로 김정일은 어금니를 물었다. 그러나 곧 어깨를 펴고 대답했다.

"전면전이 일어나면 손해 보는 것은 한국입니다. 주석 동지. 잃을 것이 많은 놈이 먼저 손을 드는 법이지요. 그러니까 기다려보시지요."

"심양군구의 4개 군단을 대기시켰고 서해에 순양함 5척을 중심으로 대규모 연합함대를 편성해놓았습니다. 하지만 위원장 동지, 우리 정부는 확전을 바라지 않는다는 것을 고려해주시기 바랍니다."

"알겠습니다. 고맙습니다."

"그럼 건투를 빕니다."

하고는 통신이 끊겼으므로 김정일은 어깨를 늘어뜨리면서 길게 숨을 뱉는다. 옆에 서 있던 원로들의 얼굴도 안도의 표정이 되었다. 그들도 스피커로 대화 내용을 들은 것이다.

그로부터 3분 후인 11시28분. 한국군 합참 상황실 안. 개전 48분 25초 경과.

합참의장 겸 계엄사령관 장세윤. 육참총장 조현호 등 둘러앉은 수십 명의 장성이 스피커에서 울리는 김정일과 시진핑의 대화를 듣는다. 국군감청부대에서 녹음한 즉시 상황실에 보고한 것이다. 둘의 대화가 끝났을 때 조현호가 장세윤에게 말했다.

"둘 다 우리 들으라고 하는 말 같군요. 우리뿐 아니라 미국 들으라고 하는 말이요."

시큰둥한 표정의 장세윤이 말하더니 곧 쓴웃음을 짓는다.

"흠, 잃을 것이 많은 놈이 먼저 손을 든다고? 난 그 반대 같은데?"

그러자 조현호가 머리를 끄덕였다.

"김정일이 표현을 잘못한 겁니다. 진흙탕에서 양아치하고 옷 잘 입은 신사하고 싸운다고 해야 맞아요."

옆에 서 있던 작참부장 박진상과 해병사령관 정용우는 눈만 껌벅였다. 중국이 확전을 바라지 않는다는 사실은 분명해졌다. 그러나 확전이 되었을 경우에는 중국군이 참전하게 될 것이었다. 정용우가 머리를 돌려 상황판을 보았다. 그의 시선이 닿는 곳은 커다란 상황판의 한 점, 옹진시 남쪽 남해다. 지금 그곳에 그의 부하들이 있는 것이다.

같은 시각. 평양시 남쪽 제55 호위대의 지하벙커 안.

무력부장 성종구의 앞에는 조금 전에 김정일이 파견한 강창남 대장이 서 있다. 강창남은 호위사령관으로 김정일이 파견한 감시자 역할이다.

"아직 남조선 지상군 이동은 없습니다."

강창남이 검은 얼굴을 들고 성종구를 똑바로 보았다.

"남조선은 지금 군사쿠데타 일보 직전이라는 겁니다. 군 강경파가 현 상황을 주도하고 있는데 대통령이 기를 쓰고 막는 것 같습니다."

"아니, 누가 그러오?"

주름진 눈시울을 들어 올리며 성종구가 묻자 강창남이 바로 대답한다.

"지도자 동지께서 남조선 박성훈이한테서 직접 들으셨습니다."

"허, 남조선이 곧 망하겠다."

성종구가 말하자 강창남은 머리를 젓는다.

"강경파가 나서면 전면전이 됩니다. 그놈들은 물불을 가리지 않는 놈들이라고요. 솔직히 그놈들이 물불 안 가리고 대들면 우리가 망한다고요."

눈을 치켜뜬 강창남의 목소리가 커졌고 벙커 안은 조용해졌다. 오직 기계음만 난다. 모두 강창남을 주시하고 있다. 지금까지 아무도 이런 발언을 한 적이 없다. 했다면 바로 총살이다. 그런데 지도자 동지의 최측근인 호위사령관이 이런 말을 한다. 강창남이 소리치듯 말을 잇는다.

"지도자 동지께선 박성훈이 상경파를 달랠 때까지 확전을 피하라고 하셨소. 따라서 남해만 집중적으로 막도록 합시다."

지도자의 지시인 것이다. 심호흡을 한 성종구의 시선은 심철로, 그리고 다시 왼쪽 끝에 앉은 참모에게로 옮겨졌다.

"해주의 4군단에서 제22, 27사단을 강령 쪽으로 전진시켜 놈들을 고립시키도록."

그러고는 대답도 듣기 전에 또 다른 참모를 보았다.

"제808방사포여단으로 남해시 전역을 집중 포격하도록, 지금 즉시!"

"예, 부장 동지."

참모가 돌아섰을 때 심철이 조심스럽게 물었다.

"인민들의 피해가 크지 않겠습니까?"

"희생을 각오해야 되오."

자르듯 말한 성종구가 외면했으므로 심철은 입을 다물었다. 제808방사포여단은 제4군단 소속 2개 포병여단 중 하나이며 다른 1개 여단인 807여단은 자주포병단이다. 그때 강창남이 테이블 위에 놓인 전화기를 들었다. 김정일에게 보고하려는 것이다.

7월25일 11시35분. 남해시 북방 3km 지점. 개전 55분25초 경과.

"중대장님! 저쪽입니다!"

앞장선 박대규 하사가 소리치며 가리킨 곳에서 검은 연기가 솟아오르고 있다. 바위투성이의 구릉 왼쪽 골짜기였는데 제3소대가 포진한 곳이었다. 박대규는 보급하사로 조금 전에 3소대에 다녀오다가 부하 2명을 잃었다. 구릉 어디선가에서 날아온 총탄을 맞은 것이다. 저격병이다. 사방에서 총성이 울렸고 폭음이 터졌지만 생명체는 보이지 않는다. 가끔 아군 헬기 편대나 전폭기가 날아와 앞쪽을 불구덩이로 만들고 사라졌지만 총성은 여전했다. 종대로 선 7명은 구릉 밑쪽을 전속력으로 달렸다. 바위 사이로 달리면서 엄폐를 했어도 총탄이 날아와 깨뜨린 바위 부스러기가 온몸에 맞는다. 이동일이 헐떡이며 3소대와의 거리를 재었다. 70~80m 남았다.

"잠깐 쉬어!"

이동일이 소리치자 모두 바위틈 사이로 엎드린다. 이동일 옆에 엎드린 무전병한테서 무전기를 받아들었다.

"3소대! 나, 아래쪽 자갈밭 옆에 있다! 보이나?"

이동일이 소리치자 곧 3소대장 조한철 중위가 대답했다.

"예, 보입니다."

그때였다. 대기를 가르는 날카로운 금속음이 울렸는데 그것이 수십 수백 가닥이다. 수백 개의 송곳으로 철판을 긁는 것 같다. 순간 얼굴을 굳힌 이동일이 버럭 소리쳤다.

"엎드려! 포격이다!"

외침이 끝나기도 전에 이동일은 온몸이 들썩이는 느낌을 받는다. 머리를 땅바닥에 붙인 채 두 손으로 철모를 감싸 안았다. 대지가 화산처럼 폭발해버리는 것 같았다. 폭음과 함께 몸 위로 무수한 돌멩이 파편이 떨어졌다. 어떤 놈은 커서 신음을 뱉을 정도였다. 놈들이 집중 포격을 해오는 것이다. 조금 머리를 든 이동일은 폭발하는 능선을 보았다. 무차별 포격이다. 놈들은 피아를 가리지 않고 남해 주위의 모든 인간을 폭파할 모양이다.

같은 시각. 이동일의 뒤쪽 1km 지점의 대대본부 참호에서 대대장 강규식이 머리를 벽에 처박고 엎드려 있다. 그러고는 큰 목소리로 숫자를 센다.

"스물하나, 스물둘, 스물셋…."

포탄이 떨어진 직후부터 숫자를 세고 있는 것이다. 그러나 별 뜻이 없다. 굳이 이유를 대라면 대대장인 자신이 살아 있다는 표시를 주변

부하들에게 알리는 효과가 있겠다. 또 하나는 소리치면서 공포를 잊으려는 것이다.

"스물아홉, 서른."

그래놓고 강규식이 번쩍 머리를 들고 소리쳤다.

"시발놈들아. 쌀도 없으면서 좀 아껴라!"

같은 시각. 그 뒤쪽 2㎞ 지점에 위치한 7사단장 고달호 소장의 지휘부 안.

이곳은 시내 중심부여서 주변 건물이 다 진공청소기로 빨아들이는 것처럼 잔해가 허공으로 치솟고 있다. 이곳은 시멘트 건물 반지하였지만 벽이 갈라지면서 먼지가 휩쓸려 들어온다. 폭음과 섬광이 쉴 새 없이 터지는 바람에 다른 소리는 들리지 않는다. 사단장 고달호가 손을 뻗자 참모가 무전기를 건네주었다. 참모의 얼굴이 분을 바른 것처럼 희다. 돌가루를 뒤집어썼기 때문이다. 무전기를 귀에 붙인 고달호가 소리쳤다.

"적 포대를 없애주기 바란다!"

나머지는 다 알아서 할 것이다.

이지스함 대구호는 이틀 전에 함장이 구속되어서 지금 사령실에 서 있는 이광도 대령은 함장을 맡은 지 만 하루밖에 안되었다. 대구호는 광주호 뒤쪽 5마일 해상에서 동급 이지스함 대전함과 인천함을 이끌고 지원차 출동해 있었는데 방금 남해시에 침투한 해병 7사단장 고달호 소장의 무전을 들었다. 그 무전은 해상의 모든 해군 함정, 전대사령부, 공군사령부, 그리고 합참 지휘부는 물론이고 한미연합사, 중국, 북한, 일본 측의 통신망에 잡혔을 것이었다.

"발사!"

이광도의 별명이 '강도'다. '강도'가 된 근거로 수십 가지 해설이 붙었지만 전임 오순일과는 대조적인 인물이었다. 이광도의 명령이 끝나자마자 뒤쪽에서 누군가 복창을 했고 곧 숨이 막힐 것 같은 정적이 3초쯤 지났을 때 선체가 진동하더니 미사일이 쏘아 올려졌다. 목표는 남해 서북방, 옹진반도 오른쪽에 위치한 제808방사포여단, 지금 그쪽에서 남해시로 다연장로켓포가 발사되고 있는 것이다. 지금까지 은폐되어 있어서 찾지 못했던 표적이다. 3척의 이지스함은 아직 발사하지 않은 대지미사일 KAS-75를 각각 3, 4 캐니스터씩 싣고 있었으므로 기함인 대구호의 지시에 따라 일제히 미사일이 발사되었다. 1캐니스터에는 8기의 미사일이 장착되어 있다. 사정거리가 500km인 KAS-75는 토마호크를 변형시킨 한국형 미사일로 750kg의 재래식 탄두를 장비하고 있지만, TERCOM TV 카메라가 잡은 영상을 조합하는 지형재조합유도장치 DSMAC(Digital Scene Matching Area Correlation)를 결합한 고도의 유도장치를 부착하고 있어서 명중률은 99%다. 이광도는 3캐니스터에 든 마지막 24기째 KAS-75가 허공으로 솟아올랐을 때 상황판에 찍힌 시각을 보았다. 오전 11시39분. 전쟁 발발 59분25초다.

바로 그 시각. 7월 25일 오전 11시 39분. 합참의 지하 상황실.

별 셋짜리 중장 군복을 입은 장군이 다가서자 먼저 육참총장 조현호가 눈을 치켜뜨고 묻는다.

"마, 너, 경례했어?"

"했습니다."

안 했으면서 중장이 시치미를 뚝 뗀 표정으로 대답했다. 그러더니 시선을 옆에 앉은 합참의장 장세윤에게로 돌린다. 건방진 태도였지만 조현호는 벌쭉 웃고 만다. 사내는 한미연합사의 한국 측 작전차장 하중복 중장이다.

"의장님, 제가 연합사 연락관으로 왔습니다."

하중복이 말했을 때 이번에도 조현호가 나섰다.

"연락관은 무슨, 감시 역할이겠지."

조현호를 외면한 하중복이 말을 잇는다.

"연합사령관은 확전을 우려하고 있습니다. 그것은 미국 정부의 입장이기도 합니다."

"그건 립 서비스야."

또 조현호. 다시 하중복.

"중국군이 이동을 시작했습니다. 심양군구의 4개 군단이 조중 국경을 향해 남진하고 있습니다."

"글쎄, 쇼라니까."

"조중 국경 근처의 8개 중국 공군기지에서 전폭기 270대 정도가 출동 대기 상태로 대기하고 있습니다."

"그만."

마침내 장세윤이 눈을 들어 하중복의 말을 막는다. 쓴웃음을 지은 장세윤이 하중복에게 말했다.

"방금 남해시를 무차별 폭격하던 북한 제808방사포여단을 괴멸시켰어. 가만 놔뒀다면 7사단 1연대는 전멸했을 거야."

그러더니 덧붙였다.

"놈들이 우리 국군을 건드리지 않는다면 우리도 방아쇠에서 손을 떼지, 그렇게 연합사령관께 보고드리게."

"자위수단이야, 자위수단."

조현호가 커다랗게 말을 받는다.

"이 전쟁은 처음부터 그렇게 시작되었다고. 저 시발놈들이 먼저 시작한 것이니까 먼저 손을 떼어야 돼."

이쪽은 명분이 있다는 뜻이다.

7월25일 오전 11시42분. 남해시 북방 3㎞ 지점. 개전 1시간2분25초 경과.

"그쳤습니다."

얼굴이 흙먼지로 범벅이 된 조한철 중위가 머리만 들고 말했다. 그 순간 옆쪽 구릉의 흙이 우르르 무너져 내렸으므로 이동일이 흙먼지를 털면서 비켜섰다. 이제 포격이 그친 것이다. 포격이 뜸해졌을 때 이동일은 3소대장 조한철과 합류했지만 사상자가 많았다. 본부 중대원 2명이 사망했고 3소대에서도 3명이 사망, 2명이 중상이다. 이제 전투 가능 병력은 중대본부 요원까지 합해도 다시 12명이 되었다.

"전차가 남아 있다면 다시 움직일 거야."

바위틈으로 아래쪽을 내려다보면서 이동일이 말했다. 아직도 아래쪽 이곳저곳에서는 연기가 피어오르고 있었는데 적의 움직임은 없다. 수십 발의 포탄이 구릉을 뭉쳐놓아서 전차가 오르기가 더 쉬워졌다. 햇볕이 따갑게 내리쪼이는 한낮이다. 눈을 가늘게 뜬 이동일이 바위틈으로 앞쪽을 본다. 이곳은 구릉 중간 부분이어서 시야가 앞쪽 5㎞ 정도까지 트여 있다. 아래쪽 낮은 언덕, 골짜기, 비탈진 밭, 불에 타고 있는 서너 채의 농가를 훑어보던 이동일이 혼잣소리처럼 말했다.

"딴 세상 같구나."

그때였다. 불타는 민가 한쪽이 허물어지면서 먼저 탱크의 포신이 드러났다. 그러더니 요란한 캐터필러 소음이 울리면서 탱크가 이쪽을 향해 움직였다.

"저놈이 살았어!"

조한철이 소리쳤을 때 왼쪽 비탈에서 다시 탱크 한 대가 나타났다. 두 대다. 거리는 약 400m, 놈들은 이쪽을 향해 똑바로 올라오고 있다. 구릉의 경사각이 10도도 안 되었으니 평지를 오는 것이나 같다. 이동일이 옆에 놓인 대전차포를 집어 들고 일어섰다.

"내가 우측으로 돌아 우측 전차를 칠 테다. 좌측 전차를 누가 맡겠나?"

"접니다."

하사 한 명이 벌떡 일어섰으므로 이동일이 머리를 끄덕이며 조한철을 보았다.

"은폐하고 있도록."

대전차 무기도 없이 전차와 정면대결을 한다는 것은 자살행위와 같다. 그때 전차의 소음이 더 가까워졌고 뒤를 각각 10여 명의 보병이 따른다.

"지원병 둘씩!"

이동일이 서둘러 소리치자 이쪽저쪽에 엎드려 있던 병사들이 모두 손을 들었다. 좌측을 맡은 하사와, 우측을 맡은 이동일이 각각 둘씩을 뽑고는 좌우로 갈라져 내달렸다. 그때 요란한 발사음이 들리더니 조한철이 은폐해 있는 구릉의 뒤쪽 30m쯤에서 전차 포탄이 터졌다. 어림잡아 발사한 것이지만 이만하면 탄착점이 가깝다. 이동일은 골짜기 아래로 구르듯 달려 내려간다. 지금 당장의 목표는 탱크 격파다. 탱크가 구릉 위로 오르면 시야가 탁 트여서 부상자까지 포함한 제3소대 잔존 병력 10여 명은 몰살당한다.

같은 시각. 시청 앞 지하상가의 이탈리아 식당 나폴리 안.

스파게티를 시킨 송아현이 식당을 둘러보고 있다. 식당에는 손님이 절반쯤 차 있다. 항상 이 시간쯤이면 빈자리가 없는 식당이지만 전쟁이 났어도 이만큼 찬 것이 신기했다. 이기고 있기 때문일 것이다. 그리고 아직 서울에 포탄이 한 발도 떨어지지 않았다. 서울뿐만이 아니다. 전장(戰場)이 되어 있는 서해의 연평도, 백령도도 멀쩡했다. 한국군이 전 화력을 쏟아 부어서 옹진반도 전체가 폐허가 되었다는 소문이 나돌고 있다. 테이블 위에 올려놓은 휴대전화가 진동으로 떨었으므로 송아현은 생각에서 깨어났다. 휴대전화를 집어든 송아현은 발신자부터 보았다. 박기성이다.

"응, 웬일이래?"

그렇게 묻는 순간 송아현은 자신이 반기고 있다는 것을 깨닫는다. 아직 피부로 닿지는 않았지만 말로만 듣고 화면으로만 보았던 전쟁이다. 가슴이 답답했고 초조했다. 생각이 정리되지 않고 혼자 있기가 무섭다. 지금도 시내 분위기를 취재 나왔다가 멀리 가지도 못하고 회사 주위를 빙빙 도는 중이다. 그때 박기성이 말했다.

"저기, 오해하지 말고 들어, 아현아."

"뭔데?"

"내가 들은 정보로는 두 시간쯤 후인 오후 2시쯤이면 인천공항이 폐쇄돼, 김포는 운항을 하겠지만 비행기 좌석이 없어. 부산까지 표가 1000만원으로 암거래되고 있다지만 그걸 구하는 것도 하늘의 별 따기야."

"… …."

"날 어떻게 생각하는지 알아. 하지만 뜬금없이 날아온 포탄에 맞아 개죽음을 당하는 것보다는 살아남아서 뭔가를 이뤄놓는 게 낫지 않겠어?"

"… …."

"내게 오후 1시 반에 떠나는 방콕행 티켓 두 장이 있어. 난 그걸로 떠나려는데 넌 어때? 같이 안 갈래?"

"… …."

"그냥 여권만 갖고 인천공항으로 와, 내가 다 알아서 할 테니까. 이번 전쟁은 길게 안 끌 거야. 하지만 양쪽 다 잿더미가 될 거라고. 그러니까 그동안만 피해 있다가 돌아오면 돼."

"… …."

"아현아, 우리 같이 가자. 가서 좀 피했다가 돌아오자."

그때 송아현은 전화기를 귀에서 떼고는 덮개를 닫았다. 덮개를 닫는 것이 마치 인천공항을 폐쇄하는 것처럼 느껴졌다.

오전 11시46분35초. 남해시 북방 31km지점. 개전 1시간7분 경과.

잡초 사이에 엎드린 이동일이 구릉으로 올라오는 전차를 응시하고 있다. 전차는 구 소련제 F-62형 전차를 개량한 북한산 천마호, 북한군의 최신형이다. 전차와의 거리는 185m, 지금 이동일이 겨누고 있는 대전차포의 조준경 하단에 거리가 찍혀 있다. 대전차포는 독일제 판저 파우스트(Panze-Faust) 3을 개량한 한국형으로 길이는 1m, 발사기 구경은 60㎜이며 로켓탄의 무게는 4kg, 총 무게는 12kg이어서 1인용이다. 거기에 유효사거리가 500m인데다 장갑관통능력이 75㎜여서 어지간한 장갑은 관통할 수 있다. 전차는 비스름한 측면을 보이면서 올라오고 있었는데 뒤를 10여 명의 보병이 따르고 있다. 조금 전의 무차별 포격 때 인민군도 많이 당한 것 같다. 이제 거리는 172m, 조준경에 비친 전차의 측면이 더 넓어졌다. 이동일이 앞쪽을 응시한 채 좌우에 엎드린 두 해병에게 말했다.

"내가 전차를 쏘고 나서 바로 뒤쪽 보병들을 맞혀라."

"예, 중대장님."

병장과 상병 두 병사가 거의 동시에 대답해서 한 목소리 같다. 둘은 K-5 소총을 뺨에 붙인 채 긴장하고 있다. 조준경에 거리가 158m로 찍혔고 포탑 옆구리가 70%쯤 드러났다. 이동일은 심호흡을 했다. 반대편으로 달려간 최영수 하사로부터는 아직 반응이 없다. 이쪽에서는 그쪽 탱크가 보이지도 않는다. 거리가 149m가 되었다. 다시 한 번 심호흡을 한 이동일이 이제 다 드러난 포탑 밑 부분의 틈을 겨누고 방아쇠를 당겼다.

"쉬익!"

발사음은 그렇게 들렸다. 투사기 뒤쪽에 부착된 카운터 메스가 날아가면서 로켓탄이 일직선을 그으며 날아가고 있다.

"타탓탓. 타타탓. 타타타타타탓!"

다음 순간 이동일 양옆의 두 병사가 사격을 시작했다. 잘 훈련된 해병이다. 처음 세 발은 탄착점을 맞히려고 발사하더니 다음에는 연속사격이다. 그 순간.

"꽈앙!"

탱크의 포탑이 번쩍 치켜올려지면서 대폭발이 일어났고 뒤를 따르는 보병들이 네 활개를 펴며 쓰러진다. 이동일이 발사관을 내던지고 소총을 손에 쥐었다. 두 눈이 번들거리고 있다. 그때였다.

"깡! 깡!"

폭음이 연속으로 울렸으므로 이동일이 번쩍 머리를 들었다. 그러나 움직임은 멈추지 않는다. K-5 소총을 오른쪽 뺨에 붙인 이동일이 이제 150m 거리에 엎드린 인민군 병사의 상반신을 겨누고 방아쇠를 당겼다.

"타탓. 타타탓. 타타타타탓!"

10발의 총탄 중 마지막 서너 발이 인민군의 상체에 맞았고 표적은 늘어졌다. 좌우의 해병들도 계속해서 쏘아대고 있다. 10여 명의 인민군 중 이제 서너 명만 남았다. 탱크는 포탑이 앞으로 꺾인 채 불길을 내뿜고 있다.

"깡!"

다시 폭음이 울렸으므로 이동일은 그때야 그것이 탱크포의 발사음이란 것을 알았다. 그렇다면 최 하사는 실패했는가?

"2중대가 가장 멀리 진출했다."

그 시간에 무전기를 귀에서 뗀 수색대대장 강규식이 말했다. 강규식의 한쪽 뺨은 피로 범벅이 되어 있었는데, 머리에서 흘러내린 피 때문이다. 파편이 머리 가죽만 찢었기 때문에 강규식은 붕대만 감고 철모로 눌러 덮었다. 이곳은 이동일이 전투를 벌이고 있는 능선에서 동남쪽으로 2km 떨어진 남해시 서북단. 지금 뒤쪽 2km 지점에 7사단장 고달호가 이끄는 1연대 주력이 진용을 정비하고 있다. 땅바닥에 펼쳐진 지도 위를 손끝으로 짚으면서 강규식이 말을 잇는다.

"2중대에서도 3소대가 서쪽으로 500m나 더 진출해 있어. 현재 이곳에 이동일이가 있다."

"다른 소대와 너무 떨어져 있는 것 같은데요."

작전참모 박 대위가 말하자 강규식은 머리를 끄덕였다.

"3소대가 가장 많이 피해를 보았어. 그래서 이 대위가 중대본부 병력을 끌고 합류한 거야."

그러고는 둘러선 대대본부 요원을 둘러보았다. 산비탈의 바위틈에 급조된 대대본부에는 10여 명의 요원이 남았다. 시가전과 포격으로 절반가량이 피해를 본 것이다.

"방금 이 대위가 탱크 한 대를 부쉈다는군, 하지만 탱크 하나는 살아남아서 치고 올라오는 중이라는 거야."

강규식은 방금 3소대장 조한철의 보고를 받은 것이다.

7월25일 오전 11시49분35초. 제55 호위대 벙커. 개전 1시간10분 경과.

무력부장 성종구가 지시했다.

"815기계화군단을 출동시켜라."

복창한 참모가 돌아서자 성종구는 옆쪽에 선 강창남에게 말했다.

"놈들이 후속 병력을 투입하기 전에 해병 놈들을 전멸시켜놓는 것이 상책이오. 지도자 동지와의 통신도 남조선 놈들이 다 도청할 테니 이 일은 내 독단인 것처럼 처리하겠소."

강창남은 눈동자만 굴린 채 말이 없다. 제808방사포여단이 일제사격을 퍼부었다가 한국 해군과 공군의 대규모 미사일 공격을 받아 전멸해버린 것이다. 지도자가 유화작전으로 시간을 끄는 사이에 군이 기선을 잡자는 전략이다. 이윽고 강창남이 머리를 끄덕였다.

"알겠습니다. 책임을 지시겠다니 그렇게 하시지요."

같은 시각. 남해시 북방 3km 지점.

이제는 이동일이 능선 아래쪽에서 위쪽의 전차를 올려다보고 있다. 전차 한 대는 그야말로 전선을 유린하는 중이다.

"중대장님, 제가 가겠습니다."

숨을 헐떡이며 다가선 박대규 하사가 마지막 남은 대전차포를 움켜쥐고 말했다. 전차를 맡았던 최 하사와 해병 두 명은 전사했다. 거의 동시에 양측이 쏘았지만 전차포가 먼저 닿았던 것 같다. 전차에 쫓겨 흩어진 3소대는 소대장 조한철이 좌측 골짜기에 남은 소대원 셋을 모은 채 대기 중이다. 그리고 이쪽이 넷, 그동안에 또 넷을 잃었다. 3소대와 중대본부 증원이 여덟 명이 된 것이다. 그러나 충분히 제몫을 했다. 지금까지 6대의 탱크를 격파했고 적 사살은 100여 명도 넘는다.

"이리 내라."

손을 내민 이동일이 박대규의 오른쪽 어깨를 쏘아보았다. 어깨의 군복이 찢어졌고 피투성이다. 파편을 맞은 것 같다.

"그 어깨로 쏠 수 있겠어?"

"됩니다."

"이리 내, 인마."

대전차포를 낚아챈 이동일이 상태를 점검했다. 박대규는 대전차포를 가져온 것이다.

"넌 소대로 돌아가 기다려. 난 여기 둘하고 같이 간다."

둘은 김 병장과 윤 상병이다. 이제 전차는 능선 위에서 다시 우측으로 틀더니 앞쪽의 잡초 숲을 향해 기총소사를 했다. 몇 분 전까지 3소대장이 은폐하고 있던 곳이다. 전차를 따르는 보병은 15명 정도. 거리는 300m가 조금 넘는다. 이동일의 시선을 받은 박대규가 얼굴을 일그러뜨리며 말했다. 어깨의 고통 때문인 것 같다.

"중대장님, 그럼 가겠습니다."

이동일은 머리만 끄덕였다.

7월25일 오전 11시51분35초. 소공동 국제신문 빌딩의 1층 로비. 개전 1시간12분 경과.

송아현이 창가의 의자에 앉아 창밖을 바라보고 있다. 점심시간이 되었기 때문인지 인도는 한산하다. 거리의 차량 통행량도 평상시보다 많이 줄었다. 오늘이 금요일이어서 일주일 중 가장 바쁜 날인데도 그렇다. 전쟁 때문이다. 그때 로비 안쪽 벽에 걸린 TV에서 아나운서의 목소리가 울렸다. 누군가 볼륨을 높인 것 같다.

"예비군은 오후 2시까지 통고된 각 부대와 직장으로 집합하여주시기 바랍니다. 그곳에서 부대 배치를 받고 무기를 지급받도록 하십시오."

송아현은 소리죽여 숨을 뱉는다. 전투 가능 예비군이 500만명이라고 한다. 그중 무기를 지급받고 후방에 실전 배치될 40세 미만의 전투 예비군이 300만, 엄청난 숫자다. 북한은 말해야 입만 아프다. 인구의 30%인 600만을 동원할 수 있다고 큰소리쳐왔으니까. 14세에서 60세까지를 동원해서 그렇다. 100만 정규군 외에 전투동원 대상인 교도대가 150만, 민방위 성격의 노동적위대 350만, 고등학교 군사조직인 붉은청년근위대가 60만, 거기에다 인민경비대가 10만이다. 그렇다면 남북한 양쪽 병력을 합하면 1000만이 넘겠다. 세계 제1의 군사력이다. 송아현은 탁자 위에 내려놓았던 휴대전화를 들었다. 그리고는 버튼을 누른다. 전쟁이 일어난 후 이동일에게 연락을 하지 않았다. 이동일과 어제 오후 6시 가깝게 되었을 때 통화하고 나서 연락이 끊겼다. 말이 씨가 된다고 이동일은 지금 나라를 지키려고 전쟁 중이다. 나라 지키려고 바쁜 사람이 너무 욕심 부리는 거 아니냐고 비꼬아 말해준 것이 너무 미안하다. 휴대전화를 귀에 붙였던 송아현은 전원이 끊겨 있다는 안내말을 듣는다. 그 순간 문득 박기성의 얼굴이 떠올랐다. 지금쯤 박기성은 오후 1시 반에 출발하는 방콕행 비행기를 타려고 인천공항으로 가는 중이겠다.

"815군단이 움직였습니다."

미8군 참모장 모건 해리슨 중장은 큰 키에 마른 체격이어서 사령관 제임스 우드워드와 같이 서 있으면 머리통 하나만큼 크다. 그래서인지 우드워드는 해리슨하고 나란히 선 적이 거의 없다. 오늘도 우드워드는 앉았고 해리슨은 앞쪽에 서 있다. 해리슨이 말을 잇는다.

"목표는 남해, 4시간 후면 남해에 닿습니다."

해리슨이 테이블 위에 펼쳐진 한반도 지도의 두 지점을 가리켰다.

바로 815군단이 출현한 신천군 남부와 남해시다. 지도에서 시선을 든 우드워드가 해리슨을 보았다. 찌푸린 표정이다.

"이제 한 시간이 넘었어. 확전이 되면 우리가 끌려들어가게 돼."

해리슨은 잠자코 시선만 주었다. 현 상황은 북한군의 선제공격에 대한 한국군의 즉각적인 반격으로 발생했다. 따라서 데프콘2 상황에서 즉시 전시체제인 데프콘1으로 전환되었지만 한국군은 한미연합사령관인 우드워드의 지시를 받지 않고 독자적으로 움직이고 있다. 우드워드가 잇사이로 말했다.

"이거 정말, 등에 업힌 아이놈이 제멋대로 이웃집에다 불을 지르는 기분이야, 해리슨."

"사령관, 그것은."

쓴웃음을 지은 해리슨이 말을 잇는다.

"이웃집 아이놈이 먼저 돌멩이를 던져 우리 애를 때렸거든요."

"어쨌든 이대로는 안돼. 오바마가 난리야."

조금 전에 미국 대통령 오바마는 한국 대통령 박성훈에게 전화를 걸어 상황 설명을 들은 다음 동맹관계를 강조하고 위로했다. 그러고는 바로 우드워드에게 연락을 했는데 즉시 지휘권을 회수해 한국군에 끌려들지 말라고 했던 것이다.

오전 11시53분. 개전 1시간13분이 경과한 시점이다.

그 시각. 남해시 북방 3km 지점.

"쉬익!"

발사음과 함께 로켓탄이 발사되었다.

"타탓, 타타탓, 타타타타타탓!"

이번에도 좌우에 엎드린 김 병장과 윤 상병이 전차 뒤를 따르는 보병들을 향해 일제사격을 퍼붓는다.

"꽈앙!"

162m 거리에서 날아간 로켓탄이 포탑 뒤쪽 틈에 맞으면서 폭발했다.

"명중!"

사격을 하면서 김 병장이 기쁜 나머지 함성을 뱉었다. 전차는 포탑이 기울어졌는데도 10여m를 달리더니 바위를 들이받고 옆으로 들려졌다. 전차의 바닥이 다 드러났다.

"타탓! 타타타탓!"

두 병사가 뒤쪽 보병들을 향해 맹렬히 사격을 했고 이동일도 소총을 쥐었다. 그 순간 왼쪽 윤 상병이 털썩 머리를 숙였으므로 이동일은 시선을 돌렸다. 그러고는 눈을 부릅떴다. 윤 상병의 얼굴이 피투성이가 되어 있다. 부서져 있다는 표현이 맞다. 이를 악문 이동일이 다시 앞쪽을 향해 K-5 소총을 겨누었다.

"타타탓 타탓!"

그 순간 뒤쪽에서 요란한 총성이 울렸으므로 이동일은 숨을 죽였다. 그러자 앞쪽에서 흰 불꽃을 토해내던 적 보병들이 금방 잠잠해졌다. 제3소대의 남은 병력이 지원사격을 해온 것이다.

"윤 상병! 윤 상병!"

그때서야 옆쪽 윤 상병을 돌아봤던 김 병장이 아우성을 쳤다. 그러고는 몸을 뒤쪽으로 굴리더니 곧 윤 상병 옆으로 다가붙는다.

"얀마! 야! 야! 죽지 마!"

이미 늘어진 윤 상병의 어깨를 부둥켜안은 김 병장이 악을 쓰며 부른다. 뒤쪽 총성이 더 요란해졌고 인민군 보병의 응사는 뜸해지고 있다.

"야! 윤 상병!"

김 병장이 다시 울부짖었을 때 이동일은 허벅지가 떨리는 느낌을 받는다. 엎드린 채 바지 주머니에서 휴대전화기를 꺼내든 이동일은 수신음이 번쩍이는 것을 보았다. 갑자기 가슴이 벅찬 이동일이 휴대전화의 덮개를 올리고 귀에 붙인다. 전원을 꺼 놓았는데 격하게 몸을 굴리는 동안에 켜진 모양이다.

"여보세요."

그 순간 수화구에서 송아현의 목소리가 울렸다.

"나야, 어디야?"

그 대답을 김 병장이 옆에서 했다.

"윤 상병! 너, 죽으면 안돼! 안돼!"

그러더니 소총을 쥐어들고 앞쪽을 향해 쏘아 젖힌다.

"타타타탓! 타타타타탓!"

이동일이 수화구를 귀에 딱 붙이고는 말했다.

"여기, 전장이야."

그때 송아현이 뭐라고 소리쳤지만 이동일은 자꾸 되묻기만 했다. 김 병장이 미친 듯이 총을 쏘았기 때문이다. 그러나 곧 탄창이 비어진 김 병장이 탄창을 갈아 끼울 적에 송아현의 목소리가 선명하게 들렸다. 송아현은 아예 소리치고 있다.

"사랑해! 사랑해! 살아서 돌아오라고!"

갑자기 목이 멘 이동일이 심호흡을 하고나서 말했다.

"알았다. 전화 끊을게."

그러고는 서둘러 전원을 껐다. 총탄이 송화구를 타고 송아현에게 날아갈 것 같은 느낌이 들었기 때문이다.

그로부터 5분 후인 오전 12시 정각. 소공동 국제신문 편집국 안. 개전 1시간20분25초 경과.

"됐다! 특종이다!"

주먹으로 테이블을 내려친 편집국장 백한섭이 벌떡 일어섰다. 옆자리에 앉아 있던 사회부장 홍동수는 그것 보라는 듯이 두 눈을 치켜뜬 채 가쁜 숨을 몰아쉬었다.

"좋아, 이것을 특집방송으로 내자!"

백한섭이 테이블 위에 놓인 휴대전화기를 움켜쥐면서 말했다. 바로 송아현의 휴대전화기다. 그들은 방금 휴대전화에 녹음된 송아현과 이동일의 대화를 총성과 함께 생생하게 들었다. 백한섭이 송아현을 노려보며 말한다.

"송 기자, 이건 대특종이야. 좀 있다 다시 전화를 걸어서 현장상황을 알아내. 아무것이나 좋아."

숨을 고른 백한섭이 말을 이었다.

"이 총성, 아우성에다 남녀 간의 사랑."

백한섭의 입가에 흰 거품이 맺혔다.

"두어 번 하다가 끊어질지 모르지만 내보내라고! 서둘러! 내가 방송팀한테 연락할 테니까!"

국제신문 계열사인 국제방송을 말하는 것이다.

송아현은 가늘고 길게 숨을 뱉는다. 대화를 녹음한 것은 기자의 본능이라고 해두자. 그러나 이것을 부장과 국장한테 듣게 한 것은 공명심이다. 그때 백한섭이 다시 소리쳤다.

"송 기자! 이건 네 몫이야! 네가 주인공이라고!"

4부

46 용사(勇士)

⋮

2014년 7월25일 금요일. 오후 12시15분. 합참 지하 벙커 안. 개전 1시간25분25초 경과.

안쪽 테이블에 둘러앉아 있던 합참의장 장세윤, 육참총장 조현호, 육본 작참부장 박진상, 해병사령관 정용우 등이 일제히 머리를 돌려 이쪽을 보았으므로 하중복 중장은 긴장했다.

"어이, 하 중장, 일루 와봐."

조현호가 부르자 하중복은 입맛부터 다셨다. 육사 2기 선배인 조현호하고는 육사 때부터 체질이 안 맞는다. 하지만 서로 으르렁대면서도 진급은 언제나 각각 1순위였다. 다가선 하중복에게 입을 연 사람은 장세윤이다.

"하 중장, 지금 즉시 연합사령관께 보고를 하도록, 한국군 지휘부가 이 순간부터 연합사령관 지휘하에 들어가겠다고 말야."

놀란 하중복이 눈만 치켜떴을 때 장세윤이 말을 잇는다.

"당연한 일인데 너무 늦었어, 그리고 난 지금 대통령께도 그렇게 보고를 하겠네."

"의장님, 그러면,"

하중복이 말을 잇는 순간에 조현호한테 잘렸다.

"이봐 서둘러! 뭐하고 있는 거야!"

조현호가 버럭 소리친 것이다. 벙커 안의 모든 시선이 모였을 때 조현호의 외침이 이어졌다.

"지금도 국군이 죽어가고 있단 말야! 전쟁 상황에서 지휘 계통에 혼선이 있으면 되겠나!"

"함정을 팠군."

한미연합사령관 겸 미8군사령관 제임스 우드워드 대장에게 직통 전화를 걸면서 하중복의 머릿속을 채운 생각이다. 버튼을 누르는 하중복의 얼굴에는 쓴웃음이 떠올라 있다. 난데없이 불을 지르고 나서 함께 끄자고 하는 꼴이다. 연합사 한국 측 작참차장인 하중복은 미국 측이 이 전쟁에 얼마나 조바심을 내고 있는지 아는 것이다. 데프콘 2 상황에서 발생한 이 충돌은 한국군의 독자적 행동이었지만 연합사 책임이다. 하지만 연합사 측은 우발적 사고로만 간주해 말려들지 않으려고 했다. 그런데 이것 좀 보라. 한국군은 일을 다 저지르고 나서 방위조약을 내세우며 미군 뒤에 숨으려고 하는 것이 아닌가? 그때 우드워드 대장의 부관이 전화를 받았으므로 하중복은 생각에서 깨어났다. 그 순간 문득 자신의 가슴이 개운해져 있음을 깨닫는다. 역시 자신도 한국군인 것이다.

"갓뎀."

당연한 일이었기 때문에 욕은 더는 이어지지 않았다. 그러나 뒤통수를 맞은 것은 분명했다. 아주 정확하고 적절하게.

"좋아."

호흡을 가다듬은 한미연합사령관 제임스 우드워드 대장이 전화기를 고쳐 쥐었다. 그는 지금 합참에 파견한 하중복으로부터 보고를 받는 중이다.

"사령부는 오산의 전시사령부 벙커다. 30분 내로 한국군 지휘부 자식들이 도착하라고 이르도록."

뱉듯이 말한 우드워드가 전화기를 내려놓고 앞에 선 참모장 해리슨을 보았다.

"갓뎀."

해리슨은 외면한 채 못 들은 척했다.

7월 25일 오후 12시 20분. 평양 주석궁의 지하벙커 안. 개전 1시간 30분 25초 경과.

김정일 국방위원장이 오늘 세 번째로 대한민국 대통령 박성훈과 통화를 한다.

"예, 대통령 각하."

김정일의 얼굴은 긴장으로 굳어져 있다. 주위에 둘러선 당과 군의 원로들은 숨을 죽인 채 김정일을 응시한다. 그때 박성훈의 목소리가 스피커에서 울린다.

"위원장님. 5분 전에 한국군의 작전권이 한미연합사로 완전히 이

관되었습니다. 그것은 한국군이 더 이상 작전을 수행할 수 없다는 것을 의미합니다. 무슨 말인지 아시겠지요?"

"하지만 대통령 각하."

눈을 치켜뜬 김정일이 말을 잇는다.

"남해에 진주한 해병대와 영해를 침범한 한국 해군 함대가 있는 이상 우리는 이 전쟁이 끝났다고 생각하지 않습니다."

"양국의 해군과 공군이 원상태로 복귀할 것을 제의합니다. 그러고 나서 남해에 진입한 한국군 문제를 상의합시다."

"좋습니다."

김정일이 주저하지 않고 대답했다.

"지금 즉시 영해에서 물러나주시지요."

북한 측으로서는 전혀 손해 볼 일이 없는 조건이다. 개전 한 시간 반이 경과한 지금 서해상의 제공·제해권은 한국군에 의해 완전히 장악되었다. 언제나 기습을 했던 북한군이 이번에는 한국군의 기습적인 반격으로 자중지란에 빠진 것이다. 북한이 아군 헬기를 향해 미사일을 발사하자마자 한국군 해군 함대는 북한의 서해함대 6개 전대 중 3개 전대를 무력화했으며 옹진반도 주변의 12개 미사일 기지와 포대가 초토화되었다. 또한 공군은 황해남도 누천과 태탄 기지에서 발진한 북한군 MIG31편대를 괴멸시켰고 한국군 해병 1개 연대가 남해시를 장악하고 북진 중이다. 마치 도발을 기다렸다는 듯이 육해공군이 용의주도하게 반격해온 것이다. 그때 박성훈의 목소리가 스피커에서 울렸다.

"위원장님, 남해의 한국군에 대한 공격을 중지해주시기 바랍니다. 그래야 양측 상황이 정리가 됩니다."

"알겠습니다."

김정일이 다시 동의했다.

"내가 지시를 하지요. 하지만 한국군은 그 즉시 철수해야 될 것입니다."

7월 25일 오후 12시 24분 35초. 남해시 중심부. 해병 제7사단 사령부가 위치한 보위부 건물 지하실 안. 개전 1시간 35분 경과.

제7사단 고달호 소장이 참모장 김길중 준장에게 물었다.

"수색대대는 어때?"

"그쪽도 적의 저항이 그쳤습니다."

귀에서 무전기를 뗀 김길중이 말을 잇는다.

"전(全) 전선이 소강상태가 되었습니다."

2분쯤 전부터 북한군의 공격이 그친 것이다. 쓴웃음을 지은 고달호가 반쯤 허물어진 지하실 밖을 보았다. 이곳은 반지하여서 불타는 남해시가 보인다.

"김정일의 명령이 먹히는 것 같구먼."

고달호는 조금 전에 사령부로부터 대통령과 김정일 간의 합의 내용을 들었지만 믿지 않았던 것이다. 그때 김길중이 말했다.

"사단장님. 그런데 수색대대의 최전방에 나가 있던 제2중대하고 연락이 안 된다고 합니다."

고달호의 시선을 받은 김길중이 말을 이었다.

"그 2중대장으로 사령관 부관이던 이동일 대위가 가 있는데요. 2중대장이 전사했기 때문에…."

그 순간 지하실 안으로 1대대장이 들어섰으므로 김길중은 말을 멈췄다. 그보다 더 급한 일이 많은 것이다.

같은 시각. 남해시 서북방 4km 지점의 야산 밑.

이동일이 옆에 쪼그리고 앉은 제1소대장 황찬우 중위에게 묻는다.

"몇 명이야?"

"저까지 포함해서 18명입니다."

가쁜 숨을 고른 황찬우가 말을 이었다.

"부상자, 전사자는 두고 왔습니다."

이동일이 머리를 들고 옆쪽을 보았다. 1소대는 절반 이상을 잃었다. 부상자를 놔둔 것은 죽게 버려둔 것이나 같다. 제3소대와 중대본부의 전력은 이동일과 소대장 조한철을 포함해서 여섯. 어깨를 부상당한 박대규 하사도 500m쯤 남쪽 골짜기에 남겨두고 왔다. 그때 조금 아래쪽에 엎드려있던 조한철이 소리쳤다.

"저기 4소대가 옵니다!"

머리를 든 이동일이 우측의 낮은 비탈을 따라 달려오는 병사들을 본다. 일렬횡대로 열심히 이쪽을 향해 달려오고 있다. 모두의 시선이 그쪽으로 돌려졌을 때 이동일은 소리 죽여 숨을 뱉었다. 4소대 또한 생존자가 22명, 43명 중 21명이 전사했거나 낙오했다. 전사자 중에는 소대장 박기출 중위도 포함되어 있었는데 지금 4소대 지휘는 1분대대장 이용섭 하사가 맡고 있다. 선임하사도 전사했기 때문이다. 앞장선 병사의 얼굴이 뚜렷하게 드러났을 때 이동일이 말했다.

"4소대 무전기를 쓸 수 있나 모르겠다."

조금 전에 4소대를 불렀던 1소대의 무전기까지 유탄에 맞아 파손되어서 대대본부와 연락이 뚝 끊겼다. 현대전에서 통신 수단이 제거되면 그야말로 눈뜬 장님이 되는 것이다.

7월25일 오후 12시25분. 개전 1시간35분25초 경과.

소공동 국제신문 편집국. 벽에 붙은 대형 TV 앞에 수십 명의 기자가 모여 있다. 송아현의 모습도 보인다. 그때 화면에 대통령 박성훈이 등장한다. 편집국 안이 조용해졌고 박성훈이 입을 열었다.

"존경하는 국민 여러분, 그리고 대한민국의 자랑인 국군장병 여러분, 저는 5분 전인 12시20분에 북한 지도자 김정일씨와 다음 사항을 합의했습니다."

박성훈이 잠깐 호흡을 고르는 동안 편집국 안은 기침소리도 없다. 전황은 극히 제한적으로 보도되어서 정보가 없는 상황이다. 지금 국민 모두가 TV를 주시하고 있을 것이다. 다시 박성훈의 목소리가 편집국 안에 울려 퍼진다.

"현 상황에서 남북한 양군의 교전은 중지할 것, 그래서 서해상의 한국군은 NLL 이남으로 철수할 것입니다."

그러더니 박성훈이 똑바로 이쪽을 본다. 지친 표정이었지만 눈빛이 강하다. 그것은 이기자는 표정 같다고 송아현은 생각했다.

"하지만 남해에 진주한 한국군은 남북한 양군이 완전 철수한 후에 안전이 확보된 상황에서 철수시키기로 했습니다.

"그래야지."

말이 끝나기도 전에 송아현 옆으로 편집국장 백한섭이 다가서며 나섰다.

"금방 철군시키면 안 되지. 남해하고 옹진반도는 한국령이 되어야 해."

목소리가 컸으므로 모두의 시선이 모였다. 백한섭이 송아현에게 말했다.

"자, 송 기자, 준비되었어."

그러고는 송아현의 팔을 잡고 끌었다.

"가자."

그 시간에 수색대대장 강규식은 무전기를 귀에 붙이고 버럭 소리쳤다.

"야, 어떻게 된 거야!"

남해시 서북방 1㎞ 지점이다. 대대본부는 작은 야산의 바위투성이 골짜기에 설치되었는데 주위에 병사 10여 명이 은폐하고 있다. 그때 이동일의 목소리가 귀를 울렸다.

"무전기가 부서져서 이제야 4소대 무전기를 받아 씁니다."

"너, 지금 어디야?"

"좌표 327.246 지점입니다."

"네가 가장 멀리 나갔다."

감탄했던 강규식이 금방 이맛살을 찌푸리고 땅바닥에 펼쳐놓은 지도를 보았다.

"네 우측 1㎞ 지점에 4군단 22보병사단 1개 대대가 있어. 알고 있나?"

"압니다."

"거기 가만있다가 몰사당한다."

그래놓고 잠시 지도를 내려다보던 강규식이 작전참모 박성무 대위를 보았다. 박성무도 마침 엉거주춤 지도를 굽어보는 중이다.

"북상시켜야겠다."

무전기를 쥔 채 강규식이 말했을 때 박성무가 머리를 끄덕였다.

"예, 좌측은 바다라 그 방법밖에 없겠습니다."

강규식이 어금니를 물었다. 그렇다고 다시 내려오라고 할 수는 없다. 내려오나 올라가나 22사단 측에 발각당할 확률은 같다. 이윽고 강규식이 말했다.

"조금 전에 대통령과 김정일 간 교전중지 합의를 했다는 거다."

이동일은 듣기만 했고 강규식이 말을 이었다.

"하지만 거기 있을 수는 없어. 북상해라."

"예, 대대장님."

"북상하면 우리하고 간격이 더 벌어지겠지만, 알아서 빠져나가."

강규식이 장교 생활하면서 '알아서'라는 명령을 내린 건 이번이 처음이지만 자신은 의식하지 못했다. 그러나 이동일은 성실하게 대답한다.

"예, 대대장님. 알아서 북진하겠습니다."

강규식은 심호흡을 했다. '북진'이라는 단어가 가슴을 친 것이다. 그러고는 문득 물었다.

"2중대 현황은 어떠냐?"

"예, 2소대는 실종, 전원 전사로 추정됩니다. 제 1, 3, 4소대와 중대본부까지 합한 현 병력은 46명, 나머지는 전사와 실종입니다."

기가 막힌 강규식은 숨을 멈췄고, 옆에서 듣던 박성무는 외면했다. 다시 이동일의 말이 이어졌다.

"부상자는 총을 쥐여주고 현장에 버렸습니다. 물론 버린 위치와 군번, 이름을 적어놓았습니다."

강규식은 어금니를 문 채 입을 열지 않았다. 2중대 출동 인원은 4개 소대와 중대본부 병력까지 합해 169명이었다. 그런데 지금 46명이 남았다. 4분의 1이 되어버린 것이다.

7월25일 오후 12시30분. 개전 1시간40분25초 경과.

소공동 국제신문 건물 안 방송센터에서 송아현이 휴대전화의 영상통신 장치를 켠다. 그러자 화면이 방송 화면으로 연결되면서 앞쪽 대형 화면이 펼쳐졌다. 방송 준비가 된 것이다. 주위에는 긴장한 표정의 편집국장 백한섭, 사회부장 홍동수, 방송 담당 국장과 진행요원 서너 명까지 모여 있지만 조용하다. 그때 PD가 말했다.

"자, 준비됐습니다. 연락하세요."

송아현이 휴대전화의 버튼을 누른다. 이동일에게 연락을 하는 것이다. 긴장한 방송실 안은 조용해서 버튼 누르는 소리까지 들린다.

그 시간에 시내로 나간 국제신문 사회부 기자 김순기는 강남대로변에 서 있었다. 언제나 번잡한 강남대로의 교통량은 그대로다. 많아지지도 적어지지도 않았다. 다만 개전 1시간이 되었을 때 계엄군은 경부고속도로의 출입을 통제했다. 화물차와 군용차량을 제외하고 진입할 수 없게 만든 것이다. 그러나 아직까지는 국도나 다른 고속도로가 심각한 교통체증이 일어나지 않았다. 전쟁에서 이기고 있기 때문이다. 앞쪽의 1차선을 군용트럭 10여 대가 속력을 내어 한남대교 방향으로 달려갔다. 트럭 안에는 완전무장을 한 병사들이 가득 차 있었는데 인도의 시민들이 손을 흔들었다. 군인 몇 명도 손을 흔들어 답례를 한다. 송아현 말로는 소공동에서 지나는 군인들한테 시민들이 만세를 불렀다는데 아직 이곳은 담담하다. 시내 상황을 취재 나온 터라 사진기자 양홍일이 옆에서 사진을 찍다가 김순기에게 묻는다.

"인터뷰 더 하실랍니까?"

"둘만 더."

그래놓고 김순기가 옆을 지나는 50대쯤의 여자를 불러 세웠다. 바쁘게 걷던 여자는 가로막히자 눈썹을 모은다.

"저 한 말씀만 물을게요."

김순기가 서두르며 물었다.

"이 기회에 국군이 북진해서 통일하는 것이 낫지 않을까요? 어떻게 생각하세요?"

"싫어요."

머리까지 흔든 여자가 쏘아붙이듯 말을 잇는다.

"혼 좀 냈으니까 이제 그만뒀으면 좋겠어요. 대통령이 교전 중지를 시킨 건 잘한 일이에요."

그러더니 이제는 묻지도 않았는데 말했다.

"통일, 민족, 해대는데. 난 여동생이 미국으로 이민 간 지 30년 되었어요. 그동안 세 번 만났다고요. 그런데 같은 말 좀 쓴다고 꼭 민족이 합쳐 살아야 한다고 나대는 것들을 보면 다 위선자 같더라고요. 놔두세요, 놔둬."

이렇게 말하고는 몸을 돌려버렸으므로 김순기는 입맛을 다셨다.

오산의 한미연합사 지휘 벙커로 날아가는 헬기 안이다. 맨 마지막 순서로 함께 탑승한 해병대 사령관 정용우 중장이 옆에 앉은 육본 작참부장 박진상 중장의 귀에 입술을 붙였다. 헬기에 장착된 통신장치를 쓰지 않고 직접 육성으로 말하려는 것이다. 도청을 경계하는 것 같다.

"세 시간 후면 815기계화군단이 남해시로 진입할 거요. 그럼 7사단 1연대는 전멸이야. 서둘러야 돼."

소리치듯 정용우가 말하자 박진상이 눈을 치켜떴다. 그러더니 정용우의 귀에 입술을 붙인다.

"10분 후에 105기갑사단이 개성공단으로 진입할 거요."

박진상이 소리쳐 말한 순간 정용우는 머리를 끄덕였다. E-3상륙기동 훈련을 기획했을 때부터 만들어놓은 작전이다. 지금까지 북한의 붕괴나 침공에 대비한 이른바 '작계'가 수십 개 만들어졌지만 군 내부의 반역 세력에 의해 노출된 것도 많다. 그래서 이번은 극비리에 지휘관 몇 명만이 모여 만들었다. 그중에 제3군사령관 이강진 대장, 참모장 배명술 중장, 그리고 105기갑사단장 차봉호 소장이 포함되어 있는 것이다.

"괜찮을까?"

어깨를 늘어뜨린 정용우가 다시 소리쳤을 때 박진상은 쓴웃음만 지었다. 괜찮을 리가 없는 것이다. 이제부터는 한미연합사 통제를 받기에 105기갑사단은 지금 당장에 정지하라는 명령을 받고 있을지도 모른다. 정용우의 시선을 받은 박진상이 마침내 얼굴에 대고 소리쳤다.

"기갑사단까지야, 그 다음부터는 물 흐르는 대로 놔두라고!"

7월25일 오후 12시35분. 개전 1시간45분25초 경과.

소공동 국제신문 건물의 방송실에서 송아현이 5분째 통화를 시도하고 있다. 귀에 이어폰을 낀 송아현의 앞쪽 대형 화면은 비어 있다. 통화 연결이 되면 곧 화면에 이동일의 영상이 나타날 것이다. 생생한 북한땅 전장의 화면이다.

"이봐, 네가 버튼을 눌러."

PD가 지시하자 곧 사내 하나가 다가와 대신 버튼을 누른다. 뒤쪽 구석에 앉은 편집국장 백한섭은 몰래 담배를 피우는 중이었고 사회부장 홍동수는 보이지 않는다. 송아현이 물끄러미 빈 화면을 본다. 그때 문득 이동일의 정색한 얼굴이 떠올랐다. 장소는 신촌의 모텔방 안.

"가만있어."

이동일이 바지의 호크를 풀었으므로 눕혀졌던 송아현이 허리를 비틀었다.

"야, 뭐 하는 거야?"

"바지 입고 잘래?"

기어코 호크를 푼 이동일이 바지 끝을 두 손으로 쥐더니 잡아당겼다. 바지가 뱀 껍질처럼 후르르 벗겨지면서 팬티만 걸친 송아현의 두 다리가 침대 위로 떨어졌다.

"안 놔?"

와락 소리치자 금방 대답이 왔다.

"놨어."

밤 12시 반. 이동일은 모처럼 1박2일 휴가를 나왔고 내일은 일요일이다. 둘은 신촌 주변에서 3차까지 마시고 모텔에 들어온 것이다. 이동일이 이불을 펴더니 송아현의 하반신을 덮고 나서 그제야 상의를 벗는다. 이동일은 사복 차림이다.

"나, 씻고 올 테니까 넌 그냥 자."

얼굴을 옆으로 돌린 채 눈을 감고 누워 있는 송아현에게 이동일이 말했다. 사귄지 넉 달쯤 되었고 오늘, 처음 둘이 모텔로 들어온 것이다.

"토하려면 여기다 해."

하면서 휴지통을 침대 옆에다 놓은 이동일이 말을 잇는다.

"내가 다 치울 테니까 침대에 쏟지는 말란 말이다."

술을 많이 마셨다. 소맥을 열 잔 정도, 거기에다 3차는 소주 네 병을 나눠 마셨다. 그러나 취하지 않았다. 욕실 문이 닫히는 소리가 났을 때 송아현은 눈을 떴다. 술에 취한 척하고 어영부영 이동일을 이곳으로 몰아온 것이다. 냅두면 생전 여관 가자는 소리를 안 할 놈 같아서 날 모텔로 데려가 눕히라고 지시했다.

"좀 쉬었다 합시다."

지친 PD가 말하는 바람에 송아현은 생각에서 깨어났다. 이동일은 전화를 받지 않는다.

"저기 능선만 넘으면 옹진입니다."

척후로 보낸 하사가 숨을 헐떡이며 말했을 때 이동일은 손목시계를 보았다. 오후 12시37분. 소강상태가 된 지 약 15분이 지났다. 이제 22사단 우측 경계선 위쪽으로 빠져나오기는 했다. 그러나 앞길은 그야말로 첩첩산중이다. 대대와의 간격은 더 벌어졌으니 대대장 말대로 알아서 헤쳐나가야만 한다. 이동일이 좌우에 엎드린 황찬우와 조한철을 보았다.

"옹진을 지나 북상한다."

두 중위의 시선을 받은 이동일이 얼굴을 일그러뜨리며 웃는다.

"시발, 6·25때 휴전선이 어떻게 그어진지 알지? 잠깐이면 우리가 몇 백만 평 먹고 들어간단 말이다."

철수는 나중 얘기다. 군인은 복잡하게 생각하면 안 된다.

7월25일 오후 12시38분. 개전 1시간48분25초 경과.

오산의 한미연합사령부 지휘 벙커 안에서 제임스 우드워드 대장이 지금 막 도착한 한국군 합참의장 장세윤 대장에게 인사도 건네지 않고 대뜸 묻는다.

"어떻게 된 겁니까? 문산의 105기갑사단이 개성공단으로 진입하고 있단 말요! 이놈들이 연합사 지시를 받지도 않아!"

"작전권이 연합사로 넘어간 걸 믿지 않는 것 같은데."

정색한 장세윤이 함께 온 육참총장 조현호를 보았다.

"조 총장이 직접 지시하는 것이 낫지 않겠소?"

우드워드 앞이어서 장세윤은 영어를 쓴다. 머리를 끄덕인 조현호가 우드워드를 향해 유창한 영어로 말했다.

"장군, 놈들이 815기갑군단을 내려 보내기에 우리도 105기갑사단을 움직였던 겁니다. 개성공단을 돌파하면 평양으로 통하는 고속도로가 눈앞에 펼쳐지거든요."

우드워드가 조현호의 긴 사설을 듣는 동안 두 번이나 심호흡을 했다. 이쪽은 연합사 사령관이지만 저쪽도 같은 계급인 대장이다. 한국 놈들은 직책보다 계급을 먼저 따지는 버릇이 있고 특히 조현호 같은 부류는 더 심하다. 어깨를 편 조현호가 말을 이었다.

"105사단이 815군단의 측면을 찌를 것 같은 모양새를 취하면 남해의 해병들이 조금 숨을 돌릴 수 있지 않겠습니까? 그리고 개성공단에 진입한 명분도 있습니다. 그곳에서 근무하는 한국인 3000명의 안전을 확보해야 되거든요."

우드워드는 다시 한 번 심호흡을 했다 개성공단은 자유무역지대로 지정되어 한국인뿐만 아니라 북한 노동자도 4만명이나 있는 것이다.

"지금 당장 진입을 중지시키시오. 이것은 남북 정상 간의 합의를 위반한 거요."

눈을 치켜뜬 우드워드가 조현호를 노려보았다. 뻔한 수작인 것이다.

"장군, 어서 서두르시오."

사령부 벙커 안에 긴장감이 덮였다.

7월25일 오후 12시42분. 개성공단 안을 질주하는 장갑차 안. 개전 1시간52분25초 경과.

제105기갑사단장 차봉호 소장이 연대장들과 연결된 무전기에 대고 소리쳤다.

"전속력으로! 목표 지점에 도착 즉시 연대별 포진하라!"

전차의 굉음이 대지를 울리고 있다. 제105기갑사단은 한국 육군이 심혈을 기울여 창설한 지상군의 중심 전력이다. 2012년에 창설된 105기갑사단은 3개 전차연대와 1개 장갑차연대로 편성되었으며 각 1개의 미사일대대와 장갑보병대대, 장갑공병대대, 자주포대대가 배속된 거대한 기동군이다. 따라서 1개 연대는 3개의 전차대대를 포함해

1개의 장갑차대대, 각 1개씩의 미사일중대, 장갑보병, 장갑공병, 자주포중대로 이루어진 것이다. 1개 전차연대의 주력 MBT인 MIAI전차는 240대, 105기갑사단의 전차 대수는 730여 대가 된다.

"사단장님, 사령부에서 연락이 왔습니다."

그때 장갑차 뒤쪽에서 참모가 무전기를 내밀면서 말했다.

"연합사 사령부입니다."

그러자 차봉호가 다시 앞쪽으로 머리를 돌리며 소리쳤다.

"잘 안 들린다!"

어깨를 부풀린 차봉호가 앞쪽을 향한 채 다시 외쳤다.

"목표 지점에 도착할 때까지 안 들린다!"

그 시간에 이동일은 맹렬하게 달리는 중이어서 숨결에 쇳소리가 뱉어졌다. 이동일의 앞뒤에도 해병들이 달리고 있다. 이윽고 완만하게 비탈진 능선 윗부분에 닿은 이동일이 몸을 던지듯이 엎드린다. 그 순간 잡초 사이로 전방의 도로가 보였다. 도로 앞쪽은 드문드문 주택이 세워져 있었는데 바로 옹진시인 것이다. 먼저 와 엎드려 있던 황찬우 중위가 몸을 구부리고 옆으로 다가왔다. 황찬우의 호흡도 아직 가쁘다.

"중대장님, 건물은 모두 비어 있는 것 같습니다. 모두 소개시킨 모양인데요."

"당연히 그랬겠지."

호흡을 고른 이동일이 망원경으로 전방을 보았다. 말 그대로 개 한

마리 보이지 않는다.

"하지만 도로 주변에는 저격병을 잠복시켜놓았을 거다."

오른쪽으로 망원경을 돌린 이동일이 말을 잇는다.

"서쪽 야산을 타고 옹진을 우회해 전진한다."

오른쪽은 나무와 풀이 제법 무성한 낮은 야산이다. 몸을 일으킨 이동일이 지금 막 도착한 조한철 중위를 돌아보았다. 조한철이 후위를 이끌고 있다.

"북진하는 거야. 자, 출발!"

그러자 선발대 역할인 황찬우가 낮게 소리쳐 척후를 보내더니 곧 출발했다.

7월 25일 오후 12시 45분. 개성공단의 관리청장 집무실 안. 개전 1시간 55분 25초 경과.

관리청장 오대현이 자리에서 일어나 창가로 다가가 섰다. 그러자 앞쪽의 건물 뒤쪽 도로를 통과하는 전차 대열이 보인다. 진동으로 유리창이 흔들리고 있다.

"공단 북쪽으로 갑니다."

옆에 선 행정국장 서기수가 불안한 표정으로 말했다. 그 뒤쪽의 진성희는 얼굴이 굳은 채 입을 꾹 다물고 있다. 서기수가 말을 잇는다.

"통일부에서는 동요하지 말고 대기하랍니다."

개전 두 시간이 되어가면서 분위기가 점점 험악해진다. 공단 외곽 경비를 맡고 있던 북한군 제4군단 소속의 43사단 병력이 전쟁 발발

직후에 공단에 진입했다가 우왕좌왕하는 것 같더니 30분쯤 전에 철수했다. 그러자 이제는 한국군의 전차 수백 대가 공단 안으로 진입해 온 것이다. 공단 안에는 한국인 3000여 명, 북한 근로자 4만여 명이 근무하고 있다. 질서유지를 목적으로 공단에 파견된 보위부 소속의 경비대는 경무장 병력이다. 오대현이 머리를 돌려 서기수를 보았다.

"경비대가 보이지 않는데, 철수했나?"

"글쎄요."

서기수의 시선이 진성희를 스치고 지나갔다. 진성희의 직책은 관리국장으로 북한 측 근로자와 한국 측과의 교섭 담당이다. 개성공단 안의 북한인을 총괄하는 직책인 것이다. 그때 진성희가 말했다.

"공단 안에 한국군 탱크가 질주한 것은 공단법 위반입니다. 한국군도 즉각 철수해야 합니다."

진성희의 얼굴은 굳어 있다. 치켜뜬 눈빛이 강했고 입술을 꾹 다물고 있다. 미인이다. 인적 사항에는 36세, 김일성대 경제학부를 졸업한 기혼이라고만 적혀 있었는데 북한 권력층 실세의 딸이라는 소문이다. 진성희의 시선을 받은 오대현이 머리를 끄덕였다. 공단에 진입했던 북한군 43사단 병력도 철수했으니 한국군도 물러가야 형평이 맞는다.

"그래야지요. 통일부에 연락하겠소."

그러나 이번 경우는 지금까지 수십 년간 행해졌던 경우와 정반대다. 아니, 이런 경우는 처음인 것이다. 한국군이 밀고 올라오고 있다. 북한군의 기습공격을 받은 한국군이 즉각 치고 올라가는 바람에 북한군은 지리멸렬 상태가 되었다. 두 시간 동안 개성공단 안에서 사태를 주시해온 오대현은 물론이고 북한 측 책임자 진성희의 생각도 같다. 서해상에서 북한군은 거의 궤멸 상태가 되었고 지금 옹진군은 한국군이 점령한 상태인 것이다. 그때 오대현이 말을 이었다.

"이제 한미연합사가 지휘권을 인계받았다니 그쪽에서 명령을 내리겠군."

오대현이 다시 머리를 돌려 창밖을 보았다. 전차 대열은 아직도 이어지고 있다.

7월 25일 오후 12시 50분. 평양 외곽 제55호위대 벙커 안. 개전 2시간 0분 25초 경과.

벙커 안의 분위기는 가라앉아 있다. 한국군의 반격은 치밀했다. 조금 전, 한국군 수뇌부가 한미연합사 사령부로 옮겨간 것까지 주도면밀한 계획하에 집행되었다는 것을 알 수 있었다. 이제는 한미연합사와 북한군의 전쟁이다. 결국에는 중국이 지원해주겠지만 지금은 아니다. 반면에 북한군은 먼저 미사일 발사 명령을 내린 총참모장 김형기가 체포된 시점부터 군은 공황상태에 빠졌고 자연히 수세적 상황이 된 것이다. 구석자리에 앉은 심철 상장이 어금니를 물었다. 그때 앞쪽의 철문이 열리더니 제2군단사령관 김경식 대장이 들어섰다. 김경식은 황해북도 평산의 군단 사령부에서 달려온 것이다.

"도대체 이기 뭐야?"

버럭 소리친 김경식이 주위를 둘러보았으므로 벙커 안은 순식간에 조용해졌다. 수십 명의 장군이 모두 김경식을 주시하고 있다. 벙커 중앙에 선 김경식의 시선이 강창남에게서 멈췄다. 강창남은 김정일의 대리인이다.

"여기 오는 중에 들었는데, 남조선 제105전차사단이 개성공단 북방으로 진출한다는데, 사실이오?"

강창남의 얼굴이 일그러졌다. 아직 벙커 안은 조용하다. 기계음만 울리고 있다. 그때 강창남이 말했다.

"왜 나한테 묻소? 이곳 지휘관은 무력부장 동지야."

호위사령관 강창남은 김경식보다 나이도 위일 뿐만 아니라 서열도 높다. 눈을 치켜뜬 강창남이 말을 잇는다.

"동무는 누구 지시를 받고 이곳에 왔소? 근무지를 이탈한 것 아니오?"

그때 벙커 철문이 열리더니 군관 네 명이 들어섰다. 네 명 모두 중좌 계급장을 붙였고 허리에는 권총을 찼다. 그들이 김경식을 향해 거침없이 다가오는 바람에 안은 잠깐 어수선해졌다. 몸을 부딪친 장군들의 표정도 각양각색이다. 그때 김경식이 말했다.

"호위사령관 동지를 밖으로 모셔라."

김경식의 목소리가 시멘트벽에 부딪혀 울렸다.

"아니, 김경식이. 너, 이 새끼!"

놀랍고 화가 난 강창남이 버럭 소리쳤다. 얼굴이 시뻘겋게 달아올라 있다. 허리에 찬 권총에 손을 붙였던 강창남은 어느새 다가온 중좌에게 팔을 잡혔다.

"네 이놈! 이 반역자!"

강창남의 고함이 벙커 안을 울렸다. 그러나 강창남은 어느새 군관들에 둘러싸여 머리만 빠져나와 있다.

"놔라! 이놈들아!"

다시 강창남이 아우성을 쳤을 때 김경식이 몸을 돌려 성종구를 보았다.

"부장동지, 820군단을 개성공단으로 진출시켜야 합니다. 그래서 남조선 105전차사단을 깨부숴야 승기를 잡습니다."

김경식이 소리치듯 말을 잇는다.

"남조선 놈들의 수작에 끌려들어가면 안 된단 말입니다."

"옳습니다."

장성 서너 명이 따라 소리쳤다.

"우리는 놈들의 지연전술에 속고 있었습니다. 105전차사단을 이대로 두면 안 됩니다!"

심철은 숨을 들이쉬었다. 예민한 성품의 심철은 벙커 안 지휘부의 분위기를 읽은 것이다. 김경식은 밖에 무장병력을 대기시켜놓았을 것이다. 어깨를 편 심철이 입을 열었다.

"그렇습니다. 820군단을 개성으로 보냅시다. 그래서 남조선군 주력을 깨부수는 것입니다."

7월25일 오후 12시55분. 옹진 동북방 2km지점. 개전 2시간05분 25초 경과.

중대원은 이제야 비상식량으로 점심을 먹는다. 이동일이 앞쪽 산을 응시하며 말했다.

"그럼 저 앞쪽 산 뒤의 북한군 보급대로 정찰병 둘을 보내."

뒤쪽 대대 본부와는 8km 거리로 간격이 벌어졌다. 아래쪽에 엎드린 조한철 중위가 부하들에게 뭔가를 지시하고 있다. 사방은 조용하다. 뒤쪽에서 드문드문 울리는 총성도 갑자기 한가롭게 느껴졌다. 다시 지도를 내려다본 이동일이 옆에 엎드린 황찬우 중위에게 지시했다.

"본대는 10분 후 출발이다."

"예, 중대장님."

손등으로 입을 닦은 황찬우가 벌떡 일어서더니 풀숲을 헤치고 앞으로 나아갔다. 황찬우가 선봉인 것이다. 이동일이 눈을 가늘게 뜨고 다시 앞쪽을 보았다. 그러고는 이제 가슴 주머니에 넣어둔 휴대전화를 꺼내 전원을 켰다. 그러자 전원이 켜진 순간 신호등이 반짝이면서 손에 쥔 휴대전화기가 생명체처럼 떨었다.

저쪽에서 연락을 해오고 있었던 것이다. 발신자는 송아현이다. 심호흡을 한 이동일이 주위를 둘러보았다. 5m쯤 떨어진 왼쪽에서 무전병 엄 병장과 김 하사가 쪼그리고 앉은 채 맛있게 소시지를 씹고 있다. 이동일이 영상장치 버튼을 켰다. 송아현 쪽에서 영상통신을 원하고 있었기 때문이다.

"응, 그래, 나야."

화면에 송아현의 얼굴이 떴다. 크게 뜬 눈이 번들거리고 있다. 화면이 깨끗해서 송아현의 콧등에 박힌 점까지 드러났다.

"지금 어디야?"

송아현의 목소리가 울렸다.

"우리는 지금 북상하고 있어."

화면에 드러난 송아현의 얼굴을 보면서 이동일이 홀린 듯이 말한다.

"어딘지는 말할 수 없어. 아현아."

"몸은 괜찮아? 다치지 않았어?"

"그래, 난 괜찮아."

"주위를 함 비춰봐."

했으므로 이동일이 휴대전화를 들어 사방을 비춰주었다. 아직도 밥을 먹는 엄 병장과 김 하사, 아래쪽의 조한철과 10여 명의 부하, 짙은 풀숲, 그리고 앞쪽의 산까지 보여주고 난 후에 화면을 정면으로 보면서 물었다.

"거긴 어떠냐?"

"여긴 평온한 편이야. 한국군이 이기고 있어서 그런가봐."

"그래?"

"계엄령이 선포되었어. 글고 서해는 우리가 완전히 장악했어. 알아?"

"그랬겠지, 그렇구나."

이동일의 얼굴이 환해졌다.

"전장에서도 이렇게 네 얼굴을 볼 수 있다니, 내가 휴대전화를 반

납하지 않고 갖고 있었던 것이 다행이다."

"30분에 한 번씩 나하고 통화할 수 있지?"

불쑥 송아현이 울었으므로 이동일이 눈썹을 모았다.

"아현아, 난 지금 전쟁 중이야."

"그래도 받아."

송아현이 눈을 부릅떴다. 다시 두 눈이 번들거리고 있다.

"내가 사랑하는 사람이 어떻게 싸우고 있는지 보고 싶단 말야."

그때 앞쪽 황찬우가 풀숲에서 몸을 일으켰으므로 이동일은 화면을 보았다. 출발인 것이다.

"아현아, 출발이다."

이동일이 서두르듯 말을 잇는다.

"우리는 북한 땅 깊숙이 전진하고 있어."

같은 시간. 소공동 국제신문 건물의 방송실.

화면이 꺼지면서 송아현이 의자에 등을 붙였을 때 투덕투덕 박수 소리가 일어났다. 서너 명의 박수 소리다.

"됐어. 첫 통화로는 훌륭해."

편집국장 백한섭이 말하자 방송담당 국장 하기호가 머리를 끄덕였다.

"다음에는 대본대로 합시다. 그럼 멋지게 만들어질 겁니다."

그러더니 PD에게로 머리를 돌렸다.

"서둘러, 이거 바로 내보내야 돼."

자리에서 일어선 송아현은 분주해진 방송실을 나왔다. 복도를 나와 비상계단 문을 열었더니 서늘한 공기가 피부에 닿는다. 송아현은 계단 끝에 쪼그리고 앉아 벽에 어깨를 붙였다. 그 순간 이동일의 목소리가 울렸다.

"여기 수건."

토하고 난 송아현이 수건을 찾았지만 보이지 않았다. 그때 뒤에서 이동일의 목소리가 들리더니 수건이 날아와 머리 위에 덮여졌다. 그러고는 욕실 문이 닫혔으므로 송아현의 얼굴이 일그러졌다.

"더럽군, 개자식."

저도 모르게 입 밖으로 욕이 나왔다. 더럽다는 것은 제 자신에게 하는 말이었지만 개자식은 이동일을 향해서다. 허리를 편 송아현이 거울에 비친 자신의 얼굴을 본다. 얼굴은 창백한데다 눈이 눈물로 범벅이 되었다. 구토하느라 힘을 썼기 때문이다. 양치질을 평소의 두 배쯤 오래 하고나서 욕실을 나왔더니 이동일은 침대 밑에 시트를 깔아놓고 누워 있었다. 방의 불이 환해서 송아현은 전등 스위치를 껐다. 그때 눈을 감고 누워 있던 이동일이 말했다.

"잘 자라."

"침대로 와, 자식아."

침대로 오르던 송아현의 입에서 또 저절로 욕설이 뱉어졌다. 그때 이동일이 손을 뻗어 송아현의 발목을 잡았다.

"놔, 안 놔?"

송아현이 소리쳤을 때 이동일이 투덜거렸다.
"이거 무드 더럽군."
"무드 좋아하네, 안 놔?"
"양치질 했냐?"
"놔, 이 자식아."
그때 이동일이 다른 한쪽 발목도 잡아당기는 바람에 송아현은 주르르 미끄러졌다. 몸부림을 쳤지만 곧 이동일의 사지가 온몸을 빈틈없이 감는다.
"안 놔?"
입은 막히지 않아서 그렇게 소리쳤을 때 이동일의 입술이 덮쳐왔다. 그 순간 송아현이 두 팔을 빼내 이동일의 목을 감아 안는다. 이동일의 입안에서 알코올기가 섞인 신선한 향내가 맡아졌다. 거친 숨결, 옷이 어떻게 떼어져 나갔는지 모르겠다. 그리고 방바닥에 눕혀진 채로 이동일의 뜨거운 몸이 진입해 들어왔을 때의 느낌, 마치 전기 스파크가 일어난 것 같았다. 그때 뒤에서 비상구 철문이 열리는 소리가 울렸으므로 송아현은 생각에서 깨어났다.

"어, 여기 있었구먼."
편집국장 백한섭이다. 백한섭이 들뜬 목소리로 말을 잇는다.
"방송 내보냈더니 난리가 났어, 연합사는 물론이고 해병대에서도 말야. 하지만 눈 딱 감고 내보낸 재방송 시청률이 67%야, CNN, BBC, NHK가 필름을 사겠다고 난리라고."

옆에 선 백한섭의 입가에 게거품이 일어나고 있다.

"다음 방송의 시청률은 80% 이상으로 솟을 거야. 이러면 연합사도 중지시키지 못하고 타협하려고 들겠지, 우리 예상이 맞아들어가는 거야."

그러더니 바쁜 듯 몸을 돌리며 말한다.

"앞으로 25분 남았어. 밖으로 나가지 말고 여기서 담배나 피워."

7월25일 13시05분. 오산 근처의 연합사 전시사령부 벙커 안. 개전 2시간15분25초 경과.

상황실 안쪽 원탁에 앉은 제임스 우드워드 연합사령관이 상황 스크린에서 시선을 떼고 합참의장 장세윤을 보았다.

"820전차군단이 한 시간 후면 105사단과 마주칠 거요. 그땐 전면전이지."

장세윤은 물론이고 그 옆쪽의 육참총장 조현호, 작참부장 박진상까지 입을 꾹 다물고 있다. 그때 우드워드 대장의 뒤쪽에 서 있던 8군 참모장 겸 연합사 참모장 모건 해리슨 중장이 말했다.

"남해로 내려가던 815기계화군단이 잠깐 멈췄지만 이놈들이 동쪽으로 방향을 틀면 수도권이 위험하단 말입니다. 이 시점에서 105전차사단을 뒤로 물리고 휴전을 하면 남해의 해병도 살려낼 수가 있습니다."

"105사단장이 말을 안 듣습니다."

조현호가 다부지게 말하자 우드워드는 눈을 치켜떴다.

"이봐요, 장군. 말도 안 되는 소리는 그만 하시오. 다 짜놓고 하는 수작인 줄 내가 모를 것 같소?"

"아니, 짜다니요? 날 어떻게 보고 하는 말이요?"

조현호의 목소리도 높아졌다.

"이 양반이 나를 지금 완전히 사기꾼으로 몰고 있지 않아?"

그때 연합사 소속의 한국군 대령 하나가 서둘러 우드워드에게 다가가 손에 쥔 통신문을 내밀었다. 통신문을 읽은 우드워드가 주위의 장군들을 둘러보았다.

"여러분, 방금 감청 보고에 의하면 북한군 지휘부가 바뀌었소."

주위는 순식간에 조용해졌고 우드워드의 목소리가 이어졌다.

"제2군단장 김경식 대장이 북한군 지휘부를 장악한 것 같소."

조현호와 장세윤, 박진상까지 서로의 얼굴을 번갈아 보았다. 김경식은 강골이다. 강경파의 리더, 물론 김정일의 측근 중 하나다.

"그렇다면 820전차군단도 김경식이 보낸 겁니까?"

갈라진 목소리로 조현호가 묻자 우드워드는 머리를 끄덕였다.

"그렇소. 그리고 이 정보는 정확합니다."

북한군은 전연지대라고 불리는 휴전선에 4개 군단이 배치되어 있다. 서쪽에서 동쪽으로 4, 2, 5, 1군단이 배치되었는데 사령부는 각각 황해남도 해주시, 황해북도 평산군, 강원도 이천군, 강원도 회양군이다. 이 4개 정규군단 외에 820전차군단은 황해북도 사리원시 고불동에 위치하고 있으며 815기계화군단의 사령부는 황해북도 시흥

군 송월리에 있다. 820전차군단은 전차여단 5개를 주축으로 구성되었는데 1개 여단은 4개 전차대대와 1개 경전차대대, 1개 기계화보병대대, 2개 자주포병대대로 구성되어 있다. 따라서 군단 전체로는 20개 전차대대, 5개 경전차대대, 5개 기계화보병대대, 10개 자주포병대대로 이뤄졌으니 결국 전차 총 대수는 620대, 경전차 200대, 장갑차량 215대, 자주포 180대라는 가공할 전력이 된다. 북한의 유일한 기갑군단이 바로 820전차군단인 것이다. 상황실에 잠깐 정적이 흘렀는데 구석에 서 있던 해병사령관 정용우는 그것이 긴 시간처럼 느껴졌다. 그때 그 정적을 우드워드가 깨뜨렸다.

"김경식이 820을 개성에 보냈다면 105를 물릴 수가 없겠는데."

혼잣말 같지만 주위의 한미 양국의 지휘부는 다 들었다. 우드워드의 혼잣말이 이어졌다.

"105를 물리면 김경식은 곧장 개성공단으로 진입할 놈이야."

개성공단에서 서울까지는 자유로를 타고 한 시간 거리인 것이다. 이것으로 105전차사단은 820을 맡게 되었다.

우드워드가 상황판으로 시선을 돌렸을 때 정용우가 장세윤 옆으로 다가가 섰다.

"사령관님, 저기, 해병 방송 말씀입니다. 그것을 저."

장세윤의 시선을 받은 정용우가 입맛을 다셨다. 시선도 금방 아래로 옮겨졌다. 해병 방송이란 지금 다섯 번도 넘게 재방송으로 나가고 있는 이동일 대위와 송아현의 화상통신을 말한다. 3분20초짜리 방송이었지만 화면이 생생했고 대화가 실감이 났다. 거기에다 첫 부분에 소리로만 들려준 격렬한 총성과 병사의 울부짖음, 그리고 송아현의 외침이 절절해서 그것만 들어도 모두 운다고 했다.

그리고 대다수 국민이 다음 방송을 기다리고 있다는 것이다. 시선을 내린 채로 정용우가 말을 잇는다.

"그놈이 휴대전화로 사적 통신을 한 것은 군법을 위반한 것이지만 대국민 사기 면에서 도움이 될 것 같습니다. 그래서."

이제는 정용우가 머리를 들고 장세윤을 보았다.

"그놈들은 대대본부의 지시도 받지 않고 북진하고 있습니다. 그것이 지금 국민에게 엄청난 감동을 주고 있다고 합니다. 그래서."

정용우가 잠깐 말을 멈췄을 때 장세윤이 묻는다.

"그냥 방송에 내보내란 말이요?"

"예, 사령관님."

장세윤은 계엄사령관이다. 정용우가 말을 이었다.

"예, 놈들이 명령을 어기고 독단으로 행동하는 것으로 발표하겠습니다."

"짜고 하는 수작인 줄 알 텐데."

장세윤이 찌푸린 얼굴로 정용우를 보았다.

"위치라든지 군 기밀을 방송에 내보내지 않도록 하시오. 편집을 하란 말이오."

장세윤도 조금 전에 방송을 본 것이다.

7월 25일 13시 10분. 주석궁의 지하 벙커 안. 개전 2시간 20분 25초 경과.

소파에 앉은 김정일이 앞에 선 평양방위사령부, 즉 평방사 사령관 전백준 차수를 보았다. 전백준은 70대 중반으로 군 원로다.

"심철이 김경식한테 붙었어. 강창남은 벙커 안에 억류되었고, 성종구는 대세에 밀려 김경식을 따르는 모양이야."

"곧 김경식이 김형기를 풀어내어서 합류시키지 않겠습니까?"

전백준이 말하자 김정일은 쓴웃음을 지었다.

"김경식이는 항상 김형기한테 밀렸거든. 그러다가 이런 기회가 왔는데 김형기를 풀어 내줄까?"

김정일의 시선을 받은 전백준이 머리를 끄덕였다.

"그렇군요. 풀어내주면 김형기가 다시 주도권을 잡을 테니까요."

"난 항상 경쟁을 시켰기 때문에 두 사람 간에는 적개심이 가득 차 있지."

충성심 경쟁이다. 그리고 군 지휘관 사이는 나쁠수록 유리하다. 몇 년 전에는 사단장 셋이 모여 술을 마셨다가 모두 교화소로 보내졌다. 김정일이 소파에 등을 붙이고는 길게 숨을 뱉었다.

"연합사 놈들은 820군단이 김경식의 지시로 내려간 줄 알고 있겠지, 놔둡시다."

긴장한 전백준이 눈만 끔벅였고 김정일의 말이 이어졌다.

"마침 가려운 곳을 긁어준 기분이야. 820이 남조선 105사단을 깨부수면 서울까지 고속도로가 눈앞에 펼쳐지거든."

"그렇습니다."

엉겁결에 맞장구친 전백준의 눈동자가 흔들렸다. 김정일의 머리회전을 따라갈 수가 없는 것이다. 지금은 반란을 일으켜 강창남을 억류시킨 김경식을 즉각 처단해야 정상이다. 그런데 가려운 곳을 긁어준 기분이라니. 그때 김정일이 지친 듯 눈을 감았다가 떴다.

"남조선 박성훈이도 군 평계를 대고 기회를 노리는 참에 잘되었어. 나도 군 강경파를 앞세우고 잠깐 상황을 보자고."

7월25일 13시15분. 서울 관악구 신림동의 우일아파트 17동 1003호. 개전 2시간25분25초 경과.

민족문제연구소장 임준성이 전화기를 내려놓고는 옆에 선 아내 하민숙을 보았다. 두 눈을 치켜뜬 모습이다.

"이놈들이 다 잡아가고 있어. 박우섭이, 오태영이, 조달원이, 그리고 윤성현이까지."

놀란 하민숙이 입만 쩍 벌리고 대답하지 않는다. 그들은 모두 이른바 친북 성향이 강한 사회단체장, 대학교수, 변호사, 그리고 윤성현은 현역 국회의원이다. 임준성이 이를 악 물었다 풀었다.

"이놈들이 전쟁을 기회로 공안정국을 만들었어. 이 기회에 정권 반대 세력을 모조리 제거하려는 거야."

임준성은 남북한협력위원회 남측 위원장으로 지난 정권 때는 대통령과 함께 평양으로 날아가 김정일을 만난 적도 있다.

"여기서 나갑시다."

하민숙이 말했다. 이미 국보법 위반으로 10여 년 전에 두 번이나 구속된 적이 있던 임준성이다. 그 뒷바라지를 하면서 하민숙도 정국에 예민해졌다. 지금은 무조건 도망쳐야 할 때인 것이다. 심호흡을 한 임준성이 머리를 끄덕였다.

"이곳도 안심할 수가 없어. 당분간 산속으로나 들어가 숨어 있읍시다."

이 아파트는 이혼한 딸이 혼자 살고 있던 곳이어서 전쟁이 터지자마자 재빠르게 옮겨왔지만 불안해진 것이다. 하민숙이 서둘렀다.

"내가 명희한테 우리 떠난다고 연락할 테니까 어서 준비합시다."

"준비래야 할 게 있나?"

그때 문에서 벨 소리가 났으므로 둘은 소스라쳤다.

"명희인가?"

임준성이 혼잣소리처럼 물었다. 그때 다시 벨 소리가 울리더니 곧 사내의 목소리가 이어졌다.

"임준성씨, 계엄군이요! 문 여시오!"

7월25일 13시20분. 옹진 동북방 3.5km 지점. 개전 2시간30분25초 경과.

산 중턱에 엎드린 이동일이 앞쪽의 군부대를 본다. 단층 벽돌 건물 세 채가 나란히 석 삼(三) 자로 세워져 있었는데 그중 앞 건물이 사무실 겸 막사 같았다. 위장망이 쳐진 옆쪽 산 귀퉁이를 파서 차고가 만들어졌고 트럭이 7대, 지프가 1대다. 정문에 보초가 넷, 마당과 건물을 들락거리는 인민군 병사는 10여 명 정도, 막사 규모를 보면 1개 소대 40명 정도의 병력이 예상된다. 그때 옆에 엎드린 황찬우가 눈에서 망원경을 떼고 말한다.

"정문 앞 기관총좌부터 쳐야겠습니다."

"거긴 내가 맡겠다."

이동일이 바로 말을 받고는 머리를 돌려 왼쪽에 엎드린 조한철 중위를 보았다.

"조 중위, 넌 1소대를 이끌고 우로 돌아서 뒤쪽에서 공격한다."

"예, 중대장님."

눈을 가늘게 뜬 조한철이 앞쪽을 응시한 채 간단하게 대답했다. 군말이 없다. 이동일이 황찬우를 보았다.

"넌 우측을 맡아. 난 정면이다."

"예, 알았습니다."

그래놓고 황찬우가 묻는다.

"사무실과 막사는 누가 맡습니까?"

"내가 정문을 깨고 바로 사무실로 진입할 테니까 넌 막사를 쳐라."

"그럼 제가 외곽을 맡지요."

조한철이 말을 받았다. 모두 시가전 훈련도 받은 터라 손발이 맞는다. 이동일이 팔을 들어 손목시계를 보았다.

"시간 맞춰, 현재시간 13시22분. 15, 16, 17, 18, 19, 20초다."

소대장들이 시간을 맞추자 이동일이 말을 잇는다.

"13시30분 정각에 공격이다. 자, 위치로!"

그들이 엎드려 있는 풀숲에서 인민군 보급대까지는 직선거리로 170m. 그러나 뒤로 돌아가는 조한철은 서둘러야 한다. 중대원 46명, 그래서 이동일은 중대를 재편성했는데 각각 10여 명의 3개 소대가 되었다. 이동일도 15명을 이끈 중대장 겸 소대장이다. 조한철이 부하들을 이끌고 반쯤 몸을 숙인 채 풀숲 사이로 달려 내려가고 있다. 햇살이 환하게 비치는 여름의 한낮이다. 바람 한 점 불지 않는다.

7월25일 13시25분. 소공동 국제신문 건물의 방송실. 개전 2시간 35분25초 경과.

이어폰을 귀에 꽂은 송아현이 앞쪽 스크린을 바라보고 있다.

"계속해서 눌러."

방송국장 하기호가 PD에게 말했다.

"손가락이 문드러질 때까지 누르란 말야."

하기호는 의기가 충전한 상태다. 조금 전에 계엄사령부의 공보관으로부터 이동일과의 방송을 허가한다는 공식 승인을 받았기 때문이다. 전장에서 전투 중인 해병대위 이동일은 국제방송 종군기자나 같게 되었다. 물론 여러 가지 제한이 따랐지만 그쯤은 문제가 아니다.

"아, 시발. 지금 수천만, 아니, 수억의 시청자가 기다리고 있단 말이야."

조바심이 난 하기호가 머리칼을 손으로 움켜쥐면서 말했다. 방송실 안에는 국제신문, 방송 관계자들이 모여서 떠들썩했다. 방송 내용을 다시 보도하려는 것이다. 송아현은 빈 화면을 향하고 앉아 심호흡을 했다. 그러자 가슴이 조금 가라앉는다. 그때 이동일의 목소리가 또 울렸다.

"네 몸이 뜨거워."

귀에 입술이 딱 붙여져서 숨결에 섞인 더운 열기가 고막에 닿는 순간 송아현은 온몸이 저리는 듯한 느낌을 받는다. 과연 뜨겁다. 이동일의 몸은 불기둥 같다. 송아현은 제 입에서 터지는 탄성을 들으면서 몸을 솟구쳤다. 그러고는 다 잊고 함께 타올랐다. 끝없이 터지면서, 그 순간 송아현의 눈에 눈물이 고이더니 볼을 타고 주르르 흘러 떨어졌다. 갑작스러운 일이었지만 송아현은 놀라지 않고 차분하게 손등으로 볼을 씻는다. 그립다. 다시 한 번 이 남자를 안게 될 수 있을까?

"계속 눌러!"

다시 뒤에서 하기호의 목소리가 울렸다.

7월25일 13시32분. 옹진 동북방 3.7km 지점의 북한군 보급대. 개전 2시간42분25초 경과.

"타타탓, 타타타탓!"

"꽈앙!"

수류탄이 폭발하면서 문밖으로 무수한 파편이 쏟아졌다.

"타타탓! 타타타타!"

사방은 총성과 폭음으로 가득 차 있다. 그 총성의 대부분이 한국군의 K-5자동소총 발사음이다.

"꽈앙!"

다시 뒤쪽에서 폭음이 울렸다. 막사 건너편 건물이다. 그쪽은 조한철이 맡고 있다. 이동일은 연기가 품어져 나오는 사무실 안으로 뛰어 들어갔다. 뒤를 부하 두 명이 따른다.

"타타타탓!"

안쪽 캐비닛 뒤에서 비틀거리던 인민군 하나가 이동일의 총탄을 받고 쓰러졌다. 손에 권총을 쥔 것이 장교 같다.

"타타타타!"

좌우로 갈라선 병사들이 소총을 난사했다. 됐다. 장악했다. 그 순간 이동일의 가슴에서 뜨거운 기운이 치솟아 오른다. 그로부터 5분 쯤 후에 이동일은 두 번째 건물 앞 공터에 서 있다. 주위에는 조한철 중위와 10여 명의 병사가 아직 흥분이 가시지 않은 모습으로 오가고 있다. 이제 총성은 그쳤다. 3동의 막사 중 앞쪽 동이 불타고 있어서 제172보급대는 전멸했다. 4군단 산하의 제22보병사단 소속으로 야전장비를 공급하는 병참부대다. 적 전사 27명, 포로 12명, 그리고 아군 피해는 3명 경상이니 대승이다. 병사들의 눈이 이글거리고 있다. 자부심, 자신감으로 가득 찬 표정들이다.

"소속과 계급, 이름을 대라."

포로 12명 중 8명이 부상, 그중 3명이 중상이어서 옆쪽 건물 옆에 눕혀놓고 의무병이 치료 중이다. 그래서 이동일 앞에는 4명이 끌려와 있었는데 지금 세 번째 병사에게 조한철이 묻는다.

"22사단 172보급대 소속 중위 윤미옥."

여자의 목소리가 한낮의 마당에서 울린 순간 이동일은 주위가 순식간에 조용해진 느낌을 받는다. 오가던 병사들이 모두 시선을 주었다. 머리를 든 이동일이 여자를 보았다. 군복 차림이었지만 언뜻 봐도 여자다. 단발머리는 헝클어졌고 볼과 이마에 피가 묻어 있었는데 본인이 흘린 것 같지는 않다. 여자의 시선이 자신에게로 옮겨져 왔으므로 이동일이 조한철에게 짧게 지시했다.

"묶어놔, 입까지."

7월25일 13시38분. 개전 2시간48분25초 경과.

"됐다!"

발신음이 울린 순간 방송국장 하기호가 소리쳤다. 송아현은 숨을 죽였다. 방송실 안도 순식간에 조용해졌다. 귀에 꽂은 이어폰에서 발신음이 커다랗게 울리고 있다. 앞쪽 대형 화면에 무수한 흰점이 나타나 반짝인다. 발신음이 네 번 울렸을 때 받는 기척이 났다.

"여보세요."

그 순간 화면에 이동일의 얼굴이 드러났다. 땀으로 범벅이 된 얼굴, 뒤쪽의 건물에서는 불길이 치솟고 있다. 저곳이 어디인가?

"나야, 다친 데 없어?"

송아현이 소리쳐 묻는다. 마음 같아서는 거기 어디냐고 묻고 싶었지만 군 당국의 보도금지 항목이다. 그때 이동일이 대답했다.

"잘 있어, 보다시피."

"지금은 전투중지 상황이라고 들었어. 거긴 괜찮은 거지?"

"아니, 여긴 아냐. 난 방금 전투를 끝냈거든."

이동일이 눈을 부릅뜨고 송아현을 보았다. 화면에 이동일의 얼굴이 클로즈업 된다. 다시 이동일의 말이 이어졌다.

"나는 고립되어서 빠져나가는 중이야. 그런데 그럴수록 적진 깊숙이 들어가게 되는구나."

이동일의 얼굴에 쓴웃음이 떠올랐다.

"오빠."

마침내 송아현이 오랫동안 안 쓰던 호칭으로 부른다. '자기야'가 맞겠지만 비위가 안 좋다. 송아현이 물었다.

"오빠 부하는 몇 명이야?"

그것까지는 군 당국의 허가를 받은 것이다. 그때 이동일이 대답했다.

"46명."

"오빠 부대원 비춰봐"

그러자 화면에 불타는 막사와 오가는 해병대원, 그리고 막사 벽에 기대앉거나 누운 인민군 부상자들, 포로로 잡혀 꿇어앉은 채 이제 묶여 있는 인민군 네 명까지 비춰졌다. 생생한 현장 화면이었고 송아현의 뒤쪽에서 억눌린 탄성까지 울렸다. 송아현이 다시 묻는다.

"이기고 있는 거야?"

"적 부대 하나를 점령했어. 전과는 적 사살 27, 포로가 12명이다. 그리고 아군 피해는 부상 셋."

"우와."

하고 뒤쪽에서 서너 명이 탄성을 뱉었지만 송아현은 시큰둥했다. 실감도 안 날 뿐만 아니라 뭔가 어긋나고 있다는 느낌이 들었기 때문이다.

"오빠, 지금 이 장면 방송되고 있어. 전국으로 말야."

송아현이 불쑥 말했을 때 방송실 안은 순식간에 조용해졌다. 이 사실은 밝히기로 결정한 것이다. 송아현도 강하게 주장했다. 그 순간 이동일이 똑바로 화면을 보았다. 그러고는 굳어진 얼굴로 묻는다.

"너, 기자로 나하고 이야기하는 거냐?"

"아냐, 아냐."

질색한 송아현이 손까지 저었다.

"전화하다가 국민 사기를 올리는 효과가 있다고 해서, 그래야 오빠하고 통화할 수도 있고. 또, 군에서도 허락했어."

그 순간 이동일의 눈썹이 치켜올라갔으므로 송아현이 서둘러 말을 잇는다.

"군도 오빠의 북진을 비공식으로 응원하고 있는 것 같아. 이런 방송을 허가한 것을 보면 말야."

어차피 이 말은 편집될 것이었다. 그때 이동일이 여전히 굳은 얼굴로 말했다.

"알았다. 나, 지금 다시 움직여야 돼, 이만 끊는다."

그 시간에 105전차사단장 차봉호 소장은 장갑차 안에 설치된 레이더 화면에서 시선을 떼었다. 사단의 3개 전차연대는 이제 배치가 끝나는 중이다. 지금 이곳으로 달려오는 북한군 820전차군단은 5개 여단의 대군이지만 주력 전차의 총 대수는 600여 대, 1개 여단이 120

여 대씩이다. 그러나 한국군 105사단은 1개 연대의 전차가 240대, 총 대수는 720여 대. 더구나 주력 MBT인 MIAI의 성능은 북한의 천마호보다 뛰어났다. 차봉호가 헤드셋의 마이크에 대고 각 연대장에게 지시한다.

"먼저 준비하고 치는 놈이 이기는 법이다. 서둘러라!"

이 무선통신은 위성을 통해 미국, 중국, 러시아, 일본에까지 중계되겠지만 이젠 상관할 것 없다. 연합사도 820이 달려오는 것을 보더니 전투준비를 지시한 것이다. 차봉호가 한마디 덧붙였다.

"저 개떡 같은 양아치 시키들의 진면목을 이제야 보여줄 때가 왔다. 분발하라!"

이곳까지 달려오면서 생각해낸 문구다. 전투는 지역만 지적해주면 연대장들이 다 알아서 하는 것이다. 전차 연대장이면 고참 대령으로 다 한가락씩 하는 놈들이기 때문이다. 차봉호가 장갑차 앞쪽 좌석에 앉은 작전참모 윤상기 중령에게 묻는다.

"어때? 내 격려사. 괜찮았냐?"

"예, 적절했습니다."

정신없이 지도를 보던 윤상기가 건성으로 대답하더니 눈의 초점을 잡고 차봉호를 보았다.

"현재 속도로는 45분 후에 820군단 제2여단과 제1연대가 부딪칩니다."

차봉호가 머리만 끄덕였다. 1연대는 105사단의 좌측에 배치되었다. 3연대는 우측, 그리고 2연대가 3km쯤 후방에서 예비대로 사단본부와 함께 대기하고 있는 형국이다. 그때 다시 윤상기가 말했다.

"대전차헬기 대대가 조금 전에 발진했습니다."

차봉호의 시선을 받은 윤상기는 말을 잇는다.

"적도 준비하고 있겠지요."

북한군도 대전차공격기를 보유하고 있는 것이다. 지금 남북한 정상 간의 정전 제의로 한 시간이 넘도록 양국의 교전이 중지되어 있었지만 다시 일촉즉발의 상황으로 변하고 있다. 45분 후에 양국의 전차가 충돌했을 때 공군의 대전차 공격헬기는 물론이고 전폭기, 그리고 그 전폭기를 노리는 전투기까지 총출동하게 될 테니까, 이제는 전장이 육지로 옮겨와 본격적인 전쟁이 일어날 것이다.

7월25일 13시41분. 개전 2시간51분25초 경과.

주석궁 지하 벙커 안에서 김정일이 TV 화면을 보고 있다. 화면에 클로즈업 된 한국군 장교가 말했다.

"적 부대 하나를 점령했어. 전과는 적 사살 27, 포로 12명이다. 그리고 아군 피해는 부상 셋."

그러더니 인민군 부상자와 묶여서 무릎 꿇린 포로가 화면에 비쳐졌다. 장교가 서두르듯 말을 잇는다.

"나, 지금 다시 움직여야 돼, 이만 끊는다."

그때 다시 불타는 막사가 비치면서 열띤 아나운서의 목소리가 울린다.

"이상으로 46용사의 두 번째 보도를 마칩니다. 국제방송이었습니다."

김정일이 눈짓을 하자 호위장교가 리모컨으로 화면을 껐다. 방안에 둘러앉은 군과 당의 원로들은 모두 침묵을 지키고 있다. 김정일은 몸이 여윈 후부터 눈빛이 더 강해졌다. 눈도 깜박이지 않고 앞쪽의 검은 TV 화면을 응시하던 김정일이 이윽고 입을 열었다.

"저놈이 지금 어디에 있소?"

"군에 지시해서 찾겠습니다."

평방사 사령관 전백준이 바로 대답했다.

"즉시 잡아들이지요."

"남조선 애들은 매스컴을 잘 이용해."

김정일의 얼굴에 쓴웃음이 떠올랐다.

"저놈들을 잡으시오. 그럼 심약한 남조선 인민들이 금방 겁을 먹게 될 테니까."

같은 시각, 오산 근처의 연합사 지휘벙커 안.

연합사령관 우드워드 대장이 한국군 합참의장 장세윤에게 말한다.

"이제 40분쯤 후면 전차전이 시작될 거요. 아니, 전면전이지."

우드워드가 번들거리는 눈으로 장세윤을 똑바로 보았다.

"미국과 한국의 방위조약에 의거해서 내가 이 빌어먹을 상황을 지휘하고 있지만 확전은 안돼요. 무슨 말인지 이해합니까?"

"이해합니다."

턱을 치켜들고 있었지만 장세윤이 차분한 표정으로 대답했다.

"저놈들 탱크들을 박살낸 후에 평양으로 달려가지 않겠단 말씀입니다."
"하지만 말이요. 그 반대로."
우드워드가 숨을 돌릴 기회도 주지 않고 말을 잇는다.
"저놈들이 105사단을 부수면 서울행 고속도로를 타지 않겠소?
"그땐 한미 방위조약에 의거해서…."
"닥쳐요! 장군."
버럭 소리친 우드워드가 어깨를 부풀렸다. 그러고는 자리에서 일어났다가 작은 키를 의식했는지 다시 의자에 앉았다.
"날 갖고 놀지 말란 말이요!"
"어쨌든 그런 상황이 되지 않기 위해서 우린 최선을 다해야 될 것입니다."
장세윤이 열심히 말했으므로 우드워드의 어깨가 늘어졌다. 어쩔 수 없다는 것은 한국군 지휘부가 이곳으로 옮겨오기 전부터 알고 있었다. 당면 문제는 지금 고속도로를 달려 내려오는 북한군 820기갑군단을 함께 깨부수는 일이다.

우드워드의 표정을 살핀 해병사령관 정용우가 머리를 돌려 육본 작참부장 박진상을 보았다. 둘의 시선이 2초쯤 마주쳤다가 떨어졌지만 제각기 굳은 표정에는 변화가 없다. 다만 정용우의 콧구멍이 아주 조금 벌름거렸을 뿐이다. 이제 우드워드와 장세윤, 그리고 육참총장 조현호까지 연합사 참모장 모건 해리슨 중장의 브리핑을 듣고 있는 중이다.

"지금 그놈들 어디에 있소?"

박진상이 낮게 묻자 정용우가 입술도 움직이지 않고 말했다. 이동일을 물은 것이다.

"그놈들은 북진 중이오."

주위를 둘러본 정용우가 구석으로 발을 떼었으므로 둘은 벽에 나란히 붙어 섰다. 정용우가 말을 잇는다.

"대대본부하고도 연락이 끊긴 상태로 만들어놓았습니다."

박진상이 천천히 머리를 끄덕였다. 그렇지 않으면 정전 합의를 깬 셈이 되는 것이다. 소란스러운 상황실 안을 잠깐 둘러보던 박진상이 불쑥 물었다.

"묘한 우연이라는 생각이 안 드시오?"

"뭐가 말입니까?"

"46용사."

그러자 정용우가 눈을 치켜뜬 채 머리만 끄덕였다. 이제 이동일과 부하들의 방송 타이틀은 '46용사'가 되었다 그 46용사가 누구인가? 2010년 3월26일, 백령도 해상에서 북한군의 기습 공격에 격침된 천안함의 전사자들인 것이다. 어깨를 부풀렸다가 내린 정용우가 잇새로 말했다.

"그, 천안함 영령들이 도와줄 겁니다."

7월25일 13시45분. 개전 2시간55분25초 경과.

옹진 동북방 7㎞ 지점의 산기슭을 인민군 1개 부대가 행군하고 있다. 모두 등에 군장을 멨지만 걸음이 빠르고 말이 없다. 이곳은 자갈 투성이의 황무지여서 잡초만 우거졌고 인가도 보이지 않는다. 이제 총성도 뚝 그쳐 있어서 마치 딴 세상 같다. 앞쪽 대열을 바라보던 이동일이 손에 쥐고 있던 지도를 주머니에 넣었다. 이동일은 인민군 소좌 계급장을 붙인 군복으로 갈아입었다. 조금 작지만 어색하지는 않다. 127부대장의 군복이다. 그리고 옆을 따르는 윤미옥은 그대로 중위 차림이다. 묶인 손을 풀고 권총과 AK-47자동소총을 멨지만 탄창은 비었다. 지금 포로로 끌고 가는 것이다. 그때 이동일의 뒤로 무전병 엄 병장이 서둘러 따라 붙었다.

"중대장님, 대대본부하고 통신이 안 됩니다."

엄 병장이 헐떡이며 말했다. 지금 10분이 넘도록 교신을 했지만 받지를 않는 것이다. 이동일이 눈을 치켜떴다가 내렸다.

"알았다."

그러고는 머리를 돌려 뒤쪽의 조한철에게 말했다.

"우리 행동은 방송으로 보도된다."

조한철이 놀란 듯 눈을 둥그렇게 떴을 때 이동일이 쓴웃음을 지었다.

"무전을 받지 않는 것은 그대로 진행하라는 신호야. 공식적으로 승인할 수 없는 상황이기 때문이지."

"어떻게 보도됩니까?"

조한철이 묻자 이동일이 손바닥으로 가슴 주머니를 가볍게 쳤다.

"내 휴대전화로."

그러고는 덧붙였다.

"너희들의 일거수일투족도 다 보여주고 말하게 해줄 테다. 그러면 헛된 죽음은 안 되겠지."

그때 옆을 따르던 윤미옥이 물었다.

"날 어떻게 할 겁니까?"

윤미옥의 시선을 받은 이동일이 다시 쓴웃음을 짓는다.

"넌 안내역 겸 위장용이야."

주위는 조용해져서 돌멩이가 군화에 밟히는 소리만 났다. 이동일이 말을 잇는다.

"협조하지 않으면 지금이라도 죽여주마."

윤미옥은 입을 다물었다. 일렬횡대로 늘어선 해병대원 46명은 지금 태탄 방향으로 전진하는 중이다. 산기슭을 돌았을 때 이동일은 앞쪽에 가로로 뻗은 국도를 보았다. 그때 앞장서 가던 황찬우 중위가 서둘러 다가왔다.

"국도에 군용트럭이 다닙니다."

이동일도 오가는 차량 대열을 보았다. 모두 군용트럭이었고 장갑차도 보인다. 머리를 돌린 이동일이 윤미옥을 보았다.

"중위, 검문소가 어디냐?"

그러나 윤미옥의 입은 꾹 닫혀 있다.

5부

내란(內亂)

⋮

2014년 7월25일 금요일 14시00분. 개전 3시간10분25초 경과.

황해남도 신천은 교통의 요지다. 내륙 중심부에 박혀서 동서남북으로 뚫린 대로(大路)가 북으로는 사리원·평양, 남으로는 태탄, 동쪽은 해주, 서쪽은 용연으로 뻗어 있다.

신천시 남부 산업지구의 보위대 지구대 앞에는 50여 명의 남녀가 모여 있다.

"자, 들으시오."

하면서 지구대 현관 계난에 올라선 전석규가 손을 흔들며 말했다.

"한 줄로 서서 장부에 서명을 하고 무기를 지급받으시오. 그리고 바로 뒷마당에 다시 모입니다."

그러자 남녀는 말없이 일렬로 선다. 배급에 익숙한 터라 곧 하나씩 열린 문 안으로 들어섰다.

"어디를 가는 게야?"

하고 줄에 섰던 박길수가 물었으므로 전석규는 머리를 저었다.

"별도 지시가 있을 때까지 협동창고 마당에서 대기하라는 거요."

"영민이가 어젯밤부터 열이 더 나는데."

했지만 박길수는 뒤에서 미는 바람에 옆으로 지나갔다. 이웃집에 사는 터라 전석규는 박길수 사정을 안다. 열세 살짜리 아들 영민이 열흘 전부터 기동을 못하고 있는 것이다. 병원에 데려가보지도 못했지만 영양실조가 근원이다. 먹이기만 잘하면 병이 낫는다. 다른 쪽 문으로 AK-47 소총과 탄창을 받아 쥔 남녀가 빠져나오고 있다. 모두 노농적위대원이다. 17세에서 60세 사이의 남녀 중 현역과 교도대에 편성된 병력을 제외한 예비군 병력인 것이다.

7월25일 14시05분. 오산의 연합사 전시사령부 벙커 안. 개전 3시간15분25초 경과.

합참의장 장세윤이 무전기를 귀에 붙이고 있다가 버럭 소리쳤다.

"차 소장, 나다! 합참의장이다!"

이제야 105전차사단장 차봉호 소장과 통화 연결이 된 것이다. 장세윤이 서두르듯 말을 잇는다.

"대기하라. 알았나! 곧 대통령님께서 김정일과 협상을 하실 테니까 말이다!"

한마디씩 장세윤이 소리치듯 말했을 때 차봉호가 물었다.

"저놈들이 발포하기 전까진 쏘지 말란 말씀입니까?"

"미쳤냐? 그렇게는 못한다. 기다려!"

하고 무전기를 귀에서 뗀 장세윤이 주위에 둘러선 장군들을 보았다. 그러나 아무도 시선을 마주쳐주지 않는다.

그 시간에 산본장의 지하 상황실에서 대통령 박성훈이 전화기를 귀에 붙이고 있다. 상대는 평양 주석궁 지하 벙커에 자리 잡은 김정일. 박성훈이 손가락으로 머리칼을 쓸어 올리면서 말했다.

"위원장님, 820전차군단을 세워야 전면전을 막습니다. 앞으로 20분 남았습니다."

김정일은 대답하지 않았고 박성훈이 말을 잇는다.

"지금 선제공격을 한 북한 군부 강경파가 주도권을 장악하고 있다는 것도 나는 알고 있습니다. 하지만 그것을 막을 수 있는 사람은 위원장뿐이십니다."

"…."

"20분 후면 사상 최대의 전차전이 벌어질 것이고 남북한의 전면전이 시작되는 것입니다. 우리도 준비를 다 갖추고 있습니다. 위원장님."

"알겠습니다."

마침내 갈라진 목소리로 김정일이 말했다. 그 순간 박성훈 주위에 둘러섰던 사람들이 긴장했고 다시 김정일의 말이 이어졌다.

"제가 곧 연락을 드리지요."

7월25일 14시10분. 개전 3시간20분25초 경과.

개울가의 바위에 등을 붙이고 앉은 이동일에게 조한철 중위가 다가왔다 조한철의 손에는 지도가 쥐어져 있다.

"중대장님, 저 도로를 타면 신천이 나옵니다."

조한철이 개울 옆쪽 언덕을 눈으로 가리켰다. 자갈투성이의 황무지 100m쯤을 건너면 도로가 나오는 것이다.

"길에는 군용트럭만 다니고 있습니다. 이곳에는 전시에 차량통제가 잘되는 것 같습니다."

이마의 땀을 손등으로 닦은 조한철의 시선이 이동일의 옆에 앉은 윤미옥을 스치고 지나갔다.

"차가 없어서 그런지도 모르겠군요."

이동일이 머리를 끄덕였다. 이제 대대본부와도 통신이 단절되었다. 무전기는 있었지만 서로 보내지도 받지도 않는 것이다. 임시 정전을 합의한 상태여서 아군을 공식적으로 지원할 수 없는데다 그렇다고 투항시킬 수도 없는 상황이다.

46명은 그야말로 끈 떨어진 연 신세다. 조한철의 시선을 받은 이동일이 윤미옥을 보았다.

"북상할 수 있는 샛길은 없나?"

이동일이 묻자 주위의 시선이 모두 모아졌다. 127부대를 떠나 북상한 지 30분이 지났다. 그때 윤미옥이 입을 열었다.

"목적지는 어디세요?"

"북쪽."

이동일은 주저하지 않고 대답했다. 그러고는 덧붙였다.

"조금이라도 더 북쪽으로 들어갈 거다."

7월 25일 14시15분. 개전 3시간25분25초 경과.

"꽈앙!"

갑자기 울리는 폭음에 벙커 안은 순식간에 조용해졌다. 땅이 흔들리면서 벽에 붙어 있던 상황판 하나가 떨어졌다. 제55호위대의 벙커 안이다.

"뭐야?"

김경식이 소리쳐 물었을 때 다시 폭음이 울렸다. 이번에는 세 번.

"꽝! 꽈앙! 꽝!"

포격이다. 벙커가 포격을 당하고 있는 것이다. 진동이 더 커지면서 벽에 붙은 전자기기 하나가 요란한 소음을 내면서 쓰러졌고 웅성거리는 소음이 일어났다.

"이기. 뭐야!"

김경식이 눈을 치켜떴다. 그러고는 소리쳤다.

"좋아, 해보자는 말이지? 전 화력으로 서울을 폭격한다!"

그때 대좌 하나가 서둘러 다가왔다. 손에는 무전기를 쥐었다.

"사령관 동지, 전화 받으십시오!"

"누기야!"

"우장선 대장입니다."

순간 김경식이 주춤한 것을 모두가 보았다. 그러나 김경식은 곧 빼앗듯이 무전기를 받아 쥐더니 귀에 붙였다.

"무신 일이요?"

우장선은 4군단장이다. 전연지대의 서부 지역을 맡은 정규군 사단장으로 제2군단장인 김경식보다 3년 연상이지만 서열은 낮다. 그때 우장선이 말했다.

"지금 그 포는 강동포병군단에서 때린 거라우."

"무시기?"

했지만 김경식의 얼굴이 대번에 하얗게 굳어졌다. 강동포병군단은 평양특별시 북쪽 강동군에 위치한 포병군단으로 지대지 미사일만 1000여 기를 보유하고 있다. 제55벙커를 분화구로 만드는 것쯤은 식은 죽 먹기나 같을 것이다. 우장선이 말을 잇는다.

"지도자 동지의 지시를 전하갔어. 당장 820 새끼들을 정지시키라우."

"이봐, 우장선."

"1분 내에 정지시키지 않으면 그 벙커는 구덩이가 돼. 서둘라우."

그러고는 통신이 끊겼으므로 김경식이 들고 있던 무전기를 바닥에 내던졌다.

"멈췄습니다."

화면을 본 육본작참부장 박진상이 소리쳤지만 이미 상황실 안의 지휘부는 다 보았다. 앞쪽 벽에 붙어 있는 대형 화면에는 인공위성 UT-27호기에서 촬영한 북한 지역이 마치 영화의 한 장면처럼 생생하게 비치고 있다. 그때 화면이 클로즈업되면서 도로를 가득 덮은 탱크 대열이 보였다. 그런데 움직이지 않는다. 옆쪽 샛길로 트럭 한 대가 달리는 것이 탱크대가 정지했음을 분명하게 드러내고 있다. 820

전차군단이다.

"길가로 포진하는군요."

다시 박진상이 중계하듯 말했다. 전차군단은 도로 옆 야산으로 산개하기 시작했다. 조금 전까지 자욱한 먼지를 내뿜으며 달려가고 있었던 것이다.

"다시 김정일의 말발이 먹힌 것 같군."

하고 해병사령관 정용우가 혼잣소리처럼 말했지만 모두 들었다. 묵묵히 화면을 응시하던 연합사령관 제임스 우드워드가 참모장 모건 해리슨 쪽으로 머리를 돌렸다.

"105전차사단하고 얼마 거리야?"

"25km, 30분 거립니다. 장군."

준비하고 있었던 것처럼 해리슨이 바로 대답하자 우드워드는 어깨를 치켜 올렸다가 내렸다. 다소 과장된 행동이다.

"이거, 스릴이 있군."

대형 화면 아래쪽에 시간이 찍혀 있다. 14시18분25초다.

7월25일 14시20분. 황해남도 태탄 북방 2km 지점. 개전 3시간 30분25초 경과.

갓길에서 타이어 교체를 마치자 이명철 상위가 버럭 소리쳤다.

"날래 가자우."

제23교도여단 수송대 소속의 이명철은 트럭 두 대를 끌고 신천 북방의 보급기지로 군량을 실으러 가는 중에 펑크가 난 것이다.

"야, 뭐하나!"

길가에서 꾸물거리는 병사에게 다시 소리친 이명철이 1번 트럭으로 몸을 돌렸을 때였다. 길 옆 도랑에서 이쪽으로 다가오는 일대의 인민군 병사들을 보고는 눈을 둥그렇게 떴다. 앞장선 장교는 중위 계급장을 붙인 여군이다. 그 뒤를 소좌가 따르고 있다.

"동무, 잠깐만요."

하고 중위가 불렀으므로 이명철은 이맛살을 찌푸렸다.

"무슨 일이오?"

그때 다가선 중위가 숨을 고르면서 주위를 둘러보았다. 상기된 얼굴에는 땀이 배어나 있다.

"어디까지 갑니까?"

대답 대신 중위가 되물었으므로 이명철은 와락 짜증이 났다.

"신천, 그런데 왜 그러는 거요?"

쏘아붙인 이명철은 그 순간 주위를 둘러보았다. 어느새 자신과 부하들이 이들 무리에게 둘러싸여 있는 것이다. 모두 40, 50명은 된다. 이쪽은 모두 여섯 명, 군 생활 18년째인 이명철은 더운 여름 날씨인데도 싸늘한 한기를 느꼈다.

"교전이 그친 지 두 시간 가까이 되었군."

벽시계를 올려다본 김형기가 잇사이로 말했다. 14시22분(개전 3시간 32분25초)이다. 개전 1시간35분쯤인 오후 12시24분에 양국 수뇌부의 합의하에 공격이 중지된 것이다.

의자에 등을 붙인 김형기가 앞에 선 대좌를 보았다. 이곳은 제55호 위대의 벙커에서 500m쯤 떨어진 지하 벙커 안이다. 사방이 시멘트 벽이고 창문도 없이 철문 하나만 붙어 있는 벙커 안에는 감시역인 대좌와 김형기 둘뿐이다. 그러나 낡아빠진 플라스틱 의자에 등을 붙이고 앉은 김형기는 의연했다. 오히려 서 있는 대좌가 잡혀온 것처럼 불안한 표정이다. 김형기가 머리를 들고 대좌를 보았다.

"이보라우, 동무, 이제는 조선민주주의인민공화국은 끝났다우."

대좌는 눈만 껌벅였고 김형기의 말이 이어졌다.

"아니, 김씨 세상이 끝난 게지, 전쟁이 일어난 순간부터 말야, 지금 두 시간째 교전은 중지되었지만 수습할 수는 없어."

그러고는 김형기가 얼굴을 일그러뜨리며 웃는다.

"그래서 지도자 동지께서는 남조선 놈들한테 엄포만 주면서 전쟁을 일으키진 못했어. 일어난 순간부터 군부가 배신할지 알고 있었기 때문이야."

대좌는 몸을 굳힌 채 눈썹 하나 까딱하지 않았고 김형기의 목소리가 높아졌다.

"그 변화를 일으킨 주인공이 나야. 내가 이번 역사의 주인공이라고."

7월25일 14시25분. 오산 연합사사령부 지하 벙커 안. 개전 3시간35분25초 경과.

상황 화면을 향하고 앉은 연합사령관 우드워드 대장이 말했다.

"다 정지했군."

둘러앉은 수십 명의 장성은 대답하지 않았지만 부인하지도 않는다. 그렇다. 맹렬하게 달려가던 820전차군단이 멈춰 섰고 그전에 815기계화군단이 정지함으로써 전(全) 전선이 현 상태에서 고착되었다. 옹진을 점령한 한국 해병 7사단이 적진에 포위되어 있는 상황이지만 아직도 건재하다. 그때 연합사 참모장 해리슨이 머리를 들고 누구를 찾는 시늉을 했다. 해리슨이 연합사 부사령관 이성호 대장의 옆쪽에 앉은 해병사령관 정용우와 시선을 맞춘 것은 잠시 후였다.

"장군, 그 46명은 지금 어디 있습니까?"

해리슨이 묻자 상황실의 모든 시선이 정용우에게로 모아졌다. 그 말을 들은 우드워드가 말했다.

"그렇군, 움직이는 건 그놈들뿐이군."

"젠장."

정용우가 한국어로 투덜거렸지만 해리슨은 알아들었다. 이맛살을 찌푸린 해리슨이 다시 묻는다.

"장군, 우리가 그놈들 위치를 TV를 통해서나 알아야 되는 거요?"

그러자 정용우가 어깨를 늘어뜨리면서 대답했다.

"현재로서는 그 방법밖에 없습니다, 장군."

같은 시간, 소공동 국제신문 건물의 방송실에서 PD가 휴대전화 버튼을 누르고 있다. 지친 표정이다. 리시버를 낀 송아현은 두 손으로 턱을 고이고 앉아 앞쪽 빈 화면을 본다.

"움직여야 돼."

뒤쪽에서 담당 국장 하기호의 목소리가 들렸다. 이동일의 46용사를 말하는 것이다. 하기호가 말을 잇는다.

"치고 올라가서 사건을 만드는 거야. 양쪽이 조용해진 이때가 가장 빛이 날 때라고."

"이번에 생방되면 시청률은 대번에 60% 이상으로 솟을걸?"

편집국장 백한섭이 말을 받는다. 송아현이 듣는 터라 목소리는 조금 낮추고 있다. 그때 버튼을 누르다 지친 PD가 머리를 돌려 하기호를 보았다.

"전원을 꺼놓았는데 좀 있다 할까요?"

"계속 눌러."

하기호가 가차 없이 말했다.

"손가락 아프면 다른 사람한테 인계해."

송아현은 눈을 감았다. 그 순간 이동일의 뜨거운 숨결이 귀에 닿는 것 같다.

이번에는 술을 마시지 않았다. 저녁밥만 먹고 바로 식당 근처의 모텔 방으로 들어왔기 때문이다.

"가만."

송아현이 허리를 뒤로 젖혔지만 이동일이 감아 안고 있는 터라 하반신은 더 밀착되었다. 이동일의 딱딱한 물체가 허벅지를 눌렀고 그 순간 숨이 가빠졌다.

"천천히."

하고 송아현이 말했을 때 이동일은 짧게 웃었다.

"좋아, 천천히."

그러고는 허리를 떼었으므로 송아현이 두 팔을 들어 이동일의 목을 감싸 안았다. 이동일의 머리가 당겨지면서 곧 입술이 겹쳤다. 입이 열리더니 살구 냄새가 맡아졌다. 이 남자 좀 봐. 이동일의 입 안에 혀를 넣으면서 송아현은 가슴으로 웃는다. 저녁으로 낙지볶음을 먹었는데 어느새 가글을 했네. 혀가 부딪치더니 감겼고 곧 뱀처럼 엉켰다가 풀어졌다. 그 순간 송아현은 허벅지 안쪽으로 두꺼운 액체가 흘러내리는 것을 느낀다.

"아우, 나 몰라. 난 너무 많은가봐."

"좋아. 10분만 쉬었다 하자."

하고 뒤쪽에서 하기호가 말하는 바람에 송아현은 눈을 떴다. 앞쪽 화면은 머릿속처럼 깨끗했다.

7월25일 14시30분. 개전 3시간40분25초 경과.

"3km쯤 앞에 검문소가 있어요."

하고 윤미옥이 말했으므로 이동일이 머리를 돌렸다. 운전을 하고 있던 이용섭 하사도 힐끗 옆에 앉은 윤미옥을 본다. 트럭은 신천을 향해 달려가는 중이다. 뒤쪽 화물칸에는 4소대와 1소대 혼합 병력 20여 명이, 그리고 뒤를 따르는 트럭에도 1소대와 3소대 혼합병력 20여 명이 탑승하고 있다. 2차선의 좁은 국도여서 옆을 트럭 세 대가 스치고 지났다. 포장은 되었지만 보수가 엉망인 도로 위에 먼지가 자욱하게 일었다. 운전석 양쪽 옆 창문을 내렸기 때문에 먼지가 거침없이 휩쓸려 들어왔다. 트럭은 수동인데다 에어컨도 없는 구형이다. 윤미옥이 이동일을 똑바로 보았다.

"돌파하실 건가요?"

"무장은?"

"목제 차단기가 있고 초소에 대여섯 명 정도, 무기는 자동 소총입니다."

"검문은 어떻게 받나?"

"평시에는 군 트럭을 그냥 통과시키지만 지금은…."

"모른단 말이지?"

"전시니까요."

"네가 검문을 통과시킬 수 있겠나?"

불쑥 이동일이 묻자 윤미옥이 머리를 돌려 앞쪽을 응시했다. 트럭은 막 산비탈을 꺾어가는 중이어서 속력을 떨어뜨리고 있다. 그때 이동일이 윤미옥의 옆얼굴에 대고 말했다.

"이봐, 중위, 우린 이미 같은 배를 탔어. 네 부대를 같이 빠져나왔을 때부터 말이다."

"…."

"조금 전에 교도여단 수송대원들을 죽여 숨긴 것도 그래. 넌 이미 끌려들었어."

"…."

"인민군에 복귀한다는 꿈을 버리는 게 나을 거다. 넌 돌아가도 살아남지 못해."

"동무들과 같이 있어도 마찬가지로."

하고 윤미옥이 말했을 때 이동일이 소리쳤다.

"정지! 차를 세워라!"

이용섭이 창밖으로 손을 뻗쳐 뒤쪽 트럭에 신호를 보내면서 브레이크를 밟아 차를 세웠다. 먼지가 자욱하게 일어나 차 안으로 휩쓸려 들어왔다. 그때 이동일이 뒤쪽 화물칸으로 뚫린 창에 대고 소리쳤다.

"잠시 휴식이다!"

같은 시각, 오산의 한미연합사 전시사령부 안이 부산해졌다. 그것은 과천 산본장 지하 벙커에 있던 대통령 박성훈이 참모들과 함께 이곳에 도착했기 때문이다. 전시에 지휘부가 한곳에 몽땅 모여 있는 것이 위험했지만 지금은 상황이 다르다. 대통령이 옆에서 군작전을 듣고 보고 돕는 것이 이롭다고 판단한 것이다. 상황실 안쪽 테이블에 마주 앉은 박성훈에게 우드워드가 보고한다.

"중국군이 이미 단둥 북방에 대거 집결해 있습니다. 마음만 먹으면 순식간에 2개 군단 병력이 북한 땅 안으로 진입할 수 있습니다."

박성훈이 눈만 껌벅였고 우드워드의 말이 이어졌다.

"이번 전쟁을 일으킨 북한군 총참모장 김형기와 현재 작전을 지휘하는 제2군사령관 김경식이 중국 군부 실세와 자주 접촉해왔지요."

"그렇다면 이번 전쟁의 배후에 중국이 있다는 겁니까?"

영어에 유창한 박성훈이 억양 없는 목소리로 묻자 우드워드는 머리를 한쪽으로 기울였다.

"아직 그 증거는 없습니다. 하지만 만일의 경우에 대비한 대비책은 세워놓았겠지요."

그것은 한국 측도 마찬가지다. 남북한 전쟁시에 중국이 개입할 형태는 수십 가지였고 그 대비책도 세워놓았다. 그때 박성훈이 우드워드에게 묻는다.

"북한이 핵을 사용할 가능성은?"

"없습니다."

해놓고 우드워드가 덧붙였다.

"지휘관들이 제정신인 상태라면 말씀이죠."

그러고는 우드워드가 손가락 하나를 세워 천장을 가리켰다.

"지금도 저 위에 핵 폭격기가 떠 있죠. 만일 북한이 핵 발사구만 연다면 그 순간에 멸망할 테니까요."

핵 폭격기는 개전이 되자마자 오키나와의 미 공군기지에서 발진했을 것이었다. 그러고는 현재 한반도 상공에 유령처럼 떠 있다. 그래서 지금까지 한국군 합참벙커나 연합사 벙커에서 내뱉었던 대화 중에 아주 미미하게 몇 번 나타났을 뿐이지만 모두의 머릿속에 다 입력되어 있다. 북한이 핵을 사용할 기미만 보이면 핵공격을 받을 것이었다. 그것은 북한군도 다 안다. 그러자 박성훈이 어깨를 늘어뜨리면서 말한다.

"이 기회에 김정일씨가 김경식이를 제압해야 될 텐데."

우드워드는 대답하지 않았다. 일단 김경식이 4군단장 우장선에게 밀려 820전차군단의 진군을 정지시켰지만 아직 상황은 알 수가 없다.

"나야."

하고 휴대전화 화면에 뜬 송아현이 말했을 때는 14시35분(개전 3시간45분25초)이다. 이동일은 주위를 둘러보았다. 길가에 정지한 트럭의 보닛을 열어 수리하는 것처럼 병사 둘이 엔진을 점검하고 있다. 타이어 주변에 서너 명이 몰려 있었고 나머지 병사들은 길 아래쪽 도랑으로 내려가서 길에서는 보이지 않는다. 송아현이 서두르듯 묻는다.

"괜찮아?"

"응, 그래."

이동일이 송아현의 얼굴을 향해 말을 잇는다.

"아현아, 내가 북진 중이라 여기가 어딘지 밝힐 순 없어. 하지만 그쪽에선 내 발신지를 측정해서 알 수 있을 거야."

"지금 정전 상태여서 오빠 동향이 가장 관심의 초점이 되고 있어."

"우리 대대는? 남해에 상륙한 우리 사단은 어떻게 되었어?"

"아직 그대로 있어. 남북한 정상 간의 합의로 공격하지 않고 있어."

"그럼 움직이는 건 우리뿐인가?"

"그런 셈이야."

그러자 이동일이 쓴웃음을 지었다.

"연락이 끊긴 게 차라리 잘되었다. 적진 깊숙이 박힌 나한테 항복하라고 할 수도, 그렇다고 진격하라고 할 수도 없었을 테니까 말야."

"오빠, 이 방송은 군당국의 허가를 받았어. 군은 나를 통해 오빠한테 지시할 수도 있어."

그러자 화면에 비친 이동일이 정색했다.

"그렇군, 그런데 아직 그런 지시가 없는걸 보면 내가 날뛰도록 놔두겠다는 의도가 보이는 것 같다."

"이건 편집해 방송될지 몰라."

"그렇다면 앞으로는 내가 한 시간 간격으로 너한테 연락하기로 하지. 지금이 몇 시냐?"

"오후 2시38분."

"그럼 오후 3시30분에 내가 연락을 하지. 그때까지 내가 살아 있다면 말야."

그러고는 이동일이 얼굴을 펴고 웃는다.

"그리고 그때는 일방적으로 내 말만 전하는 것으로 하자. 어쩔 수 없이 너를 통해 명령이 전해질지도 모르니깐 말야."

"과연 순발력이 있군."

화면이 꺼졌을 때 감동한 방송국장 하기호가 소리치듯 말했다.

"이제 군 명령이 이쪽으로 기어들어올 소지가 조금은 줄어들었어."

"이것도 편집해야겠지요?"

PD가 서두르듯 묻자 하기호가 머리를 끄덕였다.

"그럼, 이쪽 말은 잘 들리지 않는 것처럼 만들고 이동일은 상황을 전혀 모르고 있는 것처럼 묘사해."

"그렇지."

하고 나선 것은 벽에 기대 서 있던 국제신문 편집국장 백한섭이다. 백한섭이 말을 이었다.

"2차 대전이 끝나고 30년쯤 지났을 때인데 필리핀 숲속에서 발견된 일본군 있었잖아? 일본이 패망할 줄도 모르고 숨어 있었던 놈 말야."

모두의 시선을 받은 백한섭이 열변을 토했다.

"이동일을 그놈으로 만들면 되겠다. 아주 감동적일 거야."

그러나 말이 끝났을 때 모두 제각기 머리를 돌렸다. 아무도 대답하지 않은 것이다. 송아현은 옆으로 다가온 PD의 표정을 보고는 심호흡을 했다. PD는 아예 무슨 말인지 못 들은 것 같다.

"갈게요."

휴대전화를 주머니에 넣은 이동일이 도랑으로 내려갔을 때 윤미옥이 말했다. 군모를 벗은 이마에 땀이 배어 있었다. 옆으로 다가선 조한철이 잠자코 윤미옥과 이동일을 번갈아 본다. 덥다. 위쪽 트럭이 만들어준 작은 그늘 밑으로 30여 명의 부하가 모여 앉아 있다. 이동일의 시선을 받은 윤미옥이 말을 잇는다.

"검문소는 여러 번 지나다녀서 잘 압니다. 통과하는 건 일 없습니다."

그러자 조한철이 이동일을 힐끗 보았다.

"신천이 내 고향입니다. 날 살려준다고 약속해준다면 동행하겠습니다. 그렇지만 신천을 통과하고 나서 날 놓아주십시오."

이동일이 머리를 돌려 조한철에게 물었다.

"어떻게 생각하나?"

"우릴 끌고 자폭할 작정인지도 모릅니다."

조한철이 옆에 선 윤미옥의 옆얼굴을 보면서 말을 잇는다.

"우리한테 호의를 베풀 이유도 없고요."

"살고 싶어서 그럴 수도 있지."

이동일이 혼잣소리처럼 말했을 때 조한철이 머리를 기울였다.

"예, 그런데 별로 겁을 내는 것 같지가 않거든요. 이거 어릴 적부터 세뇌당한 종자인지도 모릅니다."

"젠장."

눈을 치켜뜬 이동일이 입맛을 다셨다.

"이러다가 날 새겠다."

7월25일 14시30분. 개전 3시간40분25초 경과.

신천시 남부 산업지구 협동창고 앞마당에 모인 노농적위대원은 52명, 제각기 AK-47 자동보총과 30발들이 탄창 4개, 수류탄 두 발씩을 받아 든 대원들이 창고 그늘에 둘씩 셋씩 모여 쭈그리고 앉았다. 마당 건너편이 산업도로였는데 길만 닦아놓았지 가동되는 공장은 하나도 없어서 차량 통행이 있을 리 없다. 신천시로 통하는 국도는 왼쪽으로 2km쯤 떨어져 있는 터라 이곳은 그야말로 적막강산이다. 전시방어 계획을 작성한 공산당 고위간부 놈들은 이 산업지구가 활발하게 가동되고 있을 줄로 예상한 것 같다. 이 빈 지역에 쓸데없이 노농적위대원을 방어병력으로 파견한 것을 보면 그렇다.

"이봐, 전 대위, 남조선군이 남해, 옹진을 싹 쓸어버렸다면서?"

하고 옆에 앉은 박길수가 낮게 물었으므로 전석규는 주위부터 둘러보았다.

"쉬, 형님, 그 말 어디서 들었소?"

"다 알고 있는 이야기여."

눈을 치켜뜬 박길수가 말을 잇는다.

"서해안 포대는 남조선군 미사일 공격을 받아 전멸했고 해군 함대도 씨가 말랐다는군. 그래서 허겁지겁 휴전 요청을 해서 지금 옹진에 있는 남조선군한테 총 한방 못 쏜다고 했어."

"누, 누가?"

"내가 삐라 주웠어. 나뿐만이 아냐. 저 사람들 중에서 아마 대여섯 명은 삐라 갖고 있을겨."

"으음."

전석규의 입에서 저절로 신음이 터졌다. 남조선에서 날린 삐라는 전석규도 주워본 적이 있다. 처음에는 미화 1달러 지폐가 삐라에 붙어 있어 달러만 빼내고 삐라는 버렸는데, 두 번째 주웠을 때는 읽어보았다. 이곳 황해남도 주민 중 열에 셋은 삐라를 주웠을 것이고 그 내용을 모르는 주민은 거의 없다고 봐도 된다.

"영민이가 곧 죽을 것 같어."

쪼그리고 앉은 박길수가 화제를 바꾼다. 두 무릎을 양팔로 감싸 안은 박길수의 몸은 그야말로 작은 옥수수자루만 했다.

"그놈한테 쌀밥 사흘만 배부르게 먹이면 나을 거여."

헛소리처럼 말했던 박길수가 정정했다.

"아니, 하루 세 끼만, 아니, 두 끼만 멕여도 내가 원이 없겠다."

전석규가 우두커니 앞쪽 마당을 본 채 입을 다물었다. 올해 55세인 박길수는 위로 아들 둘을 어려서 잃고 남은 자식이 영민이 하나뿐이다. 위의 아들들도 열 살이 되기 전에 모두 영양실조로 죽었는데 자식을 굶겨 죽인 부모의 마음은 당해보지 않고는 모른다.

"휴전을 하다니, 이런 개 같은 경우가 어디 있어?"

다시 박길수가 혼잣소리로 말했지만 말끝이 떨렸다.

"끝장을 봐야 할 것 아닌가? 둘 중 하나가 죽어야 이 지옥이 끝장 날 것 아닌가 말이여?"

같은 시각, 신촌 서교동의 세양오피스텔 1201호실에는 세 사내가 소파에 둘러앉아 있다. 앞쪽에 TV는 켜놓았지만 음 소거를 했기 때문에 특집방송을 하는 앵커는 물고기처럼 입만 뻐끔대고 있다. 다만 밑의 자막이 자주 바뀌면서 시선을 모으고 있다.

"강화도, 연평군에서 보낸 대북 삐라가 황해북도에까지 도달."

방금 자막으로 뜬 내용이다. 그때 안쪽 상석에 앉은 60대 사내가 입을 열었다.

"내가 수십 번 평양 사람들한테 이야기했어요. 전쟁 일어나면 우리가 손해라고, 그런데 이 꼴이 된 거야."

그가 말한 우리란 자신과 북한 당국을 말한다. 그리고 그는 대한민국 공식 정당인 노동민족당 대표 이정식이었고 현역 국회의원이기도 했다. 이정식의 말이 이어졌다.

"만일 이대로 통일이 된다면 우린 북한 주민들한테 맞아 죽습니다. 그러니 해외로 탈출하든지 그것이 힘들면 경찰서 안으로 도망쳐 들어가는 것이 사는 길이요."

"이제는 상황이 바뀌었어요."

그렇게 말한 50대 후반의 사내는 자주실천연대의 회장 박응모, 이번 계엄령 상황에서 이정식과 함께 반역혐의자 명단에 포함되어 수배된 인물이다. 박응모가 말을 이었다.

"지금까지는 우리가 밀어붙여서 보안법 사이로도 빠져나갔지만 북쪽이 무너지면 우린 한국법 아래서 죽습니다. 경찰서로 도망가는 건 호랑이 입안으로 들어가는 거나 같아요."

"맞습니다."

그중 가장 연하인 40대 후반의 사내가 눈동자를 쉴 새 없이 굴리면서 말했다. 운동권 출신인 그는 이정식의 보좌관 서병만이다. 서병만이 둘을 번갈아 보면서 말을 잇는다.

"배를 타고 중국으로 도피하는 것이 가장 안전합니다. 아까 말씀드린 대로 모두 탈출한다고 서두르고 있습니다."

"아무리 그래도 세상에 이럴 수가."

눈을 치켜뜬 이정식이 탄식했다.

"전쟁이 일어난 지 겨우 네 시간도 안 되었는데 이렇게 된단 말인가?"

"처음부터 우리가 밀리니까 기세가 꺾인 겁니다."

박응모가 건성으로 대답했지만 이정식은 아직 억울함이 가시지 않는 듯 말을 잇는다.

"그래도 그렇지. 그 아끼던 핵은 어따 두고 이 꼴이란 말이."

"그랬다간 이미 북쪽 땅은 없어졌어요."

서병만이 불쑥 그렇게 대답을 했는데 지금까지 이런 말투를 쓴 적이 없다. 이정식의 시선을 받은 서병만이 손등으로 이마의 땀을 씻고 말했다.

"오판한 겁니다. 또 겁주면 이번에도 굽실대겠거니 했다가 된통 당한 것이지요. 이젠 다 글렀습니다."

"이봐, 그만해."

하고 박응모가 말을 막았을 때 문에서 노크 소리가 울렸다. 30평형 원룸 오피스텔이라 셋은 서로의 얼굴을 마주 보았다. 모두 얼굴이 굳어 있다. 다시 노크 소리가 울렸을 때 박응모가 속삭이듯 말했다.

"대답하지 마, 사람이 없는 것처럼 해."

이 오피스텔은 박응모가 철저하게 위장해 구입해놓은 것으로 오늘 처음 들어온 것이다. 발각될 리가 없다. 그때 열쇠 돌아가는 소리가 들리더니 문이 열렸다. 놀라 숨도 멈추고 있던 이정식은 안으로 쏟아져 들어오는 사내들을 보았다. 그 중에는 군복 차림의 사내도 둘이나 있다.

"자, 이정식씨, 박응모씨, 갑시다."

그중 나이든 사내가 굵은 목소리로 말하더니 서병만에게로 머리를 돌렸다.

"아, 서형, 수고했습니다."

이정식은 서병만이 등을 돌리고 있어서 사내의 웃는 얼굴만 보았다.

7월25일 14시50분. 개전 4시간00분25초 경과.

제55호위대 벙커 안. 대좌 하나가 다가와 김경식의 옆에 섰다.

"잠깐 밖에서."

대좌가 짧게 말하자 김경식이 머리를 끄덕이고는 주위를 휘둘러본다. 벙커 안의 분위기는 무겁게 가라앉아 있다. 4군단장 우장선이 국방위원장 측으로 돌아서서 강동포병단을 시켜 이곳에 위협폭격을 한 것이다. 이제 북한 군부는 국방위원장파와 그 반대파로 양분되었다. 반대파란 강경파, 즉 이번 전쟁을 끝까지 밀어붙이자는 파다. 상황실에 모인 10여 명의 군단장급 지휘관, 그중에는 김정일이 파견한 무력부 부부장 겸 호위대장 심철 상장도 있었지만 이제 어쩔 수 없이 강경파가 되었다. 빠져나갈 수도 없겠지만 나간다고 해도 김정일의 성격상 살아남지는 못할 것이다. 그러니 이곳에서 승부를 내는 것이 낫다. 상황실 벙커를 나온 김경식이 대좌를 따라 복도 끝 쪽 벙커로 다가간다. 벙커 앞에는 군관 둘이 경비를 서고 있었는데 김경식을 보더니 잠자코 철문을 열어주었다. 안으로 혼자 들어선 김경식은 안쪽 소파에서 일어서는 두 사내를 보았다. 둘 다 신사복 차림이었는데 어색했다. 그때 다가선 김경식에게 50대의 나이 든 사내가 말했다. 중국어다. 말이 끝났을 때 30대 사내가 통역했다.

"이번에 4군단장 우장선이 위원장에게 붙었지만 1군단, 8군단, 10 · 11 · 9군단은 이미 우리 측과 합류하기로 결정되었습니다."

사내가 군단 번호를 잊어먹지 않으려 수첩에다 적은 것을 꼼꼼히 읽었다. 심호흡을 한 50대가 잠깐 김경식을 보았다. 비대한 체격에 붉은 얼굴에는 개기름이 번져 있다. 사내는 중국 대사관의 무관 황방산, 지금 중국 군부의 연락을 전하고 있는 것이다. 황방산이 말을 이었다.

"평양 주변의 평방사, 호위총국, 그리고 3군단만 위원장한테 충성하고 있을 뿐 나머지는 중립이요."

그 말을 들은 김경식은 숨을 들이켰다. 그렇다면 이쪽은 세력이 비등한 것이다. 특히 조 · 중 국경에 배치된 4개 군단, 즉 8 · 10 · 11 · 9군단이 모두 반 김정일 군이 되었고 이곳 전열지대의 4 · 2 · 5 · 1 4개 군단에서 1 · 2군단이 아군, 4군단만이 김정일군이며 5군단은 중립이다. 머리를 끄덕인 김경식이 입을 열었다.

"이 상황에서 시간이 지날수록 우리가 불리할 것 같소, 아예 2군단을 북상시켜 주석궁을 깨는 것이 낫지 않겠소?"

그러자 황방산이 머리를 끄덕였지만 말은 다르다.

"그것도 고려했지만 마지막 방법이요. 우리는 위원장이 상황을 판단하고 중국으로 망명해 오는 것을 최상의 방법으로 칩니다."

"그 다음의 차선책은?"

"위원장의 유고."

짧게 말한 황방산의 말을 통역은 진땀을 흘리면서 통역한다. 엄청난 내용이기 때문이다. 그러나 김경식이 천천히 머리를 끄덕였다.

"그럼 인민군 간의 전쟁은 맨 나중이군."

"그렇습니다. 그땐 위원장이 중국 측에 지원을 요청할 것이고 우리가 자연스럽게 개입하게 되는 것이지요."

위원장뿐 아니라 반란군이 요청을 해도 중국군이 개입할 명분이 있는 것이다. 북한과 중국은 동맹 간으로 국난시에는 자동으로 개입할 수도 있다. 이윽고 김경식이 자리에서 일어서며 말했다.

"좋습니다. 강동포병군단의 포격으로 내가 흥분한 것 같습니다. 조금 기다리지요."

그 시간에 송아현은 방송실 옆 대기실의 소파에 앉아 TV를 보는 중이다. 그러나 음 소거를 해놓아서 그림만 나올 뿐 방안은 조용하다. 자판기에서 뽑은 커피를 한 모금 삼킨 송아현의 얼굴에 문득 웃음이 떠올랐다. 이제는 혼자여서 온 얼굴을 펴고 거침없이 웃는다.

이번에는 차 안이다. 때는 지난 봄, 토요일 외박을 나온 이동일이 차를 가지고 나와서 둘은 원주 근처의 치악산 국립공원까지 내려갔다. 그러나 토요일 오후인데다 날씨까지 좋아서 공원에 도착했을 때는 밤 10시 반이다.

"여기서 자자."

숲 속의 공터에 차를 세운 이동일이 말했으므로 송아현은 이맛살을 찌푸렸다. 이곳은 일차선 일방통행 길이었고 마침 길가의 공터로 들어와 안성맞춤이긴 했다. 그러나 사방이 숲인데다 불빛 한 점 보이지 않아서 으스스했다.

"아우, 싫어. 여관이라도 찾아 가."

"숲 속에서 섹스하는 것도 괜찮잖아?"

"이 남자는 머릿속에 섹스밖에 안 들었나봐, 이제 말끝마다 섹스야."

"지가 더 밝히면서."

"내가 언제?"

바락 목소리를 높였을 때 이동일이 차 문을 열었다. 밤의 찬 공기가 몰려들면서 숲 냄새가 맡아졌다. 짙고 강한데다 맵기까지 한 풀냄새, 흙냄새, 그리고 시린 것 같은 대기.

"아아. 좋다."

어깨를 부풀리며 한껏 공기를 들이켠 이동일이 차 밖으로 나갔으므로 송아현도 문을 열었다. 나뭇가지 사이로 밤하늘의 별이 흔들리며 떠 있었다.

"아, 추워."

별로 춥지 않았지만 어깨를 웅크린 송아현이 팔짱을 끼었을 때 이동일이 점퍼를 벗어 상반신을 감싸주었다. 그러고는 그대로 허리를 감아 안고 입술을 붙여왔다. 숲 속의 키스는 신선했다. 신비스럽게까지 느껴졌다. 대기의 정기(精氣)가 이동일의 혀를 통해 다 빨려지는 것 같았다. 이윽고 이동일이 입을 떼더니 가쁜 숨을 고르고 나서 말했다.

"사랑해, 아현아."

그 순간 송아현의 심장이 세차게 요동을 쳤다. 왜 그런지 모른다. 사랑한다는 말을 처음 들었기 때문도 아니다. 이동일한테서도 여러 번 듣고 해주었던 송아현이다. 다음 순간 송아현은 대답 대신 이동일의 바지 혁띠를 풀었다. 이동일이 송아현의 스커트를 치켜 올리더니 곧 팬티를 끌어 내렸다. 송아현이 다리 하나를 들어 팬티 벗기는 것을 도우면서 헐떡이며 말했다.

"사랑해."

맑은 대기 속에 울리는 제 목소리를 들으면서 송아현은 다시 감동했다.

7월25일 14시55분. 개전 4시간05분25초 경과.

"통행증."

하고 손을 내밀었던 군관이 윤미옥을 보더니 눈을 둥그렇게 떴다.

"아니, 동무, 이 차엔 왜 타고 계시오?"

"우리 부대 트럭이 고장이 나서 교도여단 수송대 트럭을 빌려 탔지요."

"그렇군."

군관의 시선이 적재함과 뒤쪽 트럭으로 옮겨졌다. 그곳에는 40여 명의 인민군 병사가 타고 있는 것이다. 그때 이동일이 통행증을 내밀었다. 교도여단 이명철 상위가 갖고 있던 통행증이다. 통행증을 살핀 군관이 눈으로 적재함과 뒤쪽 트럭을 가리키며 물었다.

"병력 이동입니까?"

"그렇소."

소좌 계급장의 이동일이 짧게 대답했을 때 운전병 사이에 끼어 앉은 윤미옥이 웃음 띤 얼굴로 재촉했다.

"동무, 도중에 펑크가 나서 늦었어요. 서둘러주세요."

머리를 끄덕인 군관이 이동일에게 통행증을 건네주더니 뒤쪽 병사들에게 소리쳤다.

"차단봉 올리라우!"

"형님, 가보시오."

창고 구석으로 박길수를 데려간 전석규가 주위를 둘러보며 말했다.

"여기까지 점검 나올 것 같지는 않으니까 형님은 영민이한테 가보시오."

"괜찮겠나?"

얼굴은 반가운 기색이 가득 차 있으면서도 목소리는 걱정으로 떨렸다. 전시에 방어진지 이탈은 탈영이나 같다. 즉결처분이다. 전석규가 심호흡을 하고나서 말했다.

"명색이 내가 지구대 방어대장 아뇨? 저녁 8시에 배급차 나올 때까지만 형님이 돌아와주시오."

"아, 그럼, 그때까진 충분히 돌아와, 내가 영민이 어떤가 보고만 올 테니까."

박길수의 처 유옥선은 양식 구한다고 3년 전에 강을 넘어간 후에 연락이 끊겼다. 강이란 압록강을 말한다. 누구 말을 들으면 압록강을 건너지도 못하고 평양 아래쪽에서 검문에 걸려 총살당했다고도 하고 누구는 중국땅 통화 근처 농가에서 중국놈하고 사는 걸 본 사람이 있다고도 했다. 주위를 살핀 박길수가 창고 뒤쪽 야산을 넘어 사라질 때까지 전석규는 그 뒷모습을 응시한 채 움직이지 않았다. 그렇다고 전석규의 형편이 나은 것도 아니다. 인민군 대위로 제대했지만 인민학교 교사를 7년 하고나서 학교가 폐교되자 군 의료원의 사무원으로 6년을 지나다가 실직을 한 지 4년째 된다. 아직 52세로 한창 일할 수 있는 나이였지만 겉으로는 60이 넘어 보인다. 자식은 남매를 두었는데 딸은다섯 살 때 독버섯을 잘못 먹어 죽었고 열 살짜리 아들 운석이와 아내 심선희까지 세 식구가 죽지 않고 살아 있다. 이윽고 몸을 돌린 전석규가 혼잣소리처럼 말한다.

"으이구, 저 형님 말대로 이 지옥이 어떻게 되건 간에 끝장이 나면 좋으련만."

인민군이 밀고 내려가 쌀이 남아돌아서 돼지한테 먹인다는 남조선의 물자를 몽땅 가로채도 좋은 것이다. 이대로는 살기 싫다.

7월25일 15시 정각. 주석궁의 지하 벙커 안. 개전 4시간10분 25초 경과.

거대한 상황판을 등지고 앉은 김정일이 테이블 건너편에 선 사내를 보았다. 사내는 평방사 사령관 전백준 차수. 70대 후반의 나이였지만 건장한 체격이다. 전백준이 입을 열었다.

"위원장 동지, 김경식과 김형기는 서로 경쟁관계였지만 공통점이 있습니다. 그것이 뭔지 아십니까?"

이런 식으로 물을 수 있는 인간은 북조선 땅에 서너 명뿐일 것이다. 긴장한 주위의 모든 시선이 모여졌다. 김정일이 시선만 보내고 있었으므로 전백준이 말을 잇는다.

"그것은 그놈들이 친중파라는 것입니다. 위원장 동지께서는 조중동맹을 강조하셨고 특히 군사적 교류를 권장까지 하셨기 때문에 조금도 이상하지 않은 관계였습니다. 하지만."

전백준이 말을 그쳤을 때 김정일은 쓴웃음을 지었다. 그러고는 천천히 머리를 끄덕였다.

"반란군이 기댈 곳은 중국 군부란 말이 아니오?"

"그렇습니다. 위원장 동지."

"나도 소문을 들었어. 북조선 군부가 반란을 일으켜 중국군을 끌어들이면 나는 제거되거나 망명시켜놓고 북조선을 중국의 조선성으로 만든다는 소문을."

김정일이 거침없이 말했을 때 상황실 안은 숨소리도 들리지 않았다. 김정일이 머리를 돌려 장방형 테이블의 끝 쪽 자리에 앉아 있는 사내를 보았다. 젊다. 바로 김정일의 후계자로 알려진 김정은, 그러나 이번 전쟁이 발발한 후부터는 전혀 앞에 나서지 않았다. 그저 위원장 옆에서 잠자코 지켜보고 있을 뿐이다. 김정은과 시선을 마주친 김정일의 얼굴에 옅은 웃음기가 떠올랐다. 그러더니 말을 잇는다.

"남조선과 미군들이 바보가 아닌 이상 그 계획을 모를 리가 없지, 그리고 또."

이제는 김정일의 얼굴에서 웃음기가 지워졌다.

"그것을 안 내가 어떻게 나올 것인지도 반역자들은 생각하고 있어야 될 거요."

소파에 등을 붙인 김정일이 긴 숨을 뱉는다.

"인간은 욕심을 버리면 머리가 맑아지는 법이지."

오대현이 박성훈 대통령의 전화를 받았을 때는 15시05분(개전 4시간 15분25초)이었다. 개성공단 관리청장실 안에서 오대현은 행정부장 서기수, 그리고 북한측 관리부장 진성회와 둘러앉아 회의를 하고 있던 참이었다.

"예, 대통령님."

긴장한 오대현이 서서 전화를 받는다. 앉아서 받아도 예의에 어긋난 점은 없겠지만 진성회 앞이어서 일부러 그런 점도 있다. 진성회는 김정일의 지시사항을 말할 때 부동자세를 만들었던 것이다. 그때 박성훈이 물었다.

"공단 상황은 어떻습니까?"

"예, 생산은 중지된 상태지만 모두 공장에서 대기 상태로 있습니다. 대통령님."

한 시간 전에 인터넷을 통해 통일부로 보고한 상황이다. 머리를 든 오대현이 창밖을 보았다. 이곳에서는 제105전차사단이 보이지 않는다. 다시 박성훈이 물었다.

"북한 측 근로자 반응은 어떻습니까? 그곳에서는 북한 주민들을 바로 옆에서 접촉할 수 있지 않습니까?"

"예, 그것이."

입안의 침을 삼킨 오대현이 말을 이었다.

"평온합니다. 대통령님."

박성훈은 잠자코 있었으므로 오대현이 말을 잇는다.

"휴게실이나 식당에 모여 있는데 한국 측과의 갈등은 전혀 없습니다."

그리고 북한 근로자 내부의 갈등도 없는 것이다. 하지만 대기실과 식당에 놓인 TV는 모두 꺼놓았다. 북한 당국의 지시를 받은 진성회가 각 공장의 근로 감독관에게 통보를 했기 때문이다. 개전이 된 지 10분도 안되었을 때 지시를 받았기 때문에 4만명의 근로자는 현 상황을 모른다. 물론 한국 측 관계자들은 다르다. 그들은 따로 모여 TV를 본다. 그때 다시 박성훈의 목소리가 귀를 울렸다.

"오 청장, 현 상황에서 옹진군의 남해 지역과 개성공단이 우리의 최전선이요. 그것을 명심하고 계시기 바랍니다."

"예, 대통령님."

막둥이처럼 대답부터 했던 오대현은 제 말이 끝난 순간 온몸이 냉장창고 안으로 던져진 느낌을 받는다. 개성공단 안에는 질풍처럼 들이닥친 제105전차사단이 북쪽 경계를 막아놓고 있는 것이다. 옹진군의 남해는 해병 7사단이 날아가 덮쳐놓았다. 그리고 그것을 대한민국의 국경 경계선으로 정했다는 말이었다. 최전선이 곧 국경선이 아니겠는가? 심호흡을 한 오대현이 다시 대답했다.

"예, 명심하겠습니다."

7월25일 15시10분. 개전 4시간20분25초 경과.

"저곳은 통과하기 힘들어요."

걸음을 멈춘 윤미옥이 앞쪽에 시선을 던진 채로 말했다. 이동일은 윤미옥의 시선이 닿은 곳을 보았다. 나뭇가지 사이로 뻗은 길 끝에 검문소처럼 보이는 건물이 세워져 있다. 그 앞에는 이미 10여 대의 차량이 멈춰 섰고 차단봉 옆에는 기관총좌가 설치되었다. 검문소 뒤쪽으로 신천시가 보인다. 단층 건물이 대부분이지만 넓다. 멀리 공장의 긴 굴뚝이 대여섯 개 솟아 있었지만 연기는 뿜지 않는다. 그때 윤미옥이 말을 이었다.

"신천에 4군단 보급대, 군 보위부, 북쪽에는 37교도사단 사령부까지 있어서 검문이 강합니다."

이동일이 머리를 끄덕였다. 이곳에서 차를 버려야만 한다. 언덕에서 내려왔을 때 길가에 세워진 트럭 두 대는 제각기 보닛을 열고 엔진을 고치는 시늉을 하는 중이었다. 이제는 위장에 익숙해서 행동이 자연스럽다. 이동일이 트럭 옆으로 다가서자 조한철, 황찬우 중위가 다가와 섰다. 둘 다 긴장한 표정이다. 손등으로 이마의 땀을 씻은 이동일이 입을 열었다.

"이곳에서 트럭을 버리고 도보로 전진한다."

그러고는 이동일이 윤미옥에게 물었다.

"신천으로 들어가는 다른 길이 있나?"

"산업지구를 통과해서 저쪽 산을 넘는 길이 있습니다."

윤미옥이 턱으로 좌측 산줄기를 가리켰다. 산줄기까지의 거리는 어림잡아 5㎞ 정도, 이쪽에서 산업지구는 보이지 않는다. 머리를 끄덕인 이동일이 지시했다.

"좋아, 산업지구로, 일렬횡대, 내가 앞장을 서고 황 중위, 조 중위 순서다."

그러고는 이동일이 윤미옥을 보았다.

"윤 중위, 너는 나하고 같이 간다."

7월25일 15시15분. 개전 4시간25분25초 경과.

지프 한 대가 속력을 내어 달려오고 있다. 차가 자주 다니지 않는 길이어서 이쪽으로 달려오는 차는 지프 한 대뿐이다. 지프 뒤로 먼지가 자욱하게 일고 있다.

"검열인가?"

어느새 옆으로 다가온 오규성이 불안한 표정으로 묻는다. 오규성은 올해로 61세, 노농적위대원 소집 연령이 넘었지만 당에서 해제 통보가 오지 않았다. 그러니 저 혼자 제멋대로 빠졌다간 총살당할 수도 있다. 지프가 창고 마당으로 들어섰을 때는 산업지구 방어대인 노농적위대 병력이 모두 집합해 있었다. 전석규가 부르지 않았어도 이곳저곳에 흩어졌던 대원들이 모여든 것이다. 그러나 지프가 멈추고 먼지 구름이 가라앉은 순간이었다.

"아앗."

맨 앞에 서있던 전석규의 입에서 억눌린 외침이 터져 나왔다. 뒤쪽에 정렬해 있던 노농적위대원들도 술렁거렸다. 지프 뒷좌석에 박길수가 묶인 채 태워져 있었기 때문이다.

"여기 대장 누기야?"

운전석 옆자리에 탔던 대위가 내리면서 소리쳤다. 정규군 대위다. 이쪽 지역을 맡은 4군단 예하 감찰여단 소속의 대위. 길게 숨을 뱉은 전석규가 한걸음 앞으로 나섰다. 도열한 적위대원 맨 선두에 서 있었으니 대위의 시선은 소리치기 전부터 이미 전석규에게 향해 있었다.

"접니다."

하고 전석규가 대답하자 대위는 눈을 치켜떴다. 30대 후반쯤 될 것이다. 20년쯤 전에 전석규도 저렇게 대위 계급장을 붙인 채 기고만장했다. 그러다 포탄 탄피를 팔아 나눠 가진 것이 발각되어 군복을 벗었다. 상관들도 다 나눠 먹었기 때문에 전석규가 예편되는 것으로 끝냈던 것이다.

"저놈이 귀관 소속인가?"

다가선 대위가 턱으로 지프 위에 생포된 짐승처럼 놓여진 박길수를 가리키며 물었다. 전석규는 어금니를 물었다. 피할 도리가 없다.

"예, 그렇습니다."

"지금은 전시다. 전시에 방어진지 이탈은 즉결처분, 사형이다."

날카로운 인상의 대위 입에서는 기관총 발사음이 쏟아져 나오는 것 같다.

"따라서 부대원 앞에서 총살한다. 저놈을 창고 벽에 세워!"

그러자 병사 둘이 박길수를 차에서 끌어내렸다. 두 손이 뒤로 묶인 박길수가 비틀거리며 내리더니 머리를 돌려 전석규를 보았다. 그 순간 전석규는 심장이 멈추는 느낌을 받는다. 박길수의 얼굴에 웃음이 떠올라 있는 것이다. 그때 박길수가 말했다.

"마을 입구에서 잡혔기 때문에 영민이를 보지 못했어."

모두 숨을 죽이고 있었기 때문에 맨 끝에서도 박길수의 말을 들었을 것이다. 박길수가 말을 이었다.

"하지만 그놈도 곧 애비 따라서 올 테니까 이젠 걱정이 안 되네, 내가 먼저 가서 기다려야지."

"개소리 닥치게 하고 빨랑 세우라우!"

대위가 버럭 소리쳤으므로 병사들은 박길수를 창고 벽에 세우고 서둘러 물러났다. 그때 대위가 병사들에게 지시했다.

"겨눠 총!"

병사 둘이 제각기 메고 있던 AK-47을 손에 쥐더니 개머리판을 어깨에 붙였다. 다시 대위가 소리쳤다.

"조준!"

그 순간이다. 그들과 비스듬하게 뒤쪽에 서 있던 전석규가 어깨에 멘 AK-47을 휘두르듯 낚아채더니 손에 쥐었다. 그러고는 노리쇠를 당겨 장전을 하면서 총구를 겨누었다.

"타타탓! 탓탓탓탓탓탓!"

AK-47의 돈탁하면서도 울림이 강한 발사음이 울린 것은 어깨에서 총을 내린 지 2초도 안되었을 때였다. 먼저 총을 겨누고 있던 두 병사가 춤을 추듯 사지를 흔들면서 쓰러졌고 놀라 입만 딱 벌렸던 대위는 머리통이 부서졌다.

"타탓탓탓탓!"

다시 지프로 총구를 돌린 전석규가 마지막 남은 운전사를 향해 자동보총을 난사했다. 운전석에서 반쯤 몸을 일으켰던 운전사가 피를 뿜으면서 그대로 넘어졌다. 이제 이쪽으로 몸을 돌린 전석규가 놀라 웅성대는 적위대원을 보았다. 충혈된 두 눈이 번들거리고 있다.

"전쟁이야! 이놈들은 우릴 잡을 여유도 없다고! 이제 우리가 끝장을 내자!"

전석규의 목소리가 햇살이 하얗게 부서지는 마당 위에 튀듯이 이어졌다.

"놈들은 밀리고 있다고! 이제 우리 노농적위대가 숨어서 치면 이놈의 세상 끝나게 될 거야!"

"나, 나 좀!"

그때 박길수가 버럭 악을 쓰면서 다가왔으므로 적위대원 두어 명이 달려들어 묶인 팔을 풀었다.

"앞으로는 이렇게 못 산다. 우리가 힘을 합쳐 오월리 양곡 창고부터 털자고! 배부르게 먹고 나서 죽잔 말이야!"

묶인 팔이 풀린 박길수가 눈을 치켜뜨고 소리치더니 죽은 병사들의 무기를 걷는다. 대위가 찬 권총도 푼다. 그때 오규성이 AK-47을 치켜들고 소리쳤다.

"그렇다! 이놈의 세상을 뒤집어엎자! 이렇게 살 바에는 싸우다 죽자!"

"저기 있다!"

이미 상황실의 모든 장성이 다 보고 있었는데도 해병사령관 정용우가 소리쳤다. 벽에 붙은 대형 화면에 나타난 물체, 꾸물거리는 벌레처럼 보이지만 길을 따라 일렬횡대로 걷는 한 무리의 사람들이다. 그 순간 화면이 확대되면서 각도가 비스듬하게 비쳐졌다. 그러자 그것이 일대의 인민군 병사인 것이 드러났다. 어깨에 멘 총도 보인다.

"저것, 저기 옆에서 네 번째!"

하고 다시 정용우가 소리쳤다. 모두의 시선이 그쪽으로 모여졌다.

"저놈 총! K-5야! 내 부하들이라고!"

그렇다. 앞에서 네 번째 사내는 어깨에 한국군의 자동소총 K-5를 멨다.

"맞아! 저놈들 해병이야! 46용사!"

정용우의 목소리가 떨렸다 그리고 보니 어깨에는 AK-47을 메었지만 앞에 총자세로 된 것은 K-5다. AK-47은 위상용으로 뺐나는 증거다. 지금 상황실의 장군들은 한반도 상공에 떠 있는 미군용 위성 US-28의 전송 화면을 보고 있는 중이다. 그때 연합사 참모장 해리슨이 물었다.

"지금 어디로 가고 있는가?"

영어로 물었지만 모두 알아들었다.

"이곳입니다."

하고 한국군 대령 하나가 한국어로 대답하면서 옆쪽 지도에 붉은색 레이저빔을 쏘았다. 붉은색 레이저가 맞춘 지점은 신천 남동쪽의 산업지구에서 1km쯤 떨어진 지점이다. 대령이 붉은 점을 옆쪽으로 이동시키면서 말했다.

"이곳은 산업지구로 조성되었지만 10여 년 전부터 공장 가동이 끊겨 폐허가 되었습니다."

붉은 점이 산업지구 서쪽을 가리켰다.

"이곳은 근처의 가장 큰 마을로 보위부가 관리하는 양곡 저장소가 있습니다."

이제 장군들의 시선이 다시 옆쪽의 위성화면으로 옮겨졌다. 그 사이에 비치는 각도가 조금 틀어졌다. 그러나 화면은 더 확대되어서 머리통이 동전만 했다. 아쉽게도 얼굴은 보이지 않는다.

"저기 앞쪽 세 번째가 이동일이 같아."

정용우가 아예 손가락으로 앞쪽을 가리키며 열심히 말했다. 표정도 진지하다.

"내 부관을 모를 리가 있겠어? 저 걸음걸이만 봐도 알 수가 있다고. 저 봐."

하고 정용우가 목소리를 높였을 때 화면이 흐려지더니 곧 흰 반점으로 덮였다. 그때 연합사 측 흑인 중령이 말했다.

"5분 후에 US-32 위성으로 다시 비춰질 것입니다."

"타타탓! 탓탓! 탓탓탓탓탓!"

갑자기 들리는 요란한 총성에 이동일은 그 자리에서 납작 엎드렸다. 5m쯤 앞쪽을 걷던 김 병장, 박 상병이 길가로 몸을 던지듯이 엎드리는 것이 보인다.

"타타탓! 탓타타타탓!"

다시 총성이 울렸는데 10여 정이다. 아니 그 이상이다. 이동일은 풀숲에서 머리를 들고 뒤를 보았다. 이곳은 산업지구를 서쪽으로 돌아 산줄기로 향하는 개울가. 물이 말라서 자갈 사이로 흘러내리는 물줄기는 군화 밑창도 넘지 못한다. 뒤쪽 오솔길 주위도 멀쩡하다. 서 있는 부하는 없다.

"꽝! 꽝! 꽝! 타타타탓!"

그때 총성에 섞여 폭음까지 울렸다. 그러나 이제 그 총격과 폭격은 이쪽을 향한 것이 아님은 분명해졌다. 바로 왼쪽 등성이 너머에서 울리는 것이다. 이동일의 옆으로 황찬우 중위가 반쯤 허리를 꺾은 채 달려왔다.

"중대장님, 제가 가보겠습니다."

다가온 황찬우가 헐떡이며 말했다. 두 눈이 번들거리고 있다.

"같이 가자."

배낭을 벗은 이동일이 옆에 엎드려 있는 윤미옥에게 말했다.

"윤 중위, 일어서!"

여전히 총성은 울리고 있었지만 조금 뜸해진 것 같다. 이때가 15시 25분. 개전 4시간35분25초가 경과되었다.

"사격중지!"

전석규가 외치자 짧은 단발 사격음이 서너 번 들리더니 곧 총성이 그쳤다.

"다 죽였어."

옆쪽에서 몸을 일으키며 오규성이 말했다 오규성은 두 눈을 치켜 뜨고 있었는데 다른 사람 같았다. 앞쪽 사무실에서 일어난 불길이 더 높아졌다.

"자, 쌀 한 자루씩만 집어!"

이쪽저쪽에서 모습을 드러내는 노농적위대원들에게 전석규가 소리쳤다.

"식구 먹일 만큼만 들어!"

그러자 부서진 담장 위에 선 박길수가 따라 소리쳤다.

"보위대원 무기와 탄약을 모두 집어! 이젠 쌀보다 그놈이 더 필요해!"

박길수도 딴사람 같다. 50명 가까운 노농적위대원이 일제히 창고로 달려 들어갔다. 그들은 오월리의 보위대 양곡 창고를 기습한 것이다.

"비켜! 터진다!"

하고 앞쪽에서 외침이 일어났으므로 모두 납작 엎드렸다.

"꽈광!"

그 순간 수류탄이 폭발하면서 창고의 철문 한 짝이 떨어졌다.

"1조는 주위 경계!"

하고 전석규가 소리쳤지만 모두 창고 안으로 달려 들어가는 바람에 주위는 순식간에 비워졌다. 불에 타던 사무실 안에서 요란한 폭발음이 울렸다. 탄약이 폭발한 것 같다.

"모두 여섯 죽였어."

옆으로 다가온 박길수가 말했으므로 전석규가 머리를 들었다. 박길수가 얼굴을 일그러뜨리며 웃었다.

"기습을 해서 우린 다친 동무도 없어. 해볼 만하다고."

7월 25일 15시 30분. 개전 4시간 40분 25초 경과.

아래쪽을 내려다보던 이동일이 망원경을 눈에서 떼고는 옆에 엎드린 윤미옥에게 건네주었다. 두 눈이 번들거리고 있다.

"반란 같다."

짧은 말이었지만 목소리가 떨렸다.

"그렇습니다."

왼쪽에 엎드린 황찬우가 망원경을 눈에 붙인 채 대답했다. 황찬우의 목소리는 열기에 떠 있었다.

"내란 같습니다."

그때 윤미옥이 망원경을 보면서 말했다.

"노농적위대원인데요."

오히려 윤미옥이 차분한 태도였다.

"저곳은 보위부에서 관리하는 양곡창고입니다. 경비하던 보위부대 병사들을 다 죽였군요."

눈을 가늘게 뜨고 아래쪽을 내려다보던 이동일이 물었다.

"저 사람들하고 합류할 방법이 없겠나?"

그러자 윤미옥이 망원경을 눈에서 떼고는 힐끗 이동일의 옷차림을 보았다. 이동일은 인민군복 차림이다.

"동무들을 인민군으로 알 텐데요."

"그냥 두고 갈 수는 없어."

이동일이 똑바로 윤미옥을 보았다. 윤미옥의 이마에 땀방울이 맺혀있다.

"저 사람들은 이제 아군이야. 합류시키든지 도움을 주기라도 해야 돼."

같은 시각, 연합사 상황실 벙커의 대형 화면에 두 무리가 다 드러났다. 언덕 위의 이동일, 그리고 아래쪽 양곡창고 주변의 무리다.

"식량을 탈취하고 있습니다. 저건 쌀자루입니다."

하고 화면을 본 한국군 대령이 소리쳤고 미군 대령은 영어로 떠들었다. 화면에 어깨에 멘 쌀자루가 확대되어 비쳤다. '대한민국'이라고 쓴 글자도 보인다.

"그럼 반란군인가?"

하고 우드워드 대장이 억양 없는 목소리로 물었을 때 마침 화면이 땅바닥에 쓰러진 인민군복 차림의 병사 두 명을 비췄다. 쌀자루를 나르는 병사들도 인민군이다.

"저건 우리 편이야."

그때 언덕 위를 손가락으로 가리키며 말한 것은 합참의장 장세윤이다. 장세윤이 손을 그대로 둔 채 머리를 돌려 해병사령관 정용우를 보았다.

"당신 부관이 저기에 있어."

"거리는 250m 정도입니다."

그 말을 들은 한국군 대령이 소리쳐 보고했다.

"지금 그쪽을 살펴보고 있습니다."

"어떻게 된 거야?"

이맛살을 찌푸린 육참총장 조현호가 혼잣소리처럼 말했을 때 상황실 안으로 대통령 박성훈이 들어섰다. 박성훈은 옆방에서 비상 국무회의를 마치고 온 것이다.

"뭡니까?"

화면을 본 박성훈이 물었으므로 장세윤이 헛기침을 했다. 들뜬 표정이다.

7월25일 15시35분. 개전 4시간45분25초 경과.

"동무들!"

갑자기 사내 목소리가 울렸으므로 전석규는 깜짝 놀랐다. 쌀자루를 나르던 노농적위대원 및 명은 총을 고쳐 쥐고 납작 엎드렸다. 다시 사내 목소리가 들렸다.

"동무들! 우린 한국군입니다! 이번 전쟁에서 북상해온 한국군 해병대입니다! 동무들이 양곡 창고를 공격한 것을 보고 다가왔습니다! 우리하고 합류합시다!"

"저쪽 바위 밑이야!"

다가선 박길수가 떨리는 목소리로 말했다. 박길수가 눈으로 50m쯤 떨어진 언덕 중간쯤 바위인 것 같다고 덧붙였다.

"저 위에서 소리 지르는 것 같아."

그때 다시 사내가 소리쳤다.

"동무들! 우린 인민군으로 위장하고 있습니다! 의심하지 마십시오! 우리가 인민군이었다면 벌써 여러분을 공격했을 것 아닙니까? 우린 언덕에서 여러분을 포위한 상태란 말입니다!"

머리를 든 전석규는 숨을 들이켰다. 언덕 8부 능선 근처에 흩어져 있는 인민군들을 본 것이다. 거리는 100m 정도, 이쪽을 향해 모습을 드러낸 채 손을 흔들고 있는 병사도 있다.

"포, 포위당했어!"

그때 오규성이 다가와 말하더니 손으로 옆쪽을 가리켰다. 그곳은 아직도 불에 타고 있는 사무실 건너편의 제방이다. 그 제방 위에도 10여 명의 인민군이 엎드려있는 것이다. 전석규는 어깨를 늘어뜨렸다. 바로 그곳에 숨어 있다가 이 창고를 습격했기 때문이다. 그때 사내가 다시 소리쳤다.

"여러분도 우리 도움이 필요할 것입니다! 같이 행동합시다!"

"맞아. 저놈 말대로 우릴 공격했다면 우린 전멸했어."

박길수가 창고 벽에 붙어 선 채 말했다. 이제 노농적위대 52명은 쌀자루를 팽개친 채 제각기 이곳저곳에 은폐하고 있지만 저쪽에서 다 내려다보일 것이었다.

"저기, 손을 흔드는데!"

하면서 누가 소리쳤으므로 모두의 시선이 그가 가리킨 쪽을 향했다. 바위 뒤에서 인민군복 차림의 사내가 모습을 드러내더니 손을 흔들면서 다시 소리쳤다.

"여러분! 나는 대한민국 해병대위 이동일입니다. 나는 내 부하들과 함께 이곳까지 전격해온 것입니다!"

"맞아요!"

그때 바위 뒤에서 나타난 인민군 하나가 소리쳤다. 여자 목소리다.

"나는 한국 해병한테 포로로 잡힌 제22사단 172보급대 소속 중위 윤미옥이오! 이사람 말이 사실입니다!"

7월25일 15시40분. 개전 4시간50분25초 경과.

"다가간다!"

이번에는 해병사령관 정용우가 소리쳤다. 화면이 비스듬히 비추었으므로 언덕을 내려가는 무리의 그림자가 길다. 한국군 해병이다. 해병들은 삼면에서 다가가고 있다. 그리고 아래쪽 불타는 건물 근처에 서 있는 무리가 그들을 맞는 형국이다. 정용우가 말을 잇는다.

"해병들이 반란군을 포섭한 거야!"

정용우의 번들거리는 눈길이 연합사령관 우드워드를 지나 대통령 박성훈에게로 옮겨졌다. 장세윤은 정용우의 표정이 꼭 칭찬을 기다리는 초등학생 같다는 생각이 들었다.

"그렇다면."

심호흡을 박성훈이 천천히 머리를 끄덕이며 말했다.

"이번 전쟁은 이제 새로운 양상으로 발전하겠는데."

혼잣소리였지만 끝쪽에 서 있던 장교도 다 들었다.

다가선 이동일이 전석규에게 말했다.

"이곳에 오래 있는 건 위험합니다. 이동해야 됩니다."

"그러려고 했습니다."

전석규가 주위에 둘러선 인민군 복장의 병사들을 훑어보며 묻는다. 아직도 얼굴은 굳어 있다.

"병력은 얼마나 됩니까?"

"46명."

"후속부대는?"

"곧 올 겁니다."

그래놓고 이번에는 이동일이 노농적위대원들을 둘러보았다.

"이쪽 병력은?"

"나까지 52명, 하지만."

어깨를 늘어뜨린 전석규가 말을 잇는다.

"여자 대원은 모두 돌려보낼 작정이요. 집으로 돌아가 제각기 피신해야지."

"나머지 대원들은?"

"나머지는 가족들 데리고 숨어야지, 이젠 집에서 못 삽니다."

"우리하고 합류하지 않겠습니까?"

이동일이 말하자 전석규가 옆에 선 박길수를 보았다. 박길수는 오성규를 보았고 서로 시선들이 부딪쳤다. 그러더니 전석규가 머리를 내젓는다.

"우린 나이 들어서 동무들하고 같이 움직이긴 힘이 듭니다. 그러니까."

"알겠습니다."

선선히 머리를 끄덕인 이동일이 주머니에서 휴대전화를 꺼내 쥐었다. 그리고는 전원 버튼을 누르면서 말을 잇는다.

"이해합니다."

7월25일 15시45분. 개전 4시간55분25초 경과.

일산 대호식당의 김대호는 숨을 죽이고 TV를 응시했다. 국제방송의 '46용사 특집'이다. 화면에 선명하게 오월리 보위대 창고 주변이 비쳤다. 그때 아나운서가 열띤 목소리로 말했다.

"북한 노농적위대가 반란을 일으켰습니다. 그들은 보위부대를 습격해 막사를 불태우고 보위대원을 전멸시킨 후에 양곡을 탈취했습니다."

그러고는 화면이 불타는 막사와 쌀자루를 운반하는 남녀 노농적위대원을 비쳤다. 그때 60대쯤의 노농적위대원이 화면에 나타났다. 눈을 부릅뜨고 있다.

"이제는 이놈의 세상을 뒤집어야 해. 마침 우리 손에 총이 쥐어졌으니 끝장을 내겠어."

노농적위대원이 기를 쓰고 말했을 때 김대호는 주르르 눈물을 쏟았다.

"그려, 당신들 손으로 맹글어봐."

손등으로 눈을 닦은 김대호가 말을 잇는다.

"그러면 우리도 힘껏 도와줄 테니까 말여."

같은 시각. 육참총장 조현호가 작참부장 박진상에게 지시했다.
"대북 전단을 뿌려! 북한 상공을 저 장면으로 도배하란 말이야!"

6부

폭동(暴動)

⋮

2014년 7월25일 금요일 15시50분. 개전 5시간00분25초 경과.

일대의 인민군이 산업지구 쪽에서 신천 시내로 진입하고 있다. 전시(戰時) 상황에서 시내는 병사들로 가득 차 있었기 때문에 그들도 곧 병사 사이에 섞였다.

"저쪽에 인민학교가 있습니다."

하고 왼쪽을 가리킨 사내는 적위대 차림의 오규성이다. 이동일의 옆으로 다가선 오규성이 말을 이었다.

"인민학교는 전시에 부대가 사용할 수 있도록 되어 있습니다. 교실에 들어가 쉬면서 작전을 짭시다."

이동일이 오규성을 보았다. 전석규는 합류하자는 이동일의 제의를 거부하고 돌아갔지만 노농적위대원 다섯 명이 합류했다. 그중 오규성이 가장 연장자이며 지휘자다. 이동일의 시선을 받은 오규성이 이가 빠진 치열을 드러내며 웃었다.

"바쁠수록 돌아가라는 말이 있지요."

"좋습니다. 그럼 오 선생이 먼저."

이동일이 말하자 오규성은 머리를 끄덕이더니 앞장을 섰다. 오규성의 뒤를 인민군복 차림의 해병 둘이 따른다. 대열은 왼쪽으로 꺾어져 이동했다.

"시민들이 눈에 띄지 않는데요."

옆으로 다가온 조한철 중위가 낮게 말했다. 하긴 그렇다. 60대의 오규성도 군복을 입었으니 시민이 눈에 띌 리가 없다. 그때 윤미옥이 대답했다.

"모두 동원이 되었고 노인이나 아이들만 집 안에 있을 테니까요."

"그래서 600만 대군이라고 선전했군."

혼잣소리처럼 말한 조한철이 걸음을 늦추더니 뒤쪽으로 떨어졌다. 3열종대로 인민군 병사들이 행진해오고 있었지만 이쪽은 관심도 보이지 않는다. 2개 부대로 60여 명, 인솔자는 대위였는데 힐끗 이쪽을 보더니 외면했다. 지친 표정이었고 병사들의 발도 제대로 맞지 않는다.

그 시간에 김경식은 호위대 벙커에서 한국 방송을 보는 중이었다. KBS는 지금 10여 번 계속해서 같은 장면을 방영하고 있었지만 김경식은 처음이다. 그때 화면에 60대의 노농적위대원이 나타나더니 눈을 부릅뜨고 말했다.

"이제는 이놈의 세상을 뒤집어야 해. 마침 우리 손에 총이 쥐어졌으니 끝장을 내겠어."

벙커 안은 조용해서 사내의 목소리가 시멘트벽에 부딪혀 울렸다. 그때 화면이 꺼지더니 옆에 서 있던 대좌가 말했다.

"화면을 편집해서 위치 파악을 못하도록 했지만 황해남도 태안, 벽성군 지역인 것 같습니다."

모두 듣고는 있었지만 시선이 이리저리 옮겨졌다. 다시 대좌의 말이 이어졌다.

"그리고 남조선 해병놈들은 인민군으로 위장하고 있습니다. 황해남도 지역의 검문을 강화해야 될 것입니다."

"곧 삐라가 넘어올 거요."

하고 옆쪽에 앉아 있던 무력부장 성종구가 말했으므로 김경식이 머리를 들었다. 성종구는 김경식에게 지휘권을 빼앗긴 후부터 거의 나서지 않았다. 벙커 안의 모든 시선이 모여졌고 성종구가 말을 잇는다.

"내란이 일어났다고 선동하겠지. 전연(前緣)지대의 정규군보다 노농적위대, 교도사단이 동요할 거요."

"정치군관이 즉결처분을 할 겁니다."

김경식이 자르듯 말했을 때 성종구가 입술을 비틀고 웃었다.

"전시에는 정치군관의 장악력이 떨어지지. 내가 전쟁을 겪어봐서 알아."

"그때하곤 다르오."

그러고는 김경식이 옆쪽 장성에게 말했다.

"4군단 지역이 뚫린 건 우장선 책임이야. 우장선이 서둘러 그놈들을 잡아야 돼. 김정일 눈치만 보면 안 된다고."

몇 시간 전만 해도 군 지휘관의 입에서 이런 말이 나올 줄 누가 예상이나 했겠는가?

7월25일 16시00분. 개전 5시간10분25초 경과.

"이것 봐."

국제신문 사회부장 홍동수의 놀란 외침이 터졌다. 홍동수가 내민 스마트폰에 트위터 글이 떠 있다.

"계엄군이 곧 민노총, 전교조, 한총련 등 이적단체 가입자에 대한 대대적인 체포 작전에 돌입할 예정임."

그것을 읽은 사회부 기자 김순기가 쓴웃음을 짓더니 제 휴대전화를 꺼내 흔들었다.

"내 휴대전화에도 떴습니다. 이제 놈들이 조직적인 반란 선동을 시작하는 겁니다."

"휴전 상태가 되니까 조금 여유가 생겼기 때문인가?"

"한숨 돌린 것이지요. 이번에 반전하지 않으면 기회가 없다고 생각한 것 같습니다."

김순기가 제 휴대전화에 뜬 트위터 기사를 보여주었다.

"계엄군과 경찰은 종북세력을 말살할 작정. 대규모 처형장과 수용소 준비 중. 재산압류, 추방까지 다각적 검토."

기사를 본 홍동수가 눈을 둥그렇게 떴다

"이것 봐라? 그럼 이걸 읽은 종북세력이 떨 것 아닌가?"

"그럴까요?"

쓴웃음을 지은 김순기가 만날 잔소리를 늘어놓는 홍동수를 보았다.

"당할 바에는 한번 붙어나보자 하고 악이 나오지 않겠습니까? 더구나 이놈들은 선동에는 이골이 난 놈들이란 말입니다."

"그건 그렇지."

홍동수가 선뜻 동의하고는 길게 숨을 뱉는다.

"간단히 손을 들 놈들이 아냐."

"이러다가 트위터 선동으로 옛날 짝 일어나는 것 아닙니까?"

"옛날 짝이라니?"

"광우병 촛불 난동이요."

그러자 홍동수가 쓴웃음을 짓는다. 수백만이 미국산 쇠고기를 먹으면 광우병이 걸린다면서 촛불을 들고 난동을 부렸던 때가 6년 전이다. 그때도 휴대전화 문자 메시지가 큰 역할을 했다. 그러나 지금은 트위터에다 영상전달 기능을 대폭 강화한 휴대전화가 보급되어 있는 것이다.

"지금은 전시계엄 상태야. 그때하곤 달라."

홍동수가 머리를 내저으며 말을 잇는다.

"이제는 군이 거리에 나와 있다고. 종북세력이 공개적으로 쏟아져 나올 수는 없단 말이야."

그러나 김순기의 표정은 시큰둥했고 홍동수도 더 말을 잇지 못했다.

7월25일 16시05분. 개전 5시간15분25초 경과.

황해북도 사리원시 남쪽 제47교도사단 29지구대 본부 막사 안.

지구대장 김동복 중좌가 창가로 다가가 창밖을 본다. 연병장 안에는 지구대 전 병력이 모여 있었으므로 어수선했다. 29지구대는 3개 보병중대와 1개 대전차포중대로 편성되었지만 병력은 20%가 모자랐고 대전차포도 12문 중 7문이 고장이다. 교도사단 병력은 현역에서 제대했거나 제외된 17~45세까지의 남자와 17~30세까지의 여자로 편성되었는데 제대병 대부분은 하전사(下戰士) 전역자다. 29지구대는 정규군단인 12군단에 소속되어 있었으므로 지금 옆방에서 소리 지르는 사내가 바로 군단에서 파견된 대위다.

"닥치라우! 변명은 더 듣지 않겠어!"

하고 대위의 외침이 들렸으므로 김동복이 창에서 몸을 돌렸다. 그러자 묵묵히 서있던 부대장 오인철 대위가 김동복 앞으로 다가섰다.

"저놈은 시비를 걸 작정입니다. 내버려두십시오."

김동복은 입맛만 다셨고 오인철이 말을 잇는다.

"오래전부터 고장 나 있는 대전차포를 무슨 수로 고쳐놓으라는 겁니까? 저놈은 전연지대 복무도 해보지 않은 놈입니다."

그때 방문이 열리더니 대위와 상사, 중사 계급장을 붙인 셋이 방 안으로 들어섰다. 이들이 군단에서 파견된 감독관이다. 김동복 앞에 선 대위가 똑바로 시선을 준 채 말했다.

"대전차포중대장을 체포하겠소. 보고서에는 3대가 작동 불능이라고 해놓고 실제로는 7대요. 부속을 빼내 팔아먹은 것이 분명합니다."

"내가 부속을 교체해서 5대라도 완벽하게 만든 거요. 중대장은 죄가 없소."

29지구대뿐만이 아니다. 사리원 동남쪽의 제41지구대는 예비 수송 대대였는데 트럭의 80%가 사용불능이다. 폐차인 것이다. 그것이 장부상으로만 운용되고 있었는데 상부도 다 알고 있는 상황이다. 그래서 41지구대에 파견된 감독관은 현장을 그대로 인정하고 대기 중이라고 했다. 그때 대위가 말했다.

"난 원칙대로 하겠소. 전시에 장비 유출은 총살이오! 난 그런 권한을 갖고 파견된 것이란 말이오!"

같은 시간, 휴대전화를 켠 이동일이 조한철 앞으로 내밀었다.
"봐라."
조한철이 휴대전화 화면에 뜬 그림을 본다. 바로 30분쯤 전에 산업지구 옆쪽 보위부의 양곡 창고에서 찍은 장면이다. 지금 교사 안쪽에서 쉬는 오규성이 눈을 부릅뜨고 말하고 있다.
"…마침 우리 손에 총이 쥐어졌으니 끝장을 내겠어!"
그때 옆쪽에 앉아 있던 윤미옥도 머리를 기울여 휴대전화 화면을 보았다. 화면이 꺼졌을 때 조한철이 놀란 표정으로 이동일을 보았다.
"이 장면이 전국으로 방영되는군요?"
"그래, 한국은 물론이고 북한으로."
"그럼 휴대전화를 쥐고 있는 북한 사람들도 이걸 보았겠습니다."
"계속해서 보내고 있으니까."
그러자 윤미옥이 말했다.
"우리를 확인했으니 쫓고 있겠군요."
이동일과 조한철의 시선이 마주쳤다. 이곳은 신천 시내의 제3인민학교 안, 텅 빈 학교는 일자형 단층 건물에 교실이 다섯 개뿐이고 운동장은 660㎡(200평)밖에 되지 않는다. 학교 정문의 문짝 하나만 남아 있는데다 유리창 대부분이 깨지거나 없어진 걸 보면 폐교된 학교 같다. 하지만 51인의 연합군이 피신해 있기에는 적당했다. 시설과 부지가 좁아서 인민군 부대가 사용하기에 부적당했기 때문이다.

이윽고 이동일이 머리를 끄덕였다.

"그냥 잡히지는 않을 테니까."

시선을 뗀 윤미옥이 자리에서 일어나 교실을 나왔다. 그러고는 뒤쪽 화장실로 다가가다가 문득 걸음을 멈추더니 뒤를 돌아보았다.

"화장실까지 따라올 거야?"

눈을 치켜뜬 윤미옥의 목소리는 낮았지만 선명하게 울렸다. 그러자 하사 계급장을 붙인 인민군 병사가 쓴웃음을 짓는다.

"누가 똥냄새 맡는 걸 좋아하겠어? 하지만 명령인 걸 어떻게?"

하사는 해병 병장 강성구다. 처음부터 이동일의 지시로 윤미옥의 경호역을 맡게 되었지만 말이 경호역이지 실제는 감시역이다. 그것을 윤미옥도 아는 것이다. 윤미옥이 메고 있던 AK-47을 치켜올려 보이면서 묻는다.

"내가 총을 메고 있어도 그래? 아직도 믿지 못하냐고?"

"난 명령대로 움직일 뿐이야."

강성구의 이맛살도 찌푸려졌다.

"글고 나한테 중위 행세 마. 넌 내 상관이 아니니까."

그때 복도를 나온 조한철이 강성구의 마지막 말을 들었다. 그러고는 강성구의 옆으로 다가와 섰다.

"왜 그래?"

"예, 저 여자가 뒤를 따라온다고 잔소리를 해서요."

"인마. 그 정도면 됐다."

입맛을 다신 조한철이 손바닥으로 강성구의 등을 툭 쳤다.

"내가 중대장께 보고할 테니까 넌 들어가 있어."

"예, 소대장님."

몸을 돌린 강성구가 교실 안으로 들어갔을 때 조한철이 윤미옥 앞으로 다가섰다.

"이해해야 됩니다. 저자식이 일부러 그런 게 아니니까요."

그러나 윤미옥은 잠자코 몸을 돌렸다.

7월25일 16시10분. 개전 5시간20분25초 경과.

주석궁의 지하벙커 안에서 회의가 열리고 있다. 개전 후 처음으로 김정일 측근들이 모인 정식 회의다. 김정일 좌측에는 김정은이 앉아 있는데 여전히 입을 꾹 다물고 있다. 개전 직전까지 활발하게 대외 활동을 하면서 지시를 내놓던 김정은이다. 김정일의 지시를 받은 것이다. 김정일이 입을 열었다.

"놈들은 계획적이었어. 이 시점에서는 현실을 인정하는 것이 가장 중요해."

잠깐 말을 그친 김정일이 천천히 테이블을 한 바퀴 둘러보았다. 평온한 표정이었지만 시선을 받은 모두는 노소를 불문하고 몸을 굳힌다. 김정일의 말이 이어졌다.

"전시에 55호위대 벙커를 지휘부로 사용하는 것까지 놈들은 계산에 넣고 공화국을 양분시켰어."

그러고는 김정일이 쓴웃음을 짓는다. 조금 전에 그들 모두는 한국에서 방영된 노농적위대의 반란을 화면으로 본 것이다. 김정일이 벽에 펼쳐진 빈 화면을 턱으로 가리켰다.

"그런데 놈들과 내가 똑같이 간과한 것이 있지. 바로 인민들의 반란이야."

김정일이 빈 화면을 노려보며 말을 이었다.

"인민들이 총을 쥐게 되었단 말야. 이제는 저것들이 가장 위험해."

같은 시간, 47교도사단 29지구대장 김동복의 옆으로 부대장 오인철 대위가 다가와 섰다.

"지구대장님, 이걸 보시겠습니까?"

했지만 오인철은 아무것도 내놓지 않는다. 두 팔을 늘어뜨린 채 얼굴만 굳히고 있다. 주위는 조용하다. 감독관은 대전차포중대장과 소대장 둘을 체포해 막사 끝 쪽 창고에 감금했다. 그러고는 지금 취조 중이다. 창밖의 연병장 분위기는 눈에 띄게 가라앉아 있다. 부대원 모두가 그것을 알고 있기 때문이다.

"보십시오."

하면서 오인철이 주머니에서 꺼낸 것은 휴대전화다. 녹화장치를 해놓아서 버튼을 누르자 곧 노농적위대 복장의 노인이 화면에 나타났다.

"반란입니다."

오인철이 잇사이로 말했지만 김동복은 숨을 죽이고 화면을 응시했다. 이윽고 노인 적위대원이 소리쳤다.

"… 끝장을 내겠어!"

그 시간에 서울 소공동 국제빌딩 안 방송실에 앉아 있던 송아현은 휴대전화의 진동을 듣고 시선을 들었다. 문자메시지가 오고 있다.

"계엄군, 도처에서 한총련, 민노총, 전교조 회원들을 학살하기 시작함. 현재 72명 사살 확인. 동지들이여! 일어나라! 이대로 당할 수만은 없지 않은가!"

그러더니 또 이어졌다.

"국제인권위원회에 동영상을 보냄. 국제위원회 즉각 유엔에 제소. 파견단 파견 결정. 유엔 안보리 소집 예정."

"이런, 젠장."

뒤쪽에서 투덜거린 것은 국제신문 편집국장 백한섭이다. 백한섭의 휴대전화에도 문자메시지가 뜬 것이다.

"이거 왜 안 닫고 있는 겨? 우리한테 뭐가 득이라고?"

"승전 뉴스가 빨리 전파된 이점도 있었지만 몇 시간 휴전 상태가 되니까 이놈들이 슬슬 옛날 가락을 내놓는데."

국제방송의 하기호 국장이 말을 받는다.

"이젠 역효과가 날 것 같다. 계엄군 지휘부가 그쯤은 알 텐데."

7월25일 16시15분. 개전 5시간25분25초 경과.

이동일이 둘러선 장교와 하사관을 훑어보며 말했다.

"지금 우리의 행동을 전세계가 주시하고 있는 거다."

그리고는 이동일이 손가락 하나를 세워 교실 천장을 가리켰다. 하늘을 가리킨 셈이다.

"너희들은 잊히지 않는다는 말이다. 헛된 죽음이 아니라는 말도 된다."

"그거, 사치인데요."

불쑥 말을 뱉은 황찬우 중위가 시선을 받더니 쓴웃음을 지었다.

"그냥 죽어간 다른 전우들한테 미안하고 말입니다."

"닥치고 내말 들어."

나무랐지만 이동일의 얼굴에도 쓴웃음이 번졌다. 이동일이 말을 잇는다.

"철수 지시를 받으면 모두 다시 이곳에 모인다. 이곳이 노출될 경우 제2의 집결 장소는 북쪽 발산의 수령탑. 찾기 쉽다니 대원들에게 주지시키도록."

머리를 든 이동일의 시선이 윤미옥을, 그리고 오규성을 비롯한 네 명의 노농적위대원의 얼굴을 차례로 스치고 지나갔다. 그들도 이번 작전에 합류한 것이다.

그 시간에 오산 연합사령부 벙커 안 대형 스크린에는 신천 제3인민학교의 전경이 선명하게 찍혀 있었다. 교사 주위에 경비를 서고 있는 인민군복 차림의 병사들도 그림자까지 보인다.

"서너 명이 밖으로 들락거리던데 지금은 회의 중인가."

그쪽에 시선을 준 육참총장 조현호가 혼잣소리처럼 말했지만 정용우가 대답했다.

"하지만 여기까지 북상을 해왔다는 것만 해도 훈장감입니다."

"다섯 명이 합세해서 51명이 되었으니 51용사라고 제목을 바꾸는 게 어떨까?"

하고 조현호가 물었지만 정용우가 이번에는 대답하지 않는다. 대신 합참의장 장세윤이 입을 열었다.

"시내로 들어온 것은 적극적으로 부딪치겠다는 의도야. 저놈들이 우리의 희망이라고."

모두의 시선이 다시 화면으로 모여졌다. 그때 안쪽에 앉아 있던 연합사령관 우드워드가 누군가에게 소리쳐 말했다.

"이봐, 이제 다시 휴전이라고! 우리가 이긴 전쟁으로 이 시점에서 끝내야 돼!"

그러나 대답은 없다.

7월25일 16시20분. 개전 5시간30분25초 경과.

신천시 보위부는 교통량이 많은 사거리 옆에 세워졌다. 거기에다 보위부의 4층 건물은 신천시 중심부에 자리 잡았고, 주위가 탁 트여서 4층 방에서는 사리원으로 뻗은 도로까지 보인다.

"오월리라고?"

눈을 치켜뜬 보위대장 한대진 대좌가 소리치듯 묻는다. 오월리는 산업지구 옆쪽으로 신천 보위부 직할 지역이다.

"예, 방금 연락이 왔습니다."

정보참모 조기윤 소좌가 어깨를 늘어뜨린 채 말을 잇는다.

"제14보급소는 소장 이하 7명이 전원 사살되었고 보관되었던 양곡이 모조리 강탈당했습니다."

"모조리?"

한대진의 목에서 쇳소리가 터졌다. 14보급소에는 125t—20kg 쌀자루가 6000자루가 넘게 쌓여 있을 것이었다. 한대진의 목소리가 높아졌다.

"도대체 몇 놈이나 된단 말이야?"

"습격했던 놈들은 먼저 도망갔고 그 소문을 들은 인근 인민들이 몰려와서…."

"…."

"쌀자루를 들고 도망가던 몇 명은 체포했지만 나머지는…."

"오월리라니."

혼잣소리처럼 말한 한대진이 앞에 놓인 전화기를 집었다가 다시 내려놓았다. 20분쯤 전부터 노농적위대가 반란을 일으켰다는 소문이 돌고 있었던 것이다. 그러던 중에 해주의 황해남도 보위사령부에서 난데없이 반란 지역을 찾으라는 지시가 내려온 것이 바로 10분쯤 전이다. 소문이 사실이었구나 하고 놀라는 중에 반란이 일어난 장소가 바로 관할 지역이라니 심장이 떨릴 만했다.

"이, 이거, 어떻게 보고를 해야 하나?"

이를 악물었다 푼 한대진이 혼잣소리처럼 말한 순간이었다.

"꽝! 꽝!"

"타타탓! 탓탓탓탓탓탓탓!"

"꽈 꽝! 꽈 꽝!"

폭음과 총성이 한꺼번에 일어났다. 그것도 사방에서. 건물이 흔들거리더니 유리창을 부수며 총탄이 날아들었다. 놀란 한대진이 테이블 밑으로 머리부터 집어넣었고 정보참모 조기윤은 문밖으로 도망치다가 발이 꼬여 엎어졌다.

"꽈꽝!"

던진 수류탄이 2층 유리창을 깨고 들어가 안에서 폭발했다.

"타탓탓탓탓탓!"

옆에서 오규성의 AK-47보총이 요란한 발사음을 울리고 있다.

"타타타타탓!"

이동일이 3층 창에서 어른거리는 물체를 향해 연사를 한 후에 소리쳤다.

"진입하지는 마라!"

안에까지 들어가 사살할 필요는 없는 것이다. 아직도 사방에서 요란한 총성과 폭음이 울렸고 잠깐 사격을 멈춘 사이에도 4층 보위부 건물 안에서 서너 번의 폭발음이 일어났다. 유리창 밖으로 검은 연기와 함께 불덩이가 뿜어져 나오고 있다. 그때 옆쪽에서 이 하사가 달려왔다. 이동일이 직접 지휘하는 4소대 선임하사다.

"중대장님! 앞쪽 적은 다 사살했습니다!"

이용섭의 이마에서 피가 흘러내리고 있다. 헐떡이며 달려온 이용섭이 정원석 뒤에 엎드리면서 소리쳤다.

"성공입니다!"

그때 다시 폭음이 울리더니 4층 건물의 한쪽이 무너져 내렸다. 안의 기물과 종이가 바람에 흩날리며 떨어졌고 뼈대만 남은 4층 잔해가 앙상했다.

"철수!"

이동일이 버럭 소리치자 이용섭이 복창했다. 아직도 총성이 격렬하게 울리고 있었지만 이용섭의 목소리는 더 컸다.

"괜찮아요?"

달려온 조한철이 물었으므로 윤미옥은 상체를 세우고 어깨에 묻은 흙먼지를 털었다. 달리다가 무너진 시멘트 더미에 걸려 넘어졌던 것이다. 그때 조한철이 팔을 뻗어 윤미옥의 겨드랑이를 안아 일으켰다.

"놔요!"

놀란 윤미옥이 몸을 비틀었지만 오히려 가슴이 조한철에 닿았고 이미 일으켜진 후였다. 조한철이 팔을 풀고는 헐떡이며 말했다.

"괜찮다면 빨리 뛰어요!"

그러고는 달리기 시작했으므로 윤미옥도 뒤를 따라 뛰었다. 화장실에 다녀온 후부터 강성구는 따라오지 않았다. 조한철이 이동일에게 말해주었기 때문일 것이다. 앞장서 달리던 조한철이 머리만 돌려 뒤를 보았지만 윤미옥은 외면했다. 뒤쪽의 총성은 점점 잦아들고 있다.

"와앗!"
 보위부 건물을 습격한 무리가 사방으로 흩어지는 동안 상황실 안에서는 계속해서 환호성이 일어났다. 둘이 껴안고 서로 등을 두드리는 장군들도 있고 연합사 참모장 해리슨은 들고 있던 커피잔을 건배하는 것처럼 치켜들고 있다.
 "잘한다!"
 정용우는 눈을 부릅뜨고 잇사이로 그렇게 말했을 뿐이지만 심장이 터질 것처럼 박동하고 있었다. 위성사진은 선명했다. 신천 보위부의 4층 건물은 이제 화염에 싸여 있었는데 사방으로 흩어진 습격대는 어느새 군중 사이에 묻혔다. 보위대원이 보위대에서 빠져나온 것처럼 보였을 것이다. 모두 인민군복 차림인데 누가 구분하겠는가?
 "저걸 녹화해서 보내!"
 합참의장 장세윤의 목소리가 상황실을 울렸다. 그 말을 들었는지 옆에 선 연합사령관 우드워드 대장도 영어로 소리쳤다.
 "인민군 반란이라고 해!"
 정용우가 머리를 들었지만 입을 열지는 않았다. 제 부하들의 공은 지휘부가 인정해주기만 하면 된다. 꼭 46용사의 전공이라고 선전할 필요는 없는 것이다.

7월25일 16시30분. 개전 5시간40분25초 경과.

휴대전화 소리에 송아현은 소스라치게 놀라 머리를 들었다. 이동일이다. 그 순간 방송실 안은 바쁘게 움직였다. 그러나 일사불란하다. 송아현이 리시버를 켜고는 휴대전화를 앞쪽 받침대 위에 놓았다. 휴대전화에 연결된 장치들은 영상통신을 바로 방송 화면으로 연결하도록 조치된 것이다. 그때 휴대전화가 켜지면서 이동일의 얼굴이 드러났다.

"나야."

이동일이 조금 굳어진 얼굴로 말한다.

"응. 별일 없지?"

하고 송아현이 조금 서두르듯 묻자 이동일의 얼굴에 희미하게 웃음이 번졌다.

"있어. 우리가 시내 보위부 건물을 폭파했다."

"보위부 건물을?"

"그래. 내가 찍은 사진을 보여주지."

그 순간 화면이 잠깐 정지된 것 같더니 불에 타오르는 4층 건물이 생생하게 비쳤다. 땅바닥에 쓰러진 인민군 시체, 그리고 불타는 건물에서 아직도 잔해가 쏟아지고 있다.

"이곳이 어딘지는 말 못해."

이동일이 말하자 송아현은 머리부터 끄덕였다.

"알아. 알아."

"우리 부대가 적위대원 다섯과 합동으로 공격. 적 40여 명을 사살했고 우리는 경상 넷뿐이야."

"몸조심해야 돼."

"다시 연락할게. 아현아."

"사랑해!"

하고 송아현이 소리쳤지만 통신이 끊겼으므로 전달되었는지 알 수가 없다.

"대특종이다!"

뒤에서 벌떡 일어선 방송국장 하기호가 소리쳤지만 송아현은 길게 숨을 뱉는다. 하기호가 서둘러 다가오면서 PD에게 말했다.

"사령부를 연결해!"

연합사령부 소속 통신부의 검열을 받아야만 하는 것이다.

그때부터 5분이 지난 16시35분(개전 5시간45분25초 경과), 전국의 모든 TV, 인터넷, 휴대전화의 화면에 일제히 뉴스 특보가 떴다. 연합사령부의 자료를 받은 계엄사령부의 전시(戰時)보도다. 화면에 화염에 싸인 신천 보위부 4층 건물이 드러났다. 옆에서 찍은 장면은 이동일이 전송해준 것이지만 위쪽에서 찍은 사진이 더 생생했다. 이것은 미국위성 US-32가 찍은 장면이다. 그때 아나운서의 열띤 목소리가 울렸다.

"황해남도 신천 보위부가 인민군 내부의 반란으로 폭파되어 보위대원 전원이 전멸했습니다."

땅바닥에 즐비하게 깔린 보위대원 시체가 화면에 비쳤고 건물에 사격을 가하는 인민군의 모습도 보인다. 그 순간 공격자가 클로즈업 되면서 나이 든 사내들의 모습이 드러났다. 노농적위대원이다.

"습격자에 노농적위대원이 포함되어 있습니다! 인민군과 노농적위대가 다 같이 봉기한 것입니다."

흥분한 아나운서가 목소리를 높였을 때 마침 나이 든 노농적위대원이 주먹을 불끈 쥐고 함성을 지르는 중이었다. 그것을 본 일산 대호식당의 김대호가 두 손을 치켜들고 소리쳤다.

"만세!"

식당 안에는 박미옥과 설렁탕을 시킨 손님 둘이 있었지만 김대호는 개의치 않았다.

"이제사 일어났구먼! 이제사 일어났어!"

상기된 얼굴로 소리친 김대호가 주먹으로 빈 식탁을 쳤다.

"나한티도 총을 쥐어주면 저그로 달려갈틴디 말여!"

김대호는 저 장면이 이동일이 보내온 장면과 위성사진을 배합해 더 강렬하게 극적으로 연출되었다는 것을 알 리가 없다.

같은 시각, 제47교도사단 29지구대장 김동복이 부대장 오인철과 함께 휴대전화 특집 화면을 본다. 방금 김대호가 본 장면이 북한 사리원에도 전송된 것이다. 방송이 끝났을 때 김동복이 오인철을 보았다. 얼굴이 돌처럼 굳어 있다.

"중대장들을 불러."

힐끗 시선을 준 오인철이 잠자코 방을 나가더니 1분도 안 되어서 중대장 셋과 함께 돌아왔다. 모두 굳은 표정이다. 중대장 셋이 앞에 나란히 서자 김동복이 말했다.

"동무들도 들었겠지만 북조선 이곳저곳에서 반란이 일어나고 있다. 이 기회에 이 거지 같은 세상을 엎어버리자는 게야."

눈을 치켜뜬 김동복이 중대장들을 둘러보았다. 모두 40대 중·후반의 대위 전역자로 사회생활에 시달릴 대로 시달렸다가 소집되었다. 단 한 명도 가족과 함께 행복한 생활을 누려본 적이 없는 것이다. 그때 1중대장이 잇사이로 말했다.

"빌어먹을, 우리가 먼저 일어납시다."

그러자 3중대장이 눈을 치켜떴다.

"노농적위대도 일어났는데 우리가 가만히 있다니요? 싸우다 죽읍시다."

"우리가 일어나면 다 따라올 거요!"

하고 외친 것은 2중대장이다.

7월 25일 16시 40분. 개전 5시간 50분 25초 경과.

"삐라가 떨어지고 있습니다."

다가선 대좌가 보고했지만 김경식은 못 들은 척했다. 그러자 김경식 옆에 서 있던 심철 상장이 대신 물었다.

"어디 지역이야?"

"황해북도 토산·신계 지역으로 떨어지는 중이고 청단·해주·신원 지역에는 이미 다 떨어졌다고 합니다."

"이제 삐라는 급하지 않아."

심철이 뱉듯이 말했을 때 안쪽 원탁에 앉아 있던 성종구가 입맛을 다셨다.

"지금 삐라는 기름 역할을 할 거야."

"그기 무신 말입니까?"

심철이 거친 목소리로 묻자 성종구가 늘어진 눈시울을 치켜 올렸다. 그러고는 어깨를 늘어뜨리며 말한다.

"폭동."

낮은 목소리여서 심철과 주변의 몇 명밖에는 못 들었다. 그때 다시 대좌 하나가 서둘러 이쪽으로 다가왔다.

"대장 동지, 사리원에서."

그러고는 대좌가 말을 멈췄으므로 이번에는 김경식이 다그치듯 묻는다.

"뭐야?"

"교도사단 지구대가 반란을 일으켜 사리원 시당과 보위부를 공격하고 있습니다."

목소리가 컸기 때문에 제55호위대 상황실 벙커 안은 순식간에 조용해졌다.

"뭐라고? 교도사단 지구대?"

그래도 나이든 성종구가 먼저 나섰다. 성종구의 시선을 받은 대좌가 말을 이었다.

"예, 현재 12군단의 62사단 일부 병력도 그들과 합류했다고 하니다."

"뭐라고? 12군단?"

12군단은 전연지대 북쪽 예비군단이지만 정규군이다. 교도사단과 정규군이 반란을 일으켰다는 것이다.

"야단났다."

성종구가 떨리는 목소리로 혼잣소리를 했지만 모두 숨을 죽이고 있어서 다 들렸다.

그 시간에 이동일은 제3인민학교를 나와 신천 북쪽으로 이동 중이었다. 보위부 건물과는 1km 이상 떨어져 있었지만 머리를 돌리면 아직도 불길을 뿜고 있는 4층 건물이 보였다. 주위는 오가는 병사들로 분주했다. 그러나 보위부를 향해 달려가는 부대는 보이지 않았다. 거리에 병사는 많았지만 지휘계통이 일원화된 것 같지가 않다. 그야말로 우왕좌왕하고 있을 뿐이다. 후미에서 뒤쪽을 감시하던 조한철이 뛰어 다가왔을 때는 길을 꺾어 보위부 건물이 보이지 않을 때였다.

"중대장님, 미행자는 없습니다."

손등으로 이마의 땀을 닦은 조한철이 옆을 걸으며 말을 잇는다.

"놈들은 우릴 반란군으로 알았겠군요."

그때 앞쪽을 걷던 윤미옥이 머리를 돌려 이동일을 보았다.

"검문소가 있어요."

시선을 돌린 이동일이 거리 끝 쪽에 설치된 검문소를 보았다. 거리는 200m, 양쪽 차선에 각각 차단봉이 설치되었고 오가는 차량과 통행인을 검문하고 있다. 이동일의 시선을 받은 윤미옥이 말했다.

"평시에는 차단봉이 열려 있었는데 전시라 그런가 봐요."

7월25일 16시45분. 개전 5시간55분25초 경과.

"으음, 돌파하려는 거야."

잠시 멈춰 섰던 대열이 움직이기 시작했을 때 정용우가 손바닥으로 테이블을 두드리며 말했다. 위성에서 찍은 신천시 북방의 도로가 바로 위에서 보는 것처럼 선명하게 드러나 있다. 그때 대열이 두 갈래로 나눠졌다. 하나는 오른쪽 인도로 붙어 내려갔고 또 다른 한 열은 도로를 가로질러 왼쪽 반대차선의 인도를 따라 내려가는 것이다. 상황실 안의 모든 시선이 화면에 빨려든 것처럼 고정되었다. 두 개로 갈라진 대열은 위쪽 검문소를 향해 나아가고 있다.

"그렇지."

정적을 깨뜨린 것은 육참총장 조현호다. 눈을 치켜뜬 조현호가 화면을 응시한 채 말을 잇는다.

"양쪽 검문소를 동시에 치려는 거다."

모두 입을 다물고 있는 것은 생각이 같았기 때문일 것이다. 그러나 화면을 가득 메우고 있는 상하 차선의 차량과 병사들, 검문소에는 양쪽 차단기 주위에 10여 명씩 배치되어 있었지만 깔린 인민군만 수백 명이다. 저들이 다 적이 되었을 경우에는 이쪽이 전멸이다.

"무모한 작전이야."

그때 합참의장 장세윤의 목소리가 상황실을 울렸다. 한국말을 이

해했는지 옆에 앉은 우드워드가 머리를 끄덕였다. 그러자 해병사령관 정용우가 거칠게 머리를 내저으며 말한다.

"저 방법밖에 없습니다. 돌아갈 길도 없지 않습니까? 정공법을 쓰는 겁니다."

그때 벽 쪽에서 누군가가 소리쳤다.

"이것 보십시오!"

모두의 시선이 그쪽으로 모아졌다. 소리친 중령이 귀에서 이어폰을 떼더니 눈을 부릅떴다.

"반란. 아니, 폭동이 일어났습니다!"

그러고는 중령이 앞에 놓인 자판기를 한손으로 두들기더니 다시 상황실을 둘러보며 소리쳤다.

"방금 704부대에서 보내온 감청 내용입니다."

704부대란 곧 국군감청부대다. 중령이 버튼을 누르자 곧 스피커에서 다급한 목소리가 울렸다.

"사리원 시가지 남쪽이 반란군에게 장악당했습니다. 현재 12군단 휘하의 3개 교도사단 지구대, 61사단 제82연대가 반란군에 가담했습니다. 반란군 주력은 아직 밝혀지지 않았지만 제47교도사단 휘하 29지구대에서 시작되었습니다."

버튼을 눌러 녹음장치를 끈 중령이 이제는 똑바로 합참의장 장세윤을 보았다.

"사리원 보위부 제3지구대에서 평양 보위사령부로 보고하는 내용입니다."

그 말을 통역으로 들은 우드워드가 바로 지시했다. 두 눈이 치켜떠 있다.

"확인해!"

바로 그 시간에 이동일은 20m쯤 앞으로 다가온 검문소를 노려보았다. 이동일은 상행선 검문소 앞으로 다가가는 중이다. 반대편에는 조한철 중위가 이끄는 20여 명이 같은 간격을 두고 다가간다. 양쪽 인도에는 오가는 병사, 민간인이 많다. 검문소에서는 차량은 일단 세워서 검문하지만 도보로 지나는 병사와 민간인은 대충 훑어만 보다가 의심 가는 사람만 검문한다. 지금도 병사 둘이 검문을 당하고 있다. 이동일은 심호흡을 했다. 부상자까지 낀 51명이 양쪽 검문소를 다 빠져나갈 수는 없는 것이다.

조한철 일행은 상행선으로 거슬러가는 상황이었으므로 시선을 끌고 있다. 이미 이쪽 검문소 병사 두어 명이 그쪽을 바라보며 못마땅한 표정을 짓는다. 이제 길을 건너 이쪽으로 와야 될 것이다. 검문소와의 거리가 5m로 가까워졌을 때 이동일은 어깨에 멘 AK-47을 내려 손에 쥐었다. 뒤를 따르는 부하들이 모두 이동일을 주시하고 있을 터였다.

불꽃이 일어났다. 양쪽 길에서 수십 가닥의 불꽃이 집중적으로 일어난 것이다. 위성사진이어서 소리는 들리지 않는다. 그러나 달려가는 동작, 넘어지는 장면까지 생생하다. 실제로 살육하는 장면이다.

영화보다는 왠지 실감이 덜 나고 어색한 것 같지만 가슴이 막히고 머리끝이 쭈뼛거리는 느낌이 들었으므로 해병사령관 정용우는 심호흡을 했다.

"저 봐! 다 도망가네!"

하고 육참총장 조현호가 소리쳤으므로 정용우는 머리를 들었다. 도로 양쪽의 인민군 병사들이 사방으로 흩어져 도망치고 있다. 물론 검문소 병사들은 아군들의 총격을 받고 일부는 저항 사격을 했지만 저항은 적다. 도망치는 무리는 양쪽 도로를 통과하는 병사들과 민간인이다. 그때 작참부장 박진상이 소리쳤다.

"저것이 북한 군부의 진면목이요!"

그러나 모두 숨을 죽인 채 화면을 본다. 이동일 부대는 이제 양쪽 검문소를 거의 장악했다. 총구에서 발사되는 섬광이 서너 개로 줄어들었다.

"검문소를 격파했어!"

마침내 정용우가 소리쳤을 때 조현호가 따라 외쳤다.

"저 봐, 모두 흩어졌어!"

그때 아래쪽에서는 이동일이 숨을 헐떡이는 조한철에게 묻는다.

"그쪽은?"

"예! 한 명 부상입니다."

그러나 이동일이 이끄는 부하 중 서동식 병장이 배에 관통상을 입었다. 중상이다. 보위부 직할 검문소에 주둔했던 20여 명의 병사는 전멸했지만 조금도 기쁘지 않다. 머리를 든 이동일이 옆에 세워진 차량들을 보았다. 총격전이 일어나자 운전병과 탑승자가 모두 달아나 상행선 차량 서너 대가 빈 차로 놓여 있다. 이동일이 지시했다.

"차를 타고 빠져나간다!"

그때 조한철이 앞장서 뛰었으므로 3소대가 뒤를 따랐다. 맨 앞의 트럭으로 달려간 조한철이 소리쳤다.

"정 병장! 네가 운전해!"

"예!"

하고 대답한 것은 인민군 중사 계급장을 붙인 병사다. 정 병장과 함께 운전석에 오르던 조한철이 눈을 둥그렇게 떴다. 윤미옥이 따라 올라왔기 때문이다. 힐끗 시선을 준 조한철이 가운데에 앉았고 윤미옥이 창가에 자리 잡았다.

"먼저 출발해!"

조한철이 지시하자 정 병장이 트럭의 시동을 걸었다. 털털거리던 엔진이 곧 힘찬 소음을 내더니 차체가 떨렸다.

"다 탔나?"

윤미옥의 몸을 뒤로 젖히고 밖으로 상체를 내민 조한철이 소리쳐 묻자 트럭 적재함에 탄 선임하사가 기운차게 대답했다.

"다 탔습니다!"

7월25일 16시55분. 개전 6시간 05분 25초 경과.

오산 연합사령부 지하 벙커에 옮겨와 있는 대통령 박성훈이 연합사 부사령관 이성호의 보고를 받는다.

"북한민주회복운동본부에서 쏘아 올린 삐라가 현재까지 3000개. 한 시간 내로 5000개가 추가될 것입니다."

이성호는 삐라를 쏘아 올린다는 표현을 썼는데 맞다. 이번 삐라는 고무 재질이 강한 풍선을 사용한데다 부피가 커서 풍선 한 개에 150kg을 싣고 고공 10km까지 올라간다. 따라서 제트기류를 타고 함경북도까지 닿을 수 있는 것이다. 계엄사령부는 비공식으로 '북민본'을 지원, 풍선과 삐라 제작을 도운 것이다. 이성호가 말을 잇는다.

"현재 삐라는 평안남도, 강원도와 함경남도까지 떨어진 것이 확인되었습니다. 앞으로 한 시간이면 북한 전역이 삐라로 덮일 것입니다."

이번 전쟁이 일어나기 전에도 북한 당국이 입안에 박힌 가시로 생각했던 것이 바로 '북민본'이 쏘아올린 삐라다. 탈북자 모임, 북한인권투쟁위원회, 실향민 단체, 자유민주주의연합 등 각 단체가 통합해 만든 '북한민주회복운동본부'는 지금까지 소총탄을 쏘아 올렸어도 북한 정권에 타격을 주었는데 이번에는 미사일을 쏘아 올린 셈이었다. 그때 옆에 서 있던 합참의장 장세윤이 거들었다.

"현재까지 북한의 신천, 사리원, 그리고 황해북도 곡산 근처의 13개 부대에서 폭동이 일어났습니다. 그리고 앞으로 폭동은 급격히 증가할 것입니다."

"신천에서 첫 폭동이 일어났지요?"

하고 박성훈이 묻자 장세윤과 이성호가 서로 얼굴을 쳐다보았다. 그리고 대답은 장세윤이 했다.

"신천 시내 폭동은 해병대위 이동일의 46용사가 보위부를 습격한 것입니다. 그것을 인민군의 습격으로 위장했습니다."

"그렇군."

박성훈이 머리를 끄덕였다.

"46용사가 했군. 그런데 그들은 지금 어디 있습니까?"

"방금 신천 밖으로 빠져나간 것을 확인했습니다."

"그들이 기폭제 역할을 하고 있군요."

"예, 삐라와 46용사의 작전이 배합되면 시너지 효과가 날 것 같습니다."

박성훈과 장세윤의 대화를 듣던 이성호가 거들었다.

"북한 내부 폭동이 보도되기 시작하자 국내의 선동 메시지가 차츰 줄어들고 있습니다. 이놈들은 마치 그늘을 쫓아다니는 쥐새끼들 같습니다."

"인터넷과 휴대전화 통신을 차단하지 않았던 게 잘한 일인 것 같군. 그렇지 않습니까?"

하고 박성훈이 묻자 두 대장은 눈만 끔벅일 뿐 대답하지 않았다. 군은 계엄과 동시에 인터넷과 휴대전화 사용을 차단하도록 건의했던 것이다. 전시작전계획서에도 대통령의 승인을 받아 즉각 차단토록 명기되어 있다. 그러나 대통령은 급하지 않다면서 승인하지 않았던 것이다. 그러자 쓴웃음을 지은 박성훈이 제 말에 제가 대답했다.

"물론 지금까지는 말이오. 앞으로 역효과가 날 땐 즉각 차단하십시다."

그 시간에 55호위대 벙커 안쪽 밀실에서는 고성이 터지고 있다.

"아니, 지금이 적시(適時)라고 했지 않습니까! 도대체 뭘 기다리시는 거요!"

하고 김경식이 소리치자 통역을 들은 황방산이 이맛살을 찌푸렸다.

"이쪽 요구사항은 분명히 전했으니까 기다려보시오."

"폭동이 번져 공화국 전체가 난장판이 될 때까지 말이오?"

통역의 말이 끝나자마자 버럭 소리친 김경식이 갑자기 눈을 가늘게 떴다.

"이것 봐요, 나는 물론이고 김정일씨한테도 지금이 최악의 상황이요. 김정일씨도 적위대, 군의 반란은 예상하지 못했을 테니까 말야."

한마디씩 잘라 말한 김경식이 통역을 향해 소리쳤다.

"이렇게 되면 중국이 계획했던 조선성은 물거품이 되는 거야. 그러니까 폭동이 더 번지기 전에 중국군을 투입시키라고!"

그러자 통역의 말을 들은 황방산이 먼저 길게 숨을 뱉고 나서 묻는다.

"그런데 만일 반란군이 중국군을 공격한다면?"

황방산의 얼굴에 쓴웃음이 번져 있다.

"장군, 그런 경우를 상상해보았소?"

통역의 말이 끝났을 때 김경식은 눈만 치켜떴다. 상상해보지도 못한 것이다.

김정일이 손을 내밀자 소장 계급장을 붙인 장군이 휴대전화를 건네주었다. 주석궁의 지하 벙커 안이다. 주위의 시선을 받으며 김정일이 휴대전화를 귀에 붙였다. 그러고는 정색하고 말했다.

"예, 시진핑 동지. 김정일입니다."

그러자 시진핑의 중국어에 이어서 통역의 말이 귀를 울렸다.

"김경식 대장이 중국군 투입을 요구하고 있습니다. 위원장 동지."

김정일은 어금니만 물었고 시진핑의 말이 이어졌다.

"위원장 동지께선 어떻게 생각하십니까? 의견을 듣고 싶습니다."

"김경식이 반역자이며 중국군 투입을 요구할 권한이 없다는 것을 주석 동지께서는 알고 계시지요?"

김정일이 한마디씩 차분하게 묻자 지하 상황실은 숨소리도 들리지 않았다. 엄청난 내용을 모두 들은 것이다. 그때 시진핑이 말했고 억양까지 비슷한 통역의 말이 이어졌다.

"물론 정통성이 위원장 동지께 있으니 이렇게 묻는 것입니다. 하지만 김경식은 중조 국경의 4개 군단 전체와 전연지대의 2개 군단, 820전차군단까지 장악하고 있습니다. 나는 이 상황을 크게 우려하고 있습니다. 위원장 동지."

"곧 수습이 될 겁니다. 주석 동지."

"하지만 내부 폭동이 심해지면 양측 지휘부는 무력해질 것이고 결국은."

시진핑의 목소리에 짜증기가 섞인 것처럼 느껴졌고 통역의 억양도 그랬다. 잠깐 입을 다물었던 시진핑이 말을 잇는다.

"이제 양측의 당면 문제는 내부 폭동 수습입니다. 정규군까지 폭동에 가세하고 있는 데다 남쪽에서 삐라를 대규모로 쏘아 올리는 바람에 북한땅 전역이 위험해지고 있단 말입니다.

"알았습니다. 주석 동지, 염려해주서서 고맙습니다."

"폭동이 수습되면 중국군 투입을 위원장님과 협의하도록 하지요."

"감사합니다. 주석 동지."

"천만에요. 우린 동맹국 아닙니까? 위급할 때는 서로 도와야지요."

시진핑의 부드러운 대답을 들으며 김정일은 휴대전화를 귀에서 떼었다. 그러고는 앞쪽 벽을 노려보며 말한다.

"폭동이 일어나지 않았다면 중국군은 국경을 넘어왔겠군."

모두 입을 다물고 있었으므로 김정일의 목소리만 방을 울린다.

"지금은 내 정통성을 인정해주는 시늉을 하지만 말야."

머리를 돌린 김정일이 김정은을 보았다. 김정은은 눈도 깜박이지 않고 아버지를 바라보는 중이다. 그때 김정일이 말했다.

"잘 들어라."

"에, 위원장 동지."

"영원한 동맹, 우방은 없다."

"예, 위원장 동지."

그 순간 김정일의 얼굴에 쓴웃음이 번지더니 한마디씩 잇사이로 말을 뱉는다.

"모든 인간은 제 이익을 위해 움직인다. 국가는 더 말할 필요도 없는 법이야."

그야말로 질풍처럼 달렸다. 신천에서 재령까지 달리는 동안 검문소 두 곳을 지났는데 두 곳 모두 비어 있었다. 그것도 금방 철수한 것처럼 차단기를 내려놓은 채 검문소의 병사들이 사라진 것이다.

재령이 3㎞ 남았다는 이정표를 지났을 때 앞을 달리던 트럭이 멈춰섰으므로 이동일이 탄 트럭도 서둘러 브레이크를 밟았다. 그들은 트럭 두 대에 분승하고 있었던 것이다. 앞차에서 내린 조한철이 먼지를 뚫고 달려왔다.

"앞쪽에서 전투가 벌어진 것 같습니다."

조한철이 소리치듯 말하자 이동일도 트럭에서 뛰어내렸다. 그들이 다시 앞쪽으로 달려가 길 모퉁이에 섰을 때였다. 이동일은 앞쪽 산기슭에서 솟아오르는 화염을 보았다. 그리고 폭음과 함께 불기둥이 일어난다. 이어서 요란한 발사음이 이어졌다. 전투가 벌어진 것이다.

"저 산기슭 안쪽에 12군단 직할 보급대가 있어요."

어느새 옆으로 다가온 오규성이 소리쳐 말했다. 그가 손을 들어 왼쪽을 가리켰다.

"저쪽 불길이 올라오고 있는 곳이 막사요. 습격을 받은 겁니다."

오규성의 주름진 얼굴에 생기가 돌고 있다. 그도 한 시간 전에 노농적위대 병사들과 보위대의 양곡창고를 습격했던 것이다. 이동일이 주위를 둘러보며 말했다.

"여기서부터 도보로 전진이다. 서둘 것 없다."

그때였다. 갑자기 병사 하나가 소리쳤으므로 모두의 시선이 그쪽으로 모아졌다.

"저것!"

병사가 하늘을 손으로 가리키고 있다. 그 순간 이동일은 숨을 삼켰다. 하늘이 온통 꽃가루로 덮여 있는 것 같다. 온갖 색깔의 꽃가루가 반짝이며 떨어지고 있는 것이다. 삐라다.

7월25일 17시05분. 개전 6시간15분25초 경과.

"중대장님!"

철원 근처의 DMZ부대인 제57사단 16연대 제1대대 2중대장 안덕수 대위는 무전기를 울리는 고함소리에 이맛살을 찌푸렸다. 상대는 3소대장 주상호 중위, 학군 출신으로 제대가 두 달 남은 말년이라고 만날 건둥거리다가 이번에 날벼락을 맞은 셈이 되겠다.

"뭐야? 또?"

조금 전에도 주상호는 앞쪽 적 동향이 수상하다고 소리쳐 보고했는데 아무것도 아니었다. 망원경으로 보았더니 서너 놈이 뛰어가는 것뿐이었다. 그때 주상호가 악을 썼다.

"왼쪽을 보십시오!"

전시라 중대장도 벙커에 나와 있었으므로 안덕수는 망원경을 눈에 붙이고는 왼쪽을 보았다. 그러고는 대번에 몸이 돌덩이처럼 굳어졌다.

"57사단 지역에서 인민군 2군단 소속 1개 대대가 투항해 왔습니다."

무전기를 아직 손에 쥔 채 육참총장 조현호가 소리쳤다. 그 순간 연합사령부 벙커 안은 짧은 환성이 일어났다. 다시 조현호의 외침이 벙커 안에 울렸다.

"2군단 7사단 소속의 경보병 대대인데 지금 일렬로 서서 DMZ 안으로 들어오고 있습니다."

갑작스러운 일이어서 연합사령부에 보고도 못하고 1개 대대 병력의 투항병을 받아들인 것이다. 전시여서 현지 연대장의 즉결사항이다.

"그렇다면 이 지역이 뚫린 건가?"

상황판의 투항지역을 보면서 합참의장 장세윤이 묻자 작참부장 박진상이 대답했다.

"그렇습니다. 다 비웠으니까 넘어올 수 있는 겁니다. 등에 총을 쏘도록 남겨두고 오겠습니까?"

"이제 시작이오."

갑자기 연합사 참모장 해리슨이 영어로 말했지만 모두 들었다. 자리에서 일어선 해리슨이 열띤 목소리로 말을 잇는다.

"썩은 종기에 바늘 끝으로 구멍 하나만 뚫으면 다 터지는 겁니다. 이제 고름이 폭발하듯 터질 겁니다."

영어에 유창한 장세윤이 쓴웃음을 지으며 머리를 끄덕였다.

"맞는 말이지만 표현이 의학적이군."

그 시간에 송아현은 기다리던 이동일의 영상통신을 받는 중이다.

"여긴 재령 근처인데 12군단 보급대가 반란군의 습격을 받았어."

이동일의 목소리가 울리더니 곧 화면에 불타는 막사와 부서진 창고가 생생하게 드러났다. 조금 멀리서 찍고 있는지 창고 안으로 떼지어 들락거리는 남녀의 모습이 흔들렸다. 지금 수백 명의 병사와 함께 민간인 남녀노소가 창고에서 쌀자루를 메고 나오는 중이다. 쌀자루를 서너 개씩 한번에 머리에다 이고 나오다가 넘어지는 여자도 있고 미친 듯이 등에 지고 달려가는 남자도 있다.

"타탕! 탕! 탕!"

그쳤던 총소리가 휴대전화에서 울렸으므로 송아현이 긴장했다. 그때 이동일이 화면을 그쪽으로 비치면서 말했다.

"보급대 병사가 살아 있었던 모양이야."

화면에 창고 벽에 기대앉은 병사를 향해 앞에서 사격하는 인민군이 보였다. 반란군이다.

"삐라가 사방에서 떨어져 있어. 이젠 이쪽도 통제 불능 상태가 되어가고 있는 것 같다."

이동일이 말했을 때 그때서야 송아현이 입을 열었다.

"오빠, 위성으로 보여줬는데 지금 북한 여러 곳에서 폭동이 일어나고 있어. 사리원은 반란군이 점령한 상태고 조금 전에는 남포에서 해군이 반란을 일으켰어."

"아, 그래?"

이동일의 목소리가 밝아졌다. 그러고는 창고를 비추던 화면이 바뀌더니 이동일의 얼굴이 나타났다. 인민군복 차림이어서 낯선 얼굴이 떠있다.

"이제 좀 쉬어야겠다. 계속 강행군을 했더니 말야."

"오빠, 몸조심해."

송아현이 서두르듯 말했을 때 이동일이 얼굴을 펴고 웃더니 짧게 소리쳤다.

"대한민국 만세!"

그러고는 화면이 꺼졌으므로 송아현이 몸을 돌려 뒤쪽을 보았다.

"대한민국 만세!"

정색한 하기호가 따라 외치더니 쓰고 있던 이어폰을 벗으며 말했다.

"이 장면도 위성으로 찍은 것으로 편집해! 이동일 씨 위치가 알려지면 안돼."

7월25일 17시15분. 개전 6시간25분25초 경과.

"괜찮아요?"

다가온 조한철이 묻자 윤미옥은 벗어놓았던 인민군모를 다시 썼다. 이곳은 재령 남서쪽으로 12사단 보급대가 발아래로 내려다보이는 야산의 8부 능선이다. 지금까지 쉬지 않고 달려온 터라 이동일은 이곳에서 휴식을 지시했다. 그래서 저녁 준비를 하는 대원 몇 명만 제외하고 모두 잠이 들었다. 잠처럼 효력이 강한 휴식이 없다. 옆쪽 바위에 기대앉은 조한철이 들고 온 레이션을 윤미옥 앞에 놓고 말했다.

"이건 밥이니까 물만 부으면 돼요. 붓고 1분만 지나면 먹습니다. 그리고 이건 쇠고기, 이건 김치…."

"됐어요."

하고 윤미옥이 말을 자르자 조한철이 쓴웃음을 지었다. 주위는 조용하다. 아래쪽에서 두런거리는 소리가 들렸는데 취사당번들이다.

"중위, 경계심을 버려요. 난 당신과 친해지려고 이러는 거요."

조한철이 말하자 윤미옥이 퍼뜩 시선을 주었다.

"왜 친해지려는 거죠?"

"꼭 이유를 알아야겠소?"

정색한 조한철이 윤미옥을 똑바로 보았다. 조한철의 시선을 받은 채 윤미옥이 대답했다.

"그래요, 알아야겠어요."

"남자 대 여자로 당신과 친해지고 싶은 거요. 윤미옥씨."

"그래서요?"

"그래서라니?"

"내 몸을 갖고 싶은 거죠?"

그 순간 조한철은 눈을 크게 떴다가 곧 자리에서 일어섰다. 그러더니 머리를 한쪽으로 기울이면서 말했다.

"그렇군, 친해지면 그렇게도 되겠지."

발을 뗀 조한철이 등을 보인 채 말을 잇는다.

"하지만 상대방한테서 직접 말을 듣고 보니까 그럴 마음이 달아났어. 난 아무래도 너무 순진한가봐."

그 시간에 12군단장 이기준 대장은 황해북도 신계의 군단사령부에서 국방위원장 김정일의 전화를 받고 있었다. 부동자세로 선 이기준의 귀에 김정일의 목소리가 이어졌다.

"군단 직할 사단을 투입해서 반란군을 진압하도록. 동무의 임무는 반란진압이야."

"예, 지도자 동지."

이기준이 힘차게 대답했지만 벽을 향한 눈동자는 흐리다. 상황실 벙커의 주위에 둘러선 참모장 이하 참모들의 표정도 어둡다. 12군단 휘하의 2개 교도사단, 그리고 군단 지역 내의 9개 노농적위대에서 반란이 일어난 것이다. 반란은 폭동으로 이어져서 6개 도시의 보위부가 전멸했고 양곡보관소 9개가 강탈당했다. 사상자는 계산하지도 않았다. 그때 김정일의 목소리가 다시 울린다.

"2군단 소속 1개 대대가 남쪽으로 투항했다. 김경식이 제55호위대 벙커에서 반란군을 지휘하는 동안에 제 몸통까지 떨어져 나가고 있어. 정규 군단이 흔들리면 공화국이 위험하다. 동무도 군단 단속을 잘하도록."

"예, 지도자 동지."

그때 통신이 끊겼으므로 이기준은 어깨를 늘어뜨리면서 길게 숨을 뱉는다.

"군단장 동지. 12개 지역으로 군단 병력을 파견해야 될 것 같습니다."

김정일과의 대화는 상황실의 스피커를 통해 모두 들은 터라 참모장 우영술 중장이 말했다.

"반란을 일으킨 부대가 세력을 끌어 모으고 있어서 급합니다."

그때 이기준이 우영술을 보았다.

"대기시켜."

이기준의 눈빛이 강해졌다.

"내부에서도 동요가 있을지 모르니까 내부 단속이 먼저다. 대기 상태에서 철저히 교육하도록."

그러자 군단정치국장 최경운 중장이 바로 나섰다.

"군단장 동무, 지도자 동지의 지시를 어기실 것이오? 대기시키라니? 지도자 동지께선 반란군을 진압하라고 하셨지 않습니까?"

"내부 단속도 잘하라고 하셨소."

뱉듯이 말한 이기준이 몸을 돌렸다.

7월25일 17시25분. 개전 6시간35분25초 경과.

대통령 박성훈이 연합사령부 벙커에서 국방장관 임기태, 연합사부사령관 이성호, 합참의장 장세윤, 그리고 비서실장 한창호까지 넷을 모아놓고 상황보고를 받는 중이다. 이곳은 안쪽 벙커여서 상황실과 떨어져 있지만 넓고 조용하다. 벙커 밖 복도에는 각 군의 참모장과 기무사, 국정원 간부까지 모여 호출에 대비하고 있다. 합참의장 겸 계엄사령관 장세윤이 먼저 말했다.

"북한의 내란이 격화되고 전방 정규군까지 대거 투항해오자 남한 내부에서 종북세력의 선동이 급속히 줄어들었습니다."

굳었던 장세윤의 얼굴에 쓴웃음이 번지고 있다.

"지금은 쥐새끼들이 몇 마리 남지 않았습니다."

"투항병 관리는 잘됩니까?"

박성훈이 묻자 대답은 국방장관 임기태가 했다.

"예, 강원도와 경기도 5개 지역에 분산 수용할 예정입니다."

서류를 내려다본 임기태가 말을 잇는다.

"17시15분 현재까지 4개 지역에서 투항해온 인민군 숫자는 4752명이 되었습니다."

마치 도미노가 넘어지는 것 같다. 17시05분에 전방 철원 근처에서 인민군 1개 대대 병력이 대대장까지 투항해오더니 곧 그 옆쪽 부대 3개가 잇달아 넘어온 것이다. 무리를 지어 넘어오는 바람에 아군은 남침해오는 줄 알고 하마터면 발포할 뻔했다는 것이다. 지금은 전방 각 부대에서 인원 파악 중이어서 아직 투항자를 숙소로 이동시키지도 못했다. 그때 연합사 부사령관 이성호가 보고했다.

"17시 현재까지 북한의 29개 지역에서 노농적위대, 교도사단 병사들의 폭동이 일어났습니다. 지역은 황해남도와 황해북도, 강원도로 확산되는 중이고 평안남도에도 3곳에서 폭동이 발생했습니다. 이것은 지금도 대량으로 쏘아 올리는 삐라와 휴대전화 영상통신의 영향을 받은 것입니다."

박성훈이 심호흡을 했지만 입을 열지는 않았다. 다시 이성호가 말을 잇는다.

"감청단 보고에 의하면 김정일이 중국군 투입을 요청했지만 시진핑이 거부했습니다. 그 이유는 폭동 상태에서 반란군이 어떻게 나올지 알 수 없기 때문인 것 같습니다. 시진핑은 내란 수습이 먼저라고 했습니다."

"……"

"그리고 이번에는 김정일이 제12군단장 이기준 대장에게 반란군을 진압하라고 지시했는데 12군단은 아직 움직이지 않습니다. 병력이 연병장에 대기했다가 오히려 모두 막사로 들어가는 것을 위성으로 확인했습니다."

그러자 다시 심호흡을 한 박성훈이 모두를 둘러보았다.

"너무 빨리 진행되고 있어서 우리는 그저 끌려가는 느낌이 드는군요."

그러자 모두 눈만 끔벅일 뿐 대답하지 않았다. 잠깐 동안의 정적이 지난 후에 박성훈이 생각난 듯 물었다.

"참, 그 46용사는?"

그러자 장세윤이 대답했다.

"지금 재령 남쪽에서 휴식 중입니다."

7월25일 17시35분. 개전 6시간45분25초 경과.

8부 능선 맨 왼쪽 바위틈에 기대 앉아 있던 조한철이 몸을 뒤척여 두 다리를 길게 뻗고 누웠다. 8시간 만에 처음으로 갖는 휴식이다. 저녁까지 배부르게 먹은 후여서 나른한 식곤증이 몰려왔다. 그때 옆쪽에서 인기척이 들렸으므로 조한철이 눈을 떴다. 윤미옥이 다가오고 있다. 저물어가는 햇살을 등으로 받은 윤미옥의 얼굴은 잘 보이지 않는다. 몸을 일으킨 조한철이 앞에 선 윤미옥을 올려다보았다.

"무슨 일이요?"

"저쪽으로 가요."

윤미옥이 위쪽의 바위를 가리켰다. 가파르게 깎인 바위가 10m쯤 위에 박혀 있었는데 그쪽은 사각(死角)지역이다. 조한철의 시선을 받은 윤미옥이 그쪽으로 발을 떼며 재촉했다.

"어서요."

몸을 일으킨 조한철이 윤미옥의 뒤를 따라 가파른 암산을 오른다. 30m쯤 오른쪽에 경계병이 둘 있었고 소대본부는 30m쯤 아래쪽에, 그리고 소대의 초소는 3개로 나뉘어 그 우측에 펼쳐져 있다. 윤미옥은 미리 자리를 봐둔 것 같다. 바위 옆쪽에 빈틈이 있었는데 삼각형으로 한 사람이 들어가 눕기에 넉넉했다. 그리고 그 안으로 들어가면 아무 곳에서도 보이지 않는다. 경계병이 조한철이 있었던 자리로 옮겨와야 보인다. 윤미옥이 먼저 바위틈 앞에 서더니 조한철을 보았다.

"나, 가져요."

그러고는 군복 바지 혁대를 풀기 시작했으므로 조한철이 심호흡을 했다. 윤미옥이 앞에 선 순간부터 이렇게 될 줄 짐작하고 있었던 것이다.

"이봐요, 윤 중위."

그 순간 윤미옥이 바지와 팬티까지 한꺼번에 밑으로 내렸으므로 바로 눈앞에 검은 숲이 드러났다. 윤미옥이 바지에서 다리 한쪽만 군화째로 빼 내더니 이제는 군복 상의를 벗어 바위틈 안에다 깔았다. 허리를 굽힌 윤미옥의 흰 엉덩이와 하체를 바라보던 조한철이 저도 모르게 입안에 고인 침을 삼켰다. 어느덧 두 눈도 번들거리고 있다. 그때 바위틈 안으로 들어간 윤미옥이 누우면서 말했다.

"어서요."

조한철은 더 이상 입을 열 필요를 느끼지 않았다. 어떻게 바지를 벗고 윤미옥의 몸 위에 엎드렸는지 모른다. 그때 윤미옥이 조한철의 남성을 손으로 쥐면서 말했다.

"천천히 해줘요."

그러고는 남성을 샘 끝에 붙였다. 그 순간 조한철은 윤미옥의 말을 무시하고 맹렬하게 진입했다.

"아."

짧고 굵은 신음이 윤미옥의 입에서 터져 나왔다. 조한철은 윤미옥의 샘이 이미 젖어 있는 것을 깨닫고는 더 서둘렀다. 거칠게 움직일 때마다 윤미옥의 탄성은 더 커졌다. 두 손으로 조한철의 엉덩이를 움켜쥔 윤미옥이 헐떡이며 말했다.

"이번은 그냥 쏴요. 중위."

그 말을 들은 순간 조한철은 발사했다.

"아앗."

허리를 치켜 올린 윤미옥이 조한철의 남성을 빈틈없이 받으면서 절규했다. 그러고는 사지를 밀착시킨 채 온몸을 떨기 시작했다. 샘 표면의 핏줄이 거칠게 뛰는 박동까지 전해지고 있다. 짧은 것 같기도 했고 긴 시간이 지난 것도 같았지만 만족한 섹스였다. 윤미옥도 만족하고 있음을 느낄 수 있다. 이윽고 조한철이 몸을 뗐을 때 윤미옥이 헐떡이며 말했다.

"이제 받을 수 있어요."

바위틈 밖으로 먼저 나온 조한철이 바지를 입으면서 물었다.

"뭘 말요?"

"당신 호의를."

바지를 입으면서 윤미옥이 말을 잇는다.

"내가 줄 것이 있어서 기뻐요."

그러더니 문득 조한철을 보며 물었다.

"좋았어요?"

7월25일 17시45분. 개전 6시간55분25초 경과.

황해북도 신계의 12군단 군단 사령부, 군단 정치국장 최경운 중장이 정치참모인 대좌 두 명을 좌우에 거느리고 군단장실로 들어섰다. 노크도 안 하고 들어선 터라 책상에 앉아 있던 군단장 이기준과 참모장 우영술이 머리를 들고 그들을 보았다.

"군단장 동무, 지도자 동지의 명령이오."

앞에 버티고 선 최경운의 목소리가 방을 울렸다.

"지금 즉시 전 부대를 출동시켜 반란군을 진압하라는 명령이오!"

그때 참모장 우영술이 자리에서 일어섰다. 그러고는 문 쪽으로 다가갔으므로 그쪽을 보던 최경운이 다시 이기준에게 말했다.

"군단장 동무, 경고합니다. 이것이 마지막 기회요!"

그때였다. 요란한 총성이 울리면서 최경운이 앞으로 엎어졌다. 놀란 두 대좌가 몸을 돌렸을 때 다시 두발의 총성이 울렸다.

"탕! 탕!"

바로 2m도 되지 않는 거리였으니 빗나갈 리가 없다. 머리를 관통당한 두 대좌가 쓰러졌을 때 우영술이 권총을 내리면서 말했다.

"군단장 동지, 이제 우리가 키를 쥐게 된 겁니다. 김정일과 김경식 사이에서 말입니다."

제55호위대 벙커는 그야말로 난공불락의 요새와 같다. 김정일이 주석궁 벙커 다음의 전시 최고사령부 벙커로 건설했기 때문이다. 지하 100m 깊이에 300명이 1년간 은신할 수 있도록 규모가 컸고 자체 방어 시설도 막강했다. 또한 주변에 김형기와 김경식을 추종하는 3개 기계화사단, 5개 교도사단, 포병단과 특수부대까지 배치해놓아서 제55벙커를 제압하려면 대규모 전쟁이 불가피했다. 그래서 개전 초기부터 김정일은 이곳을 회유, 또는 내부 전복을 기획했을 뿐 무력 점령은 생각지도 못했던 것이다.

"55를 매몰시키는 수밖에 없습니다."

평양방위사령관 전백준 차수가 김정일에게 말했다. 주석궁 지하 벙커 안은 조용해졌고 모두의 시선이 김정일에게 모아졌다. 벽시계가 17시47분을 가리키고 있다. 전백준의 목소리가 다시 울렸다.

"그래야 중국과의 협상도 용이해질 것입니다."

그러자 김정일이 주위를 둘러보았다. 시선을 마주친 장군들은 모두 눈만 끔벅이거나 머리를 숙였지만 한 명만이 그대로 있다. 중장 계급장을 붙인 50대 후반쯤의 사내다.

"고철상 중장, 가겠는가?"

김정일이 낮게 묻자 중장은 부동자세로 섰다. 그러고는 잇사이로 대답한다.

"예, 가겠습니다."

"가서 어떻게 하는지 알고 있나?"

"예, 압니다. 지도자 동지."

"그대는 공화국 인민들이 영웅으로 숭배할 것이네."

"지도자 동지를 위해 목숨을 바치겠습니다!"

그러더니 중장은 한쪽 손을 번쩍 치켜들고 외쳤다.

"지도자 동지 만세! 공화국 만세!"

7월 25일 17시 55분. 개전 7시간 05분 25초 경과.

상황실 벙커에서 엘리베이터를 타고 두 층을 더 내려가면 지도자 개인 공간이 있다. 상황실에서 나온 김정일과 김정은 부자가 가족용 식당에서 저녁식사를 한다. 둘 다 상황실에서 점심을 건성으로 때운 터라 닭백숙에 갈비 전골을 맛있게 먹는다. 백숙 국물을 삼킨 김정일이 머리를 들고 김정은을 보았다.

"이 난리통에 가장 여유 있는 자가 있고 가장 불안한 자가 있다. 그게 누구겠느냐?"

그러자 씹던 고기를 삼킨 김정은이 눈을 끔벅이다가 대답했다.

"여유 있는 자는 남조선군 아닙니까?"

김정일이 잠자코 백숙 국물을 떠먹었으므로 김정은이 말을 잇는다.

"그리고 불안한 자는 김경식 일당 아닙니까? 반란이 수포로 돌아가고 있으니까요."

그러고는 김정은이 시선을 주었으므로 김정일이 희미하게 웃었다.

"여유 있는 자는 중국 정부다."

젓가락으로 산삼 뿌리를 집어 입에 넣으면서 김정일은 말을 이었다.

"가장 불안한 자는 남조선의 우리 동지들이 되겠지. 지금도 잡혀가겠지만 잘못되면 가장 낮은 처벌이 추방쯤 될 테니까."

김정일이 젓가락을 내려놓고 쓴웃음을 지었다.

"내 주변의 이른바 기득권층도 불안하겠지만 남조선 동지들보다는 적응력이 뛰어나. 나만 없어지면 금방 변신할 테니까."

"……."

"하지만 그렇게는 안 될 거다."

의자에 등을 붙인 김정일이 이제는 이를 드러내고 웃었다.

"조금 전에 55호위대로 보낸 고철상 중장의 충성심을 믿느냐?"

"예, 지도자 동지."

"공화국과 나를 위해 목숨을 바칠 거다."

심호흡을 한 김정일이 말을 잇는다.

"고철상의 처자식, 그리고 어머니까지 지금 이 벙커에 와 있으니까 말이다."

정색한 김정일이 똑바로 김정은을 보았다.

"이것이 현실이고 내가 살아온 방식이기도 하다. 그런 내가 이 상황에 그대로 끌려만 갈 것 같으냐?"

김정은도 아버지의 웃는 모습을 보고는 숨을 삼켰다. 오늘 처음 웃는 얼굴을 본 것 같다.

7월25일 18시10분. 개전 7시간20분25초 경과.

산으로 둘러싸인 위치여서 7월이었지만 주위에는 그늘이 덮였다. 시계를 본 이동일이 휴대전화 버튼을 누르자 곧 화면이 켜졌다. 그러자 송아현의 얼굴이 드러난다.

"아현아, 내 위치는 파악하고 있겠지?"

이동일이 불쑥 물었지만 송아현은 머리를 끄덕였다.

"알아. 그리고 전갈이 있어."

그러더니 화면이 바뀌면서 해병사령관 정용우의 얼굴이 드러났다. 저도 모르게 긴장한 이동일을 향해 정용우가 말한다.

"별도 지시가 있을 때까지 그곳에 잠복하고 있도록. 이제 네 역할은 그만하면 됐다."

"예, 사령관님."

이동일이 대답했지만 이미 정용우는 말을 다시 시작한 후다. 녹화된 필름을 보내고 있는 것이다.

"너와 46용사는 기폭제 역할을 했다. 오늘밤은 그곳에서 쉬도록."

그러고는 화면이 꺼지더니 다시 송아현의 얼굴이 드러났다.

"들었지?"

해놓고 송아현이 눈웃음을 쳤다.

"잘 쉬어, 오빠."

이동일은 길게 숨을 뱉는다. 오늘밤 제대로 쉴 한국인이 있을 것인가?

〈2권에 계속〉

한반도 전쟁 소설
2014 上

1판 1쇄 발행 2010년 12월 24일
1판 8쇄 발행 2014년 11월 10일

지은이 | 이원호

발행인 | 김재호
출판편집인·출판국장 | 박태서
출판팀장 | 이기숙

마케팅 | 이정훈·정택구·박수진
교정 | 장화정
인쇄 | 삼영인쇄사

펴낸곳 | 동아일보사
등록 | 1968.11.9(1-75)
주소 | 서울시 서대문구 충정로 29(120-715)
마케팅 | 02-361-1030~3 **팩스** 02-361-1041
편집 | 02-361-0926 **팩스** 02-361-0979
홈페이지 | http://books.donga.com

저작권 ⓒ 2010 이원호
편집저작권 ⓒ 2010 동아일보사
이 책은 저작권법에 의해 보호받는 저작물입니다.
저자와 동아일보사의 서면 허락 없이 내용의 일부를 인용하거나 발췌하는 것을 금합니다.

ISBN 978-89-7090-832-8 04810
ISBN 978-89-7090-863-2 04810(세트)

값 11,000원